Der Mörder schwänzt den Unterricht

Schul-Krimis

Herausgegeben von Leo P. Ard

grafit

GrafiTäter & GrafiTote

Postfach 300 240, D-44232 Dortmund

Umschlagfoto: Irene Margil
Satz: HEVO GmbH, Dortmund
Druck und Bindearbeiten: Fuldaer Verlagsanstalt
ISBN 3-89425-083-6
1. 2. 3. 4. 5./96 95 94

Inhalt

Gabriele Wolff

Blauer Brief

»Was erlauben Sie sich! Wenn das Kind im Unterricht nicht mitkommt, dann ist das ja wohl Ihre Schuld. Unsere Corinna ist immer so brav, macht ihre Hausaufgaben, wie es sich gehört, und überhaupt, sonst höre ich keine Klagen. Und jetzt kommen Sie daher und wollen mir erzählen, das Kind wäre nicht geeignet für das Gymnasium, wo sie doch Klassenbeste war in der Grundschule ... Zum Direktor werde ich gehen, darauf können Sie sich verlassen!« Mamis gellende Stimme, und Frau Vogel sagte überhaupt nichts mehr. Corinna, das Ohr am Schlüsselloch, grinste Pit zu und verdrehte die Augen.

Elternsprechtag, und Mami nahm das wörtlich. Quatschte und quatschte, wie zu Hause am Abendbrottisch oder wenn Tante Sina kam; in einem fort redete sie dann, meistens über Corinna: wie hübsch sie geworden sei, wie brav, wie gut in der Schule und daß Corinna es einmal sehr viel besser haben würde im Leben.

Frau Vogel, die alte Schnepfe, setzte ein paar Mal an, aber es reichte nur zu kurzen Einwürfen, wie: »Ich kenne das Mädchen besser!« oder »Glauben Sie wirklich ...?« Mami war toll. Legte sich echt ins Zeug, redete ohne Punkt und Komma, drohte, schimpfte und klagte.

Corinna verließ ihren Horchposten und gab Pit ein Zeichen. Wortlos schlenderten sie zum Schulhof und blieben, wie auf ein geheimes Kommando, vor dem verbeulten Renault der Schnepfe stehen.

»Was ist?« fragte Pit und grinste. »Sollen wir?«

Corinna nickte und grinste zurück. Sie wußte, daß sie diese süßen Grübchen kriegte und Pit ihr dann nicht widerstehen konnte. Pit holte zwei Bananen aus seinem Rucksack, schälte sie und begann methodisch, die Bananen in den Auspuff des R

5 zu stopfen. Corinna kniff die Augen zusammen und beobachtete die Umgebung. Kein Mensch zu sehen. Erst als Pit auch noch die Schalen in den Auspuff gepreßt hatte, hörte er auf und besah seine Hände: klebrig, schwarz und mit widerlichen Rändern unter den Nägeln.

»Iiiiih«, sagte Corinna. »Faß mich bloß nicht an!« Sie sah ihn herausfordernd an. Pits Augen blitzten auf, und neben der gespielten Entrüstung war da ein Funken echter Wut. Corinna kicherte, warf die roten Haare zurück und rannte weg. Draußen auf der Straße würde sie sich einholen lassen, und dann bekam Pit den Kuß, den er sich verdient hatte. Pit war ein Jahr älter als sie, groß, schlank und blond, alle Mädchen in Corinnas Klasse waren in ihn verknallt, na ja, fast alle, aber nur sie konnte ihn um den Finger wickeln …

Sie kicherte immer noch, als er ihr den Weg versperrte und sie gegen die Hauswand drückte. Corinna kreischte und drehte das Gesicht weg, als er sie küssen wollte. Pit war so süß … Die ganze Zeit über stützte er sich an der Wand ab, sorgsam bedacht, daß er Corinna mit seinen schmutzigen Fingern nicht berührte. Erstaunt stellte sie fest, daß es der erste Kuß war, der ihr wirklich gefiel, daß sich irgendetwas auflöste und ein warmes Gefühl in ihr aufstieg und sie sich einfach nur fallen lassen wollte.

»Du heulst ja«, murmelte Pit. Corinna riß sich los.

»Lachtränen«, sagte sie frech. »Dein blödes Gesicht hättest du vorhin sehen sollen. Und wenn ich mir die Schnepfe vorstelle …« Und sie brach wieder in dieses Schulmädchenkichern aus, das sie selber nicht leiden konnte.

»Hör mal«, Pit blieb ernst. »Das war das letzte Mal heute. So werden wir sie bestimmt nicht los, und überhaupt, langsam sind wir zu alt für diesen Quatsch.« Pit wurde fünfzehn, mußte sich schon rasieren und sprach mit dieser ungewohnt tiefen Stimme, die ihn irgendwie überlegen machte.

»Stimmt«, sagte sie. »Nichts mehr mit Schwamm auf dem Stuhl und Lachsack im Pult. Die Zeiten sind nun wirklich vorbei.« Corinna spürte, wie sich ihr Mund zu einer harten Linie verkrampfte, und versuchte zu lächeln.

Zu Hause war es wie immer. Haushalt, einkaufen, Benni vom Hort abholen, Essen vorbereiten und dann der Versuch, die verdammten Lateinvokabeln zu pauken. Natürlich schrie Benni wie am Spieß, nachdem sie ihn in den Laufstall gesetzt hatte, und sie mußte ihn erst beruhigen. Corinna schaltete den Fernseher an. Benni war viel zu klein, um irgendetwas zu verstehen, aber er konnte stundenlang vor der Mattscheibe sitzen, den Daumen im Mund, und mit großen Augen die bunten Bilder betrachten.

»Auto«, sagte er gerade, als ein schwarzes Wunderauto den Highway entlangbrauste. Corinna nickte und betrachtete den Schauspieler, in den sie verknallt war. Schwarze lockige Haare, eine tolle Figur, und dann diese Augen ... Wenn er lächelte, blitzten weiße Zähne in dem sonnengebräunten Gesicht, und der Typ hatte dann so wundervolle Fältchen um die Augen. Corinna seufzte und stellte sich vor, daß dieser Mann sie küßte. Dahinschmelzen würde sie, so viel war sicher. Pit war in Ordnung, schließlich waren alle hinter ihm her, und er hielt zu ihr, alles würde er für sie tun, um der Schnepfe das Leben schwer zu machen, aber er kannte sie, Corinna Stargard, nicht wirklich.

Jetzt füllte eine Großaufnahme den Bildschirm: Der Mann, ein nachdenklicher Blick, dann verengten sich die Augen, und er wußte genau, was zu tun war.

Corinna warf das Lateinbuch auf den Boden. Nie, niemals würde sie den Scheiß kapieren, sie packte es einfach nicht, sie war zu blöd, das war die Wahrheit, Schnepfe hin oder her. Obwohl es bestimmt einfacher wäre, sich durchzumogeln, wenn sie den Schubert oder die nette Frau Wissner in Latein und Deutsch hätte. Sie rannte in ihr Zimmer, das sie mit Benni teilte, und sofort brüllte er wieder los. Der Mann auf dem Poster lächelte sie an, er wußte genau, wer sie war, und lächelte sie trotzdem an. Corinna zuckte zusammen, als sie den Schlüssel in der Wohnungstür hörte. Mami kam nach Hause, Mist, war es schon so spät?

»Mami, bist du das?« rief sie fröhlich. Mami sah etwas erschöpft aus, kein Wunder, erst der Auftritt bei der Schnepfe, dann die Putzstelle, und Benni brüllte immer noch. Aber wie immer kriegte sie die Kurve: Mantel aufhängen, Plastiktüte in die Küche, ein schnelles Begrüßungsküßchen auf die Wange, einige Worte zu Benni, der sofort zufrieden gluckste; das war echt wahnsinnig, wie sie das anstellte. Wie nebenbei sah sie die Post durch, goß die Blumen und räumte einige Dinge weg, die Corinna übersehen hatte. Corinna hob das Lateinbuch auf und blätterte darin herum, bis Mami zum Essen rief. Endlich war Zeit, mit ihr zu reden. Benni war ein richtiger Freßsack und aß mit voller Konzentration. Der würde bestimmt nicht stören.

»Wie war's denn beim Elternsprechtag? Mmm, schmeckt wirklich lecker«, und Mami sah sie dankbar an.

»Ach Kind«, sagte sie, »diese Frau ist wirklich unmöglich. Überhaupt kein Verständnis hat sie, die glaubt tatsächlich, daß du zu dumm bist für die Höhere Schule. Na, der hab ich vielleicht die Meinung gegeigt! Ins Gesicht habe ich ihr gesagt, daß sie sich bloß nichts einbilden soll auf ihr Latein und auf uns herabsehen, nur weil ich putzen gehe. Da habe ich kein Blatt vor den Mund genommen, das kannst du mir glauben!«

Mami log. Nichts in der Art hatte sie gesagt. Gedacht hatte sie es vielleicht, sich vielleicht sogar fest vorgenommen, sowas zu sagen, aber ... Corinna merkte, daß Mami sie ansah, und wurde rot.

»Klasse, Mami«, meinte sie schließlich und starrte auf ihren Teller. »Der hast du es aber richtig gegeben, der alten Schnepfe. Sie ist ätzend, habe ich doch schon immer gesagt!« Eine Weile war es still. Benni schmatzte vergnügt. Dann Mamis Stimme, ganz leise.

»Du schaffst es doch, oder?«

»Na klar«, antwortete Corinna und wunderte sich, wie fest ihre Stimme klang.

Der blaue Brief kam drei Wochen später. Corinna riß den Umschlag auf, ungeduldig, mit zitternden Händen, als ob es noch Hoffnung gäbe. Aber da stand es, Schwarz auf Weiß, Versetzung gefährdet, Notendurchschnitt, Ausgleichsnoten ... Und die Unterschrift: Vogel, Oberstudienrätin. Die Schnepfe. Die würde ihr niemals ein Ausreichend geben in den letzten beiden Arbeiten, Deutsch und Latein. Alles war aus. Corinna knüllte den Brief zusammen und wußte, daß es keine andere Wahl gab.

Danach geschah alles genauso, wie sie es sich vorgestellt hatte. Sogar das erste Mal, an einem Sonntagnachmittag in Pits Zimmer auf der Klappcouch, entsprach ihren Vorstellungen. Ungeschicktes Berühren, verlegenes Ausziehen, und dann dieses warme, lebendige, harte Stück Fleisch zwischen ihren Beinen, das sie nicht anzuschauen wagte und das nicht hineinpassen würde. Und es ging auch nicht, bis Pit sie in die Schulter biß, keuchend, und sie ihn tröstete, und auf einmal tat es weh und dann nicht mehr. Es war schnell vorbei, sie blutete, und Pit sah so glücklich aus, daß Corinna weinte. Weil er ihr so nah war, so nah wie nie zuvor, war alles überhaupt kein Problem. Es war so leicht, ihn herumzukriegen, nur ein paar Sätze. »Und wenn wir uns nicht mehr sehen, was dann? Mami nimmt mich von der Schule, wenn ich sitzenbleibe. Und du wirst mich vergessen … Bei der Wissner hätte ich eine Chance«, und sie weinte schon wieder. Pit sah sie an mit einem Blick, wie ihn der Mann auf dem Poster hatte. Sie überlegten nicht lange, wie sie es machen sollten. Irgendwie war die Sache klar. Der verbeulte Wagen der Schnepfe, ihre hektische Art, es konnte nur so und nicht anders gehen.

Schon am nächsten Tag stand Corinna an der vereinbarten Stelle. Pit trug einen Motorradhelm und fuhr ein Mofa ohne Versicherungskennzeichen. Er wartete in der Seitenstraße, sie stand an der Ecke. Corinna lehnte sich gegen einen der Straßenbäume und hörte seinen Satz »Besuchst du mich im Krankenhaus, wenn es schiefgeht?« immer wieder. Als sie das Auto der Schnepfe sah, gab sie Pit das Zeichen. Dann ging alles sehr schnell: Pit fuhr los, direkt in ihre Spur, die Schnepfe bremste und zog das Fahrzeug nach links. Corinna schloß die Augen, als sie quietschende Geräusche und dann den dumpfen Aufprall und das Splittern von Glas hörte. Als sie die Augen öffnete, war alles so, wie es sein sollte, und ihr Herz klopfte. Pit winkte ihr ungeduldig zu, und sie rannte hin, schwang sich auf das Mofa. Die Arme um seinen Leib geschlungen und den Kopf an seinem Rücken, fühlte sie sich so sicher, daß sie zurückschaute. Pit fuhr, und das Auto am Straßenbaum, die zusammengesunkene Gestalt mit dem Kopf auf dem Lenkrad, das Rot von Blut und die Glassplitter auf der Straße schrumpften zu belanglosen, immer kleiner werdenden Bildern. Das Mofa bog um die Ecke. Corinna spürte den Wind auf ihrem Gesicht.

Klaus-Peter Wolf

Mörderisches Klassentreffen

Noch ekelhafter als dein Charakter, Bollmann, sind deine Zähne. Wie halb versunkene, vermoderte Grabsteine ragen sie aus deinem blutigen Zahnfleisch. Machen einen alten Friedhof aus deiner Mundhöhle.

Mein Gott, wieviel Jahre habe ich diesen schauderhaften Anblick ertragen? Und hinterher – im Traum verfolgte mich dein Gebiß. Wenn du deine dümmlichen Wortkaskaden über uns ausgeschüttet hast, begann dein Speichel zu brodeln, wie das Innere eines Vulkans. Hart gewordene Speichelreste spucktest du aus. Manchmal, in schlimmen Nächten, hat dieses Gebiß mich verschlungen. Wie eine Anakonda konntest du deinen Kiefer ausklinken und mich so ganz hinunterwürgen in die dunkle Kloake deines Körpers.

Noch lachst du. Aber nicht mehr lange. Deine letzten Stunden laufen ab. Los doch – amüsier dich. Ja, wink ruhig die Wirtin herbei. Bestell dir etwas zu essen. Deine Henkersmahlzeit. Keine Angst vor Pilzgerichten. Du wirst diese Nacht ohnehin nicht überleben.

Was hast du in der Tasche, Bollmann? Mit so einem Aktenkoffer geht kein Mensch zu einem Klassentreffen. Du hast irgendeine Schweinerei vorbereitet.

»Die Runde geht auf mich!«

Na klar, Bernt Jäger drängt sich mal wieder vor. Will uns wohl zeigen, wie gut es ihm geht.

»Kommt gar nicht in Frage. Jetzt ist mal euer alter Lehrer dran. Schließlich habe ich euch seit zwanzig Jahren nicht mehr gesehen.«

»Aber Sie sind immer noch der Alte!«

Genau, Karin, und deshalb muß er sterben.

»Das will ich meinen. Ich hab euch etwas mitgebracht.«

Mach es nicht so spannend, Bollmann, komm, pack schon dein Aktenköfferchen aus.

»Eure alten Deutschhefte.«

Na bitte. Das saß. Peter Enger sieht schon wieder aus wie damals. Ängstlich darauf bedacht, nicht aufzufallen. Mensch Peter, du bist kein Schüler mehr. Wir sind erwachsene Menschen.

Karin ist ja ganz verlegen. Wird sie ihm über den Mund fahren? Ja los, Karin, mach du den Anfang. Sag ihm, daß er ein fieses Schwein ist und wir gekommen sind, um ihm ... Was soll denn die Flasche?

»Ja, ich habe – hoffentlich im Sinne aller – ein kleines Geschenk für Sie mitgebracht, Herr Doktor Bollmann. Das ist selbstgemachter Himbeerwein. Ich dachte, so etwas Selbstgemachtes ist doch immer schöner als ...«

Himmel, gleich fängt sie an zu stottern.

»Das ist doch kein Grund, rot zu werden. Hahaha. Um zu zeigen, daß ich nicht bestechlich bin, fangen wir jetzt mal mit Ihrer Arbeit an, Frau Karin Will.«

»Meistermann bitte. Ich heiße jetzt Meistermann.«

Richtig. Widersprich ihm. Laß dir nichts gefallen.

»Dann haben Sie den Schnösel also doch genommen. Ich dachte es mir. Hoffentlich verwalten Sie das Haushaltsgeld. Rechnen konnte Meistermann noch nie!«

Warum lacht ihr alle so blöd über seine Unverschämtheiten? Und dann dieses Gebiß!

Warum hast du dir eigentlich nie Jacketkronen machen lassen? Heutzutage muß doch keiner mehr so rumlaufen. Macht es dir Spaß? Willst du so widerwärtig aussehen? Einheit von Inhalt und Form – hast du immer gepredigt. Oder bist du nur zu ängstlich? Zu schmerzempfindlich?

Ach, wahrscheinlich bist du einfach nur zu geizig.

Jetzt liest er Karins Deutscharbeit vor, und ihr – ihr glubscht dumm in eure Biergläser. Sauft aus Verlegenheit. Warum haut ihm keiner die Brille vom Ohr?

»Wir haben es hier mit dem denkwürdigen Versuch der Frau Karin Will – Entschuldigung – Meistermann zu tun, die Anfänge des Detektivromans in den Erzählungen von Heinrich von Kleist nachzuweisen. Ich zitiere: ›So liegt es nicht offen auf der Hand, warum die Rache des Michael Kohlhaas am Kurfürsten von Sachsen noch über den Tod hinausreicht.‹

Hört! Hört! Weshalb, so fragt Frau Meistermann, empfängt der Mann, von dem die Marquise von O. annehmen muß, er sei an ihr zum Teufel geworden, am Schluß nicht nur Vergebung, sondern sogar Liebe?«

Was ist aus euch geworden? Er ist doch noch das gleiche fiese Schwein wie damals. Habt ihr das vergessen? Martin! Peter! Karin! Wir wollten ihn umbringen. Töten! Und jetzt? Ihr hofiert ihn, kriecht ihm hinten rein wie einst in der Schule. Karin macht ihm sogar ein Geschenk. Dabei war sie wild entschlossen. Sogar einen Eid hat sie geschworen, wie wir alle: *Wir werden dich töten, Bollmann. Du sollst für deine Taten bezahlen. Wenn du denkst, es sei alles vergessen und vergeben. Zwanzig Jahre auf den Tag genau nach unserer Abschlußprüfung werden wir kommen und dich für alle deine Gemeinheiten zur Rechenschaft ziehen. Unser Urteil lautet: Tod!*

Ich kann nicht glauben, daß ihr das vergessen habt. Oder hat Karin am Ende … ihren Schwur schon wahr gemacht, mit ihrem selbstgemachten Himbeerwein …

Sie war schon immer gründlich. Falls wir alle abspringen, satt und feige geworden sind, hat sie ihren Schwur erfüllt. Respekt, Karin. Ich hab dir Unrecht getan. Obwohl, vergifteter Wein ist mir zu einfallslos. Nein, Bollmann soll genau wissen, von wem er umgebracht wird und warum. So hatten wir es beschlossen. Wir sagen es ihm vorher. Ja, ich will seine Angst sehen. Einmal im Leben will ich sehen, daß er Angst hat. Wie eine Befreiung wird es sein … Mein Gott, wie oft habe ich in all den Jahren davon geträumt? Einmal war ich drauf und dran, einfach hinzufahren und es zu tun …

»He, Jens! Was ist? Pennst du?«

Pack mich nicht an, Bernt. Ich konnte diese kameradschaftliche Schulterklopferei noch nie ausstehen. Ich penne nicht. Im Gegenteil. Ich beobachte euch. Ich sehe euch vergrößert. Wie damals in Bio die Insekten unter dem Mikroskop.

»Jens Lange – immer noch wie damals. Ich sehe ihn noch immer hinten in der letzten Bank sitzen. Wortkarg, sagt man heute ja wohl. Aber man meint noch immer: mundfaul. Der große Schweiger. Ja – schriftlich ... schriftlich fast ein Genie, aber kriegt den Mund nicht auf.«

Warum lache ich Idiot jetzt, statt ihm eins in die Fresse zu hauen? Es ist noch zu früh. Noch zu viele von den anderen dabei. Aber am Ende, Bollmann, da werden nur wir sechs übrig bleiben. Karin, Martin, Bernt, Peter, du und ich. Wenn die anderen längst besoffen im Bett liegen. Dann bist du dran. Trotzdem, scheiß auf die anderen. Jetzt sag ich es ihm. Wenn ich es nur mit aller Kraft versuche, wird es schon klappen. Tausendmal hab ich dir in Tagträumen die Frage gestellt. Und jetzt – warum ist mein Mund so trocken?

Erst noch ein Schluck Bier. So. Jetzt geht's.

»Warum ... warum haben Sie mich damals in die mündliche Prüfung genommen? Wo Sie doch genau wußten, daß ich ...«

Scheiße. Mein Speichel. Ich habe keinen Speichel mehr im Mund.

»Daß Sie versagen würden, Lange. Nennen Sie es ruhig beim Namen.«

»Aber das brauchen wir doch heute nicht mehr zu diskutieren. Ich meine, es ist immerhin zwanzig Jahre her.«

Fall mir nicht in den Rücken, Martin. Bitte, nicht jetzt. Siehst du nicht, wie ich mich abstrample?

»Ja, nun reden Sie schon, Jens Lange, oder haben Sie das immer noch nicht gelernt?«

»Ich ... ich ...«

Ich bringe es nicht raus. Immer noch nicht. Leute, laßt mich nicht hängen!

»Ich will Ihnen sagen, was Ihr Problem war – vermutlich noch ist: Sie können nicht frei sprechen. Oh ja, Sie wissen alles. Sie sind ein wandelndes Lexikon. Geradezu bewundernswert. Aber sobald Sie vor vielen Menschen sprechen sollen, breitet sich in Ihrem Kopf eine kaum zu glaubende Leere aus.«

Ja, ja, ja!

»Also für mich wird es Zeit. Ich muß gehen.«

Ja los, haut ab, damit wir endlich abrechnen können. Haut ab.

»Ja, seid bitte nicht sauer. Ich muß auch. Mein Heimweg ist weit.«

Na endlich. Allgemeiner Aufbruch. Glotz nicht so, Bollmann. Und mach den Mund zu. Karin, hilf mir. Bitte, Karin. Sprich du für mich.

»Sie haben ja recht, Herr Dr. Bollmann. Aber warum haben Sie Jens dann im Mündlichen drangenommen? Er hatte doch schriftlich längst bewiesen, daß …«

Danke, Karin. Danke.

»Sie haben bei mir die Reifeprüfung abgelegt! Ist einer reif, der rote Ohren bekommt, wenn er vor anderen Leuten sprechen soll? – Nein! Wem nutzt es, wenn er theoretisch alles weiß, aber nichts herauskriegt?«

Ich krieg es raus. Und wenn ich dabei verrecke.

»Das war ungerecht. Sie haben mir … Sie haben mir den Durchschnitt versaut. Und noch viel schlimmer. Sie haben mir die Selbstachtung geraubt. Ihre Gnadenlosigkeit hat mich stets verfolgt.«

Ich hab es geschafft. Ich hab es geschafft. Schüttel nicht so ablehnend mit dem Kopf, Bernt. Du weißt genau, daß ich recht habe. Du willst dich nur bei Bollmann anbiedern.

»Also, ich verdanke Ihnen viel, Herr Dr. Bollmann. Bei Ihnen haben wir wenigstens etwas gelernt. – Frau Wirtin, noch mal das Gleiche. – Der Piese zum Beispiel, der war immer freundlich und nett. Bei dem hatten alle gern Unterricht. Fünfen kannte der gar nicht. Und – seid doch mal ehrlich! Weiß denn noch einer eine chemische Formel auswendig?«

Mensch, Martin. Dabei hattest du den perfekten Plan. – Aber du spielst nur – hm – willst, daß er sich in Sicherheit wiegt.

»Oder ist gar einer von Ihnen Chemiker geworden?«

Lacht doch nicht alle so kindisch. Was war an seiner Bemerkung witzig? Was?

»Mir hat der harte Unterricht von Herrn Dr. Bollmann genutzt. Ich leite jetzt einen Betrieb mit zweihundert Mitarbeitern. Da kann ich auch nicht immer den netten Onkel spielen. Bei mir wird – so hart das klingt – nach Leistung gesiebt. Jawohl! Ganz wie damals bei Ihnen, Herr Dr. Bollmann.«

Du warst schon immer ein Angeber, Martin. Und warum schwitzt du so, Bernt? Du verheimlichst uns etwas.

»Also, ich bin Kommissar geworden. Und …«

Na bitte. Vermutlich hat er seine Verhörmethoden von dir gelernt, Bollmann.

»So systematisch, wie Sie jeden Schummelversuch aufgedeckt haben, könnten Sie glatt ein Lehrbuch für die Kripo schreiben …«

»Täuschungsversuch! Täuschungsversuch muß es heißen. Schummeln klingt so harmlos. In Wirklichkeit handelt es sich aber um Betrug.«

Oh je. Jetzt zeigt Peter schon auf, bevor er spricht. Natürlich – Bollmann nimmt ihn sogar dran.

»Wie sind Sie eigentlich damals drauf gekommen? Ich hab das nie kapiert. Woher wußten Sie, daß wir das Aufsatzthema vorher kannten?«

»Ihr hattet einen Verräter unter euch.«

»Das glaube ich nicht!«

Genau, Karin. Das sagt er nur, um uns gegeneinander auszuspielen. Ja, davon verstehst du was, Bollmann. Du Schwein. Und Bernt ist Kommissar geworden. Dann scheidet der ja wohl aus. Ob er sich überhaupt noch an unseren Plan erinnert? Er wirkt irgendwie so verkrampft, wie auf der Lauer. Will er es doch noch? Oder ist er halb dienstlich hier? Um den Mörder schon vor der Tat zu überführen? Nein, Bollmann, retten wird Bernt dich nicht – dafür hat er dich zu abgrundtief gehaßt. Bernt war schon immer ein mieser Charakter. Er wird den Mord geschehen lassen und dann den Mörder verhaften. So hat er seine Rache und eine saubere Weste. Vermutlich bekommt er dafür auch einen Orden. Daß du mal Karriere machen würdest, Bernt, war klar. Aber ich dachte, du wirst Finanzhai. Wucherer. Oder ganz einfach Betrüger. Jetzt arbeitest du für die Gegenseite.

Früher hast du immer Scheißbullen gesagt. Vielleicht hat Bollmann gerade nicht gelogen. Vielleicht warst du der Verräter. Hab mich sowieso immer gefragt, wie du an die Zwei in Geschichte gekommen bist. Ja, dir würde ich einen solchen Kuhhandel zutrauen. Du, Bernt Jäger, und Bollmann ... ihr seid aus einem Holz.

»Was, schon halb zwölf?! Da wird es für mich aber auch Zeit.«

»Aber, Herr Bollmann. Ich habe gerade noch eine Runde bestellt. Wo wir uns so lange nicht gesehen haben.«

»Jetzt wird es gerade gemütlich ...«

Denk ja nicht, daß du dich jetzt verziehen kannst, Bollmann! Heute ist der Tag der Rache. Dein Todestag. Heute glühen deine Schweinebäckchen zum letzten Mal vor hinterlistiger Freude.

»Jetzt sind die anderen schon alle gegangen. Die alte Clique hängt wieder zusammen. Ich sehe euch noch wie heute vor dem Schultor stehen. Martin Roth, Peter Enger, Bernt Jäger, Karin Will und Jens Lange, der große Schweiger. So etwas gibt es heute kaum noch. Jeder Schüler kümmert sich nur noch um seinen eigenen Kram. Cliquen oder gar Banden sind völlig aus der Mode gekommen.«

Mensch, Peter, melde dich nicht immer, das ist ja unausstehlich.

»Ja, die Erfahrung mache ich auch. Ich bin ja an einem Gymnasium. Die Vereinzelung der Schüler ist erschreckend ...«

Pauker bist du also geworden, Peter. Du liebe Güte. Ein Kommissar, ein Lehrer und ein Manager. Potentielle Verräter, alle.

Wir haben damals nicht aus Jux und Dollerei zusammengehalten. Wir waren eine Notgemeinschaft. Die Notgemeinschaft der Bollmanngeschädigten. Wir sind gemeinsam sitzengeblieben. Und du, Bollmann, hast keine Gelegenheit ausgelassen, uns klarzumachen, daß wir in der neuen Klasse Fremdkörper waren. Versager. Und du konntest Versager nicht leiden. Deine grausame deutsche Offiziersmentalität verlangte im Grunde, daß ein Versager sich erschoß, statt die Schande des Sitzenbleibens zu ertragen. Ich kann deine kalte Verachtung noch heute spüren. Aber wir haben uns nicht umgebracht. Im Gegenteil, wir beschlossen, dich umzubringen. Mußt du immer endlos weiterreden, Bollmann?

»... und eigentlich habt ihr das mir zu verdanken. Ich habe euren Zusammenhalt gefördert. Was schweißt mehr zusammen als Druck von außen? – Natürlich hätte ich euch damals alle versetzen können. Keiner von euch war schlecht. Aber ich ... ich wollte euch nicht abgeben.«

»Wie bitte?«

»Ich wollte euch als Schüler nicht abgeben. Ich wollte euch behalten. Eure alte Klasse wurde doch von Herrn Piese übernommen. Ich wette, aus keinem von denen ist was geworden. Ihr wart die Besten eures Jahrgangs. Intelligent. Ausdauernd. Mit wachen, blauen Augen. Blond. Nordisch. Urdeutsch.«

Wenn du noch einmal aufzeigst, baller ich dir eine, Peter.

»Wollen Sie damit sagen, daß wir gar nicht richtig sitzengeblieben sind?«

»Streng genommen war das meine Auszeichnung an die Besten. Ihr wart das ideale Menschenmaterial. Bei Piese wärt ihr verweichlicht. Ich wollte euch hart machen. Zu Führungspersönlichkeiten. Das erreicht man nicht durch Gefühlsduselei. Nichts habe ich euch durchgehen lassen. Gar nichts.«

Das ist ja alles noch viel schlimmer, als wir dachten.

»Und was ist aus euch geworden? Ein Manager! Wieviele Leute haben Sie unter sich, Roth?«

»Über zweihundert.«

»Na bitte. Und Bernt Jäger. Ein Kommissar. Ich wette, daß Sie es bis zum Polizeipräsidenten bringen. Karin Will – lassen Sie mich raten. Sie sind Chefärztin geworden. Stimmt's?«

»Oberärztin – im evangelischen Krankenhaus.«

»Oberärztin, na also. Und Sie verdienen mehr als Ihr Mann. Stimmt's?«

Warum ist dir das peinlich, Karin? Wir sind allein mit ihm.

Wir könnten ... Guck nicht so betreten auf die Tischdecke. Er ist hier der Angeklagte. Nicht wir!

»Meistermann war der geborene Verlierer. Es gibt im Leben Gewinner und Verlierer. Er war ein Verlierer. Im Grunde hatte ich gehofft, wenn ich das Pärchen trenne, verflüchtigt sich diese Liebesgeschichte. Insgeheim hatte ich gehofft, Sie würden ein Auge auf Martin werfen ...«

»Heißt das, Sie haben Meistermann versetzt, damit er und Karin auseinander ...«

»Also, jetzt bin ich fertig.«

»Ihr habt mich damals gehaßt. Ich weiß. Ich war zu euch strenger als zu allen anderen, aber jetzt seid ihr mir dankbar. Stimmt's?«

»Ich kann jetzt einen Schnaps vertragen.«

Dein Glück, daß du nicht aufgezeigt hast, Peter.

»Gute Idee. Ich gebe einen aus. Für alle? Frau Wirtin! Sechs Klare!«

»Für mich bitte nicht.«

Tja, Karin, das ist dir auf den Magen geschlagen, was?

»Ach was. Bringen Sie sechs Klare. Die Sache muß runtergespült werden, was?«

Und jetzt befiehlt er dir sogar, Schnaps zu trinken, obwohl du keinen willst.

»Wenn Sie so ehrlich zu uns sind, Herr Dr. Bollmann, dann können wir ja auch ...«

»Martin! Du willst ihm doch nicht etwa alles erzählen?«

»Warum nicht?«

»Ja, was denn, nun aber raus mit der Sprache. Ich werde euch schon nicht die Köpfe abreißen.«

Jetzt bist du reif, Bollmann. Die alte Wut ist wieder da. Du hast mit uns gespielt, als wären wir keine Menschen, sondern Schachfiguren. Du hast Gott gespielt. Du Schwein. Ich weiß, warum du mich nicht gefragt hast, was ich geworden bin. Du hattest Angst vor meiner Antwort. Bei mir ist deine unmenschliche Erziehung gescheitert – ich bin ein Versager. Jawohl. Beruflich, menschlich, auf allen Ebenen. Ich habe keinen Erfolg.

Nicht einmal Freunde habe ich, und meine Ehefrau hat mich höchstens aus Mitleid genommen. Ich bin Hausmann geworden. Kannst du dir etwas Schlimmeres überhaupt vorstellen, Bollmann?

Ein Mann, der den Haushalt macht, während seine Frau im Supermarkt das Geld verdient? Ich bin es aus Protest geworden. Ja, jetzt weiß ich es. Aus Protest gegen dich, Bollmann, weil ich wußte, daß du es hassen würdest. Und jahrelang dachte ich, ich sei nur zu menschenscheu für einen normalen Beruf.

»He, hörst du überhaupt zu, Jens?«

»Hm.«

»Also, dann sag ich erstmal meinen Schülern – Prost!«

Okay. Die Tassen hoch. Alles hört wieder auf dein Kommando, Bollmann.

»Ah, das tat gut. So, und jetzt die Stunde der Wahrheit. Was habt ihr damals ausgeheckt? Erzählen Sie mal, Roth.«

»Wir, ja, wie soll ich das sagen? Also wir ...«

Nun los, raus mit der Sprache. Sag es ihm. Du kannst das. Stell dir einfach vor, er wäre einer von deinen zweihundert Mitarbeitern.

»Wir beschlossen, Sie umzubringen.«

Na siehst du, klappt doch, Martin. Nur Mut. Weiter.

»Ja, und zwar allen Ernstes.«

Nun lächelst du aber gequält, Bollmännchen. Echt künstlich.

»So sauer seid ihr auf mich gewesen? Ist ja köstlich.«

Das Lachen wird dir vergehen.

»Wir waren damals wild entschlossen.«

»Wie wolltet ihr es denn machen? Ich meine, hattet ihr einen richtigen Plan?«

»Oh ja, mehrere.«

»Schießen Sie los. Woran sind sie gescheitert? Ich lebe ja noch!«

Bollmann nimmt die Sache nicht ganz ernst. Erzähl sie nicht wie einen Männerwitz, Martin. Am Ende der Geschichte soll kein gemeinsames Lachen stehen, sondern eine Hinrichtung.

»Wir haben abwechselnd Ihr Haus beobachtet. Ihre Gewohnheiten registriert. Zunächst wollten wir Ihren Rasenmäher unter Strom setzen. Das wäre ein Leichtes gewesen. Sie sind sehr unvorsichtig mit dem Ding umgegangen. Wundert mich, daß Sie überhaupt noch leben. Sie sollten besser keinen elektrischen Rasenmäher benutzen. Besonders nicht, wenn die Wiese noch feucht ist …«

»Und warum habt ihr das nicht gemacht? Ich meine, den Rasenmäher unter Strom gesetzt? Sie hätten das doch hingekriegt, Roth, oder?«

»Klar …«

»Und skrupellos genug waren Sie auch, oder?«

»Und ob er das war!«

»Wir hatten Angst, daß vielleicht Ihre Frau an dem Tag …«

Die Angst hattest du, Karin, wir anderen hingegen … Ja sag es ihm, Peter. Aber lach nicht dabei. Verharmlose es nicht.

»Das war noch nicht alles. Wir fanden damals, dieser Tod sei – nun ja – nicht schlimm genug. Ja, so komisch das klingt. Als nächstes planten wir, Sie Freitagnachts zu packen. Sie haben jeden Freitag Skat gespielt. Vor eins, halb zwei kamen Sie nie nach Hause.«

»Das halte ich heute noch so.«

Jetzt bist du erschrocken, Bollmann. Komm, gib es zu. Du hast Angst. Spiel uns nicht den coolen Mann vor.

»Sie waren dann immer – verzeihen Sie, wenn ich das so salopp sage – Sie waren sturzbesoffen. Dabei nahmen Sie immer die Abkürzung durch den Park. Dort wollten wir Ihnen auflauern und – und Sie gemeinsam erschlagen.«

»Frau Wirtin, noch eine Runde.«

Das hilft dir nicht, Bollmann.

»Aber die Gefahr, dabei erwischt zu werden, war euch zu groß. Stimmt's?«

»Wieso, nachts im Park?«

»Wo bleibt Ihr analytischer Verstand? Nicht ohne Grund hieß der Park *Knutsch- und Knetgelände*. Da trieben sich nachts mehr Pärchen in den Büschen herum als Maikäfer. Und so eine Sache ist nicht lautlos. Ich hätte geschrien, mich gewehrt.«

Der kriegt wieder Oberwasser. Unmöglich, aber wahr. Wir sind wieder in einer Prüfungssituation. Bollmann verteilt Noten für unsere Mordpläne. Diesmal werden wir mit Auszeichnung bestehen. Warte es nur ab. Los, Peter, mach ihm Angst. Er soll sich fürchten. Auch wenn er das Notengeben nicht lassen kann.

»Dafür hätten wir keine Probleme gehabt, Ihre Leiche loszuwerden. Wir hätten Sie einfach in den Karpfenteich ...«

»So vehement, wie Sie den Vorschlag verteidigen, Herr Peter Enger, muß ich annehmen, daß er von Ihnen stammt.«

»Genau.«

»Aber der Plan war nicht gut. In so einem Karpfenteich läßt man keine Leiche verschwinden.«

»Stimmt, Herr Bollmann. Sie wäre nach wenigen Stunden sichtbar geworden.«

»Und warum habt ihr es nicht gemacht?«

Täusche ich mich, oder wird dein Mund auch trocken, Bollmann? Ist da ein ängstlicher Unterton?

»Weil es zu spät war.«

»Zu spät ...?«

»Wir waren noch Jugendliche. Wir wohnten alle noch bei den Eltern. Es wäre aufgefallen, wenn wir alle erst früh morgens nach Hause gekommen wären ...«

»Da hattet ihr mehr Angst vor den Eltern als vor der Polizei ... Ist ja köstlich.«

Amüsier dich nur, Bollmann.

»Da war die Sache mit dem Flüssigbeton schon intelligenter.«

Ja, Karin, erzähl! Aber laß dich von Bollmann nicht verunsichern.

»Sie haben damals fast jeden Tag nach der Schule in diesem Hobbykeller herumgewuselt. Wir hörten immer die Bohrmaschine. Sie wissen, welchen Kellerraum ich meine – den kleinen, mit dem Fenster zur Straße hin. Dort wollten wir mit einem Lkw voll Flüssigbeton parken und durch das Fenster den Raum vollschütten. Martin hatte schon genau ausgerechnet, in welcher Zeit der Keller voll gewesen wäre und wieviel Flüssigbeton wir brauchten.«

»Trotzdem war der Plan Quatsch.«

»Warum? Er war perfekt.«

»Na, weil ich einfach den Raum verlassen hätte, sobald die ersten Zentner Flüssigbeton ...«

»Irrtum, Herr Dr. Bollmann. Sie wären nicht mehr herausgekommen.«

»Warum nicht?«

»Martin hatte den Einfallswinkel genau berechnet. Der Betonstrahl wäre gegen die Tür gedonnert und hätte jeden Fluchtversuch unmöglich gemacht.«

»Interessant ...«

»Außerdem hatte der Plan noch andere Vorteile. Sie wären nicht so schnell hinüber gewesen. Sie hätten versuchen können, sich zu retten. In den äußeren Winkel hätten Sie sich verkrochen. Und wir hätten durchs Fenster dabei zugesehen. Ja, das war uns wichtig. Sie sollten wissen, wer Sie umbringt.«

»Aber das Fenster. Ich wäre durchs Fenster entkommen.«

»Unmöglich.«

»Warum?«

»Erstens hätte die Rutsche für den Flüssigbeton das kleine Fenster fast ausgefüllt, zweitens hätten wir dagestanden. Sie wären nicht entkommen. Wir wollten es mittwochs machen nach vier, wenn Ihre Frau zum Friseur ...«

»Massage. Zur Massage ging sie immer. Aber ich lebe ja noch. Wie bin ich entkommen, Herr Roth?«

»Alles lief planmäßig. Ich hatte einen Ferienjob in einer Baufirma bekommen. Ich lernte, mit so einem Flüssigbeton-Lkw umzugehen. Ich fand eine Möglichkeit, an so ein Fahrzeug heranzukommen, aber ...«

»Was aber? Welcher Umstand rettete mir das Leben?«

Jetzt prustet Martin los, als sei alles ein Scherz. Ohne deine Schusseligkeit hätten wir es damals schon geschafft. Dann wäre mein Leben anders verlaufen.

»Ich flog raus. Sie haben mich fristlos entlassen, weil ich zweimal morgens zu spät kam. Und als ich auch noch patzig wurde, bekam ich sogar Hausverbot.«

»Also, dies ist bestimmt das interessanteste Klassentreffen, das ich je erlebt habe. Aber jetzt muß ich wirklich gehen. Schließlich will ich nicht auch morgen zu spät kommen.«

»Kommt gar nicht in Frage. Sie bleiben. Jetzt erzählen wir Ihnen die Geschichte ganz.«

Richtig, Peter. Werde hart. Laß ihm keine Möglichkeit. Er weiß jetzt, daß es aus ist.

»Ach, zapfen Sie uns noch eine Runde, Frau Wirtin.«

»Das ist dann aber die letzte.«

»Zum Glück haben wir ja noch den Himbeerwein!«

»Nein! Der ... der ist ein Geschenk für Herrn Doktor Bollmann.«

Also doch. Der Wein ist vergiftet. Aber ich hätte dich für klüger gehalten, Karin. Jeder weiß sofort, daß du ihn vergiftet hast ... obwohl ... du bist ja Ärztin. Hast du vielleicht ein Mittel in den Wein gemischt, das später nicht nachzuweisen ist? Beifall. Stehender Applaus, Frau Doktor. Aber er wird nicht mehr dazu kommen, den Wein zu trinken, denn keiner von uns hat unser Vorhaben vergessen. Ja, da staunst du, was, Bollmann? Läuft dir schon der Angstschweiß den Rücken runter? Diesmal bist du dran. Warte nur, bis du die ganze Geschichte kennst.

»Für mich wird es Zeit ... Sie haben bestimmt Verständnis, wenn ich jetzt ...«

»Nein, haben wir nicht.«

»Das – das klingt ja nach Freiheitsberaubung.«

»Was war das denn, wenn wir nachsitzen mußten ...«

»Das kann man doch nicht vergleichen.«

»Stimmt. Uns hat dabei keiner einen ausgegeben.«

»Und was sagt der Herr Kommissar dazu?«

»Ich bin heute nicht im Dienst. Außerdem ist die Polizei Sache der Länderhoheit, und ich bin hier nicht ...«

»Na gut, das eine Bier noch ...«

Ha, jetzt resigniert er. Karin, warum guckst du mich so an? Ich kann jetzt nicht reden. Ich würde ...

»Die Sache mit Jens sollten wir ihm noch erzählen. Und dann reicht es ... Nein, willst du es selbst erzählen, Jens?«

Nein, bitte nicht.

»Ach ...«

»Also gut. Erzähl ich es. Danke, Martin. Danke. Jens war doch damals gerade Stadtmeister im Bogenschießen geworden. Er war spitzenklasse, das muß man wirklich sagen. Jeder Pfeil saß. Mit einer tödlichen Genauigkeit. Es war Sommer, und Sie hatten die Vorliebe, spät abends noch auf der Terrasse zu sitzen und zu lesen. Jens behauptete, er könne von der Mauer des gegenüberliegenden Grundstücks aus einen Pfeil genau durch Ihren Hals jagen. Er selbst wäre auf der Mauer völlig im Dunklen gewesen, während Sie immer die Tür aufließen. So fiel ein Lichtkegel aus dem Wohnzimmer auf Sie. Sonst hätten Sie ja gar nicht lesen können.«

»Aber auch die Sache hatte einen Haken. Oder?«

»Ja, leider. Man hätte Jens sofort gehabt. Es gab nur ein paar perfekte Bogenschützen, und von allen Bogenschützen der Stadt hatte nur einer ein erkennbares Motiv: der sitzengebliebene Schüler des Opfers. Überhaupt scheiterte an der Überlegung alles. Man wäre sofort auf uns gekommen. Wenn ein Lehrer ermordet wird, nimmt man bestimmt seine ältesten Schüler kurz unter die Lupe, und schon wären wir reif gewesen. Die Verbindung zwischen Ihnen und uns lag zu klar auf der Hand. Und darum haben wir uns entschlossen ...«

»So, ich finde, jetzt reicht es.«

Nein, Karin, jetzt können wir nicht aufhören. Das müssen wir jetzt zu Ende bringen.

»Jetzt spielt es auch keine Rolle mehr. Also, wir entschlossen uns, den ganzen Plan zu verschieben. Bis es zwischen Ihnen und uns keine auf Anhieb erkennbare Verbindung mehr geben würde. Wir verschoben den Plan um genau ... zwanzig Jahre ...«

Nun haben wir ihn so weit. Er zittert. Bangt um sein bißchen Leben. Bollmann, das Schwein, wird zur Schlachtbank geführt.

»Das ist doch ... Also jetzt haben Sie mir aber einen Schrecken eingejagt. Lassen Sie mich mal durch, Herr Roth.«

»Warum?«

Bleib sitzen, Martin. Laß ihn nicht durch. Der haut sonst ab.

»Herrgott, ich muß zur Toilette.«

Ha, jetzt wird er ungehalten.

»Mitten im Unterricht? Das hat Zeit bis zur Pause. Vielleicht will er heimlich eine rauchen?«

»Äffen Sie mich nicht nach, lassen Sie mich durch.«

»Laß ihn schon durch, Martin.«

Bernt, der Verräter. Selbst ein Scheißbulle.

»So tun Sie doch, was er sagt, Herr Roth. Ich mache mir ja sonst in die Hose.«

Jetzt. Jetzt sage ich es. Ich forme die Silben: »Ich geh mit ...«

Haha. Da zittern die Knie, was Bollmännchen? Hier kommst du nicht lebend raus, kapiert? Versuch nicht, zum Telefon zu kommen. Ich bin sowieso schneller. Ja, brav an die Pißrinne. Und nun laß das Angstwasser fließen.

»Verdanke ich es Ihnen, Lange, daß ich überhaupt austreten durfte, oder sind Sie am Ende als mein Bewacher mitgekommen? ... Mensch, Jens Lange ... Wie auch immer, ich danke Ihnen jedenfalls. Ich weiß, daß sich hinter Ihrem Schweigen immer ein guter Mensch versteckt hat. Nicht wahr?«

Rede du ruhig. Quatsch soviel du willst. Du sitzt in der Falle. Du hast es längst kapiert. Heute ist Zahltag. Dies ist kein Klassentreffen, sondern ein Tribunal.

»So sagen Sie doch etwas, Lange. Müssen Sie am Ende gar nicht? Sie stehen nur hier und starren mich an. Das ist mir direkt unangenehm.«

»Wenn Sie fertig sind, können wir ja wieder zu den anderen gehen.«

Komisch, plötzlich kann ich reden. So, da sind wir wieder. Der Gefangene ist mir nicht entwischt. Wo werden wir es tun? Was ist, Bernt, willst du eine Rede halten? Du guckst so ernst. Fast traurig. Mensch, wir haben ihn!

»Ja, wenn ich ehrlich sein soll, also Leute, ich bin schon mit gemischten Gefühlen hierher gekommen. Man konnte ja nicht wissen, ob vielleicht wirklich noch einer an dieser Idee hängt ... Immerhin haben wir damals alle einen Eid geleistet.«

»Teil eins davon haben wir schon erfüllt.«

»Hä? Was meinst du, Karin?«

»Nun, wir wollten ihm doch alles erzählen, das haben wir damals beschlossen. Erst erzählen wir ihm alles, bevor wir ...«

»Jetzt trinken wir noch einen gemeinsam, und dann fahren wir alle brav nach Hause.«

Das rettet dich nicht, Bollmann. Nichts rettet dich noch.

»Sie haben Angst, daß wir es doch noch machen.«

»Unsinn ... Roth ... ich ...«

»Ich bin gekommen, um es notfalls zu verhindern.«

Bernt, du Schwein. Also doch.

»Und zu dem Zweck hast du deine Dienstwaffe mitgebracht?«

»Ja, Karin, woher weißt du ...«

»Bevor die Sache jetzt entgleitet, werde ich zahlen und ...«

»Für mich wird es auch Zeit. Kann mich einer zum Bahnhof mitnehmen?«

He, Martin, spinnst du?

»Ja, ich.«

Aber Karin – wollt ihr denn nicht ...?

»Kannst du noch fahren, Karin?«

»Jawohl, Herr Kommissar. Außerdem untersteht die Polizei – wie du vorhin sagtest – der Länderhoheit. Oder möchtest du heute noch gern jemanden verhaften?«

»Warum seid ihr auf einmal so gemein zu mir?«

»Ich verabschiede mich auch.«

Peter, ja aber – bin ich denn alleine?

»Also, wenn jetzt plötzlich alle gehen ...«

Ja, Bernt, hau ruhig ab, du Verräter. Wie schnell sie in die Mäntel huschen. Haben Angst vor sich selbst. Laufen vor sich selbst davon.

»Dann sind wir beide wohl die letzten. Sie haben ja mal wieder den ganzen Abend nichts gesagt. Immer noch ganz der Alte, was?«

»Hm.«

»Müssen Sie auch heute abend noch zurück?«

Fang jetzt bloß nicht an zu stottern. Nicht jetzt.

»Ich ... ich wollte eigentlich noch einen trinken.«

»Wissen Sie was, wir fahren einfach noch auf einen Schluck zu mir. Meine Frau ist sowieso nicht da. Wir haben eine sturmfreie Bude. Sie können bei mir schlafen. Ich habe ein Gästezimmer. Das ist schon ewig nicht mehr benutzt worden. Also, ich würde mich freuen ...«

»Ja, meinetwegen. Wenn es Ihnen nichts ausmacht.«

»Gut. Abgemacht. Nehmen wir uns ein Taxi und fahren zu mir. Oder sollen wir zu Fuß gehen? Durch den Park, in dem Sie mich beinahe ... ein Glück, daß Ihre Eltern so streng waren ... Zwischendurch dachte ich heute abend schon einmal, Sie könnten es alle ernst meinen. Mir wurde schon ein bißchen unheimlich. Aber jetzt trinken wir bei mir zu Hause einen auf den Schrecken. Oh, jetzt hätten wir doch fast den selbstgemachten Himbeerwein vergessen ...«

-ky

Herostratos kannst du dann vergessen

Klenzke stand mit dem Gesicht zur Tafel und mährte sich mal wieder aus.

»Eigentlich sollten wir nicht sagen ›Ich denke, also bin ich‹, sondern ›Ich frage, also bin ich‹. So ja auch Karl Popper, wenn er sagt, Aufgabe der Wissenschaft sei der ständige Versuch, alle bestehenden Theorien zu falsifizieren. Was meint er wohl damit? Marvin?«

Marvin Winkelmann hatte schon seit zehn Minuten nicht mehr zugehört und sich stattdessen auf das konzentriert, was sie ihn morgen bei der Aufnahmeprüfung der *Brandenburgischen Vereinsbank* fragen würden. Was der Dax sei oder der Dow-Jones-Index, wie hoch der Dollar stünde und was die Funktionen des IWF seien. Den Leistungskurs Philosophie hatte er nur gewählt, weil ihm der von den Abiturienten des Vorjahres als das absolut dünnste Brett bezeichnet worden war.

»Popper sind …« Das war das einzige Wort, das sich bei ihm festgesetzt hatte. »... also sind Leute, die sich schickimickihaft kleiden, Kaschmir-Pullover und so …«

Alle bogen sich vor Lachen, und Klenzke setzte noch einen drauf, als er meinte, Marvin hätte damit ganz im Sinne Poppers geantwortet und die Kernthesen der konventionellen Philosophie allesamt falsifiziert, also widerlegt. »Gratulation, mein Lieber, du bist der Größte. Das *Nichts*, lateinisch *nihil*, galt nämlich bisher als das Fehlen des Seins schlechthin. Erst Gott, so Christentum und Islam unisono, habe die Welt aus dem Nichts geschöpft. Siehe die Dialektik von Nichtsein und Sein auch bei Platon und Hegel. Nach Heidegger erfährt der Mensch das Nichts ursprünglich in der Angst, dadurch aber zugleich das Sein. Bei Sartre erscheint der Mensch als Schöpfer seiner selbst aus dem Nichts. Was lernen wir daraus? Aus der Angst heraus, als permanenter Döskopp abgestempelt zu werden, erfährt Marvin seine Identität als Schüler dieses Gymnasiums. Und hoffen wir, daß er aus dem absoluten Nichts seines Wissens, das er uns immer wieder so überzeugend offenbart, die Lehre zieht, von jetzt an seinen überragenden IQ besser zu nutzen – und sich so zum Abiturienten allererster Güte selbst schöpft.«

Marvin schwieg, während die anderen Kursteilnehmer gnadenlos Beifall klopften. In Konrad Klenzke hatte er sich total verrechnet. Der hatte, so ein richtiger alter ›68er‹, als milder Vater gegolten, bei dem man schon 12 Punkte, das heißt, eine Zwei bekam, wenn man nur wußte, in welcher Stadt Kant geboren worden war. Aber seit ihn seine Frau rausgeschmissen hatte und er in einer Laube draußen am Berliner Stadtrand hauste, höhnte er nur noch und freute sich, wenn andere ebenso scheiterten wie er.

Klenzke setzte erneut an zum Monolog über den fragenden Menschen. »Was ist der Mensch? Diese Schlüsselfrage nach unserem Wesen wird bei Kant sozusagen aufgelöst in drei Teilfragen: Erstens, was kann ich wissen? Zweitens, was soll ich tun? Und drittens, was darf ich hoffen? Es geht hier also generell um den Sinn des Daseins, um Sinn und Ziel unseres Lebens. Ohne Sinn und Ziel kein Leben. Wie sieht es denn damit aus bei euch? Ich habe hier mal zwanzig Kärtchen mitgebracht, wo jeder von euch das mal kurz …« Er ging zum Tisch, um sie seiner Aktentasche zu entnehmen. »Und wer eure Vorbilder sind …«

»Datenschutz …« murmelte Miriam.

»Völlig anonym.«

Marvin bekam ein rosa Kärtchen von Taschenbuchformat, und es war wie eine innere Stimme, wie der Befehl einer unsichtbaren Macht, einfach zwanghaft, daß er jetzt schreiben wollte: *Den Sinn meines Lebens sehe ich darin, ins Guinness-Buch der Rekorde als der Mensch einzugehen, der – außerhalb eines Krieges und einer bestimmten Funktion und Rolle wie Diktator oder General, also mit eigener Hand – die meisten Morde begangen hat. Dadurch will ich berühmt werden, ja, unsterblich. Auf hundert Morde will ich kommen, und Klenzke soll der erste sein. Mein großes Vorbild ist der Grieche Herostra-*

tos, der 356 v. Chr. den Artemistempel in Ephesus in Brand gesteckt hat, um damit auf ewig berühmt zu sein. Was ihm ja auch gelungen ist. Aber wenn ich mein Werk vollendet habe, wird keiner mehr seinen Namen erwähnen, sondern nur noch meinen. Herostratos kannst du dann vergessen.

Das schrieb er nicht, natürlich nicht, denn damit hätten sie ihn ja schon nach dem ersten Mord in den Knast gesteckt. Nein, auf hundert Morde konnte er nur kommen, wenn er immer anständig, fleißig und bieder war, nach außen hin ein erfolgreicher Bankkaufmann ohne Fehl und Tadel. Und so stand dann auf seinem rosa Kärtchen auch, daß es das Ziel seines Lebens sei, im Sinne der Bergpredigt zu leben und zu wirken, anderen Liebe zu schenken und in einer multikulturellen Gesellschaft denen zu helfen, die derzeit noch ausgegrenzt seien.

Drei Tage später, es war Sonntag morgen gegen sieben, machte der 51jährige Frührentner Matthias Walther in der Anglerkolonie ›Petri Heil‹ am Nieder Neuendorfer See im Norden Berlins seinen Kahn zum Fischfang klar. Die Angelutensilien waren einzuladen, das Bier im Sechser-Pack, die Würmer für die Fische. Da war er zu sehr mit sich und seiner Leidenschaft beschäftigt und merkte noch nichts. Erst als er sich niederkniete, noch auf dem Steg, um die Kette aufzuschließen, mit dem das Boot an einem dicken Pfahl befestigt war, ging sein Blick zum angrenzenden Grundstück hinüber. Walther fuhr hoch und schrie: »Mein Gott, nein …!«

Sein Nachbar lag leblos auf einem Rasenstück von halber Tennisplatzgröße. In der rechten Hand hielt er einen Eisenstab, den er unten angespitzt und oben mit blauem Isolierband umwickelt und einem weißen Elektrokabel fest verbunden hatte. Diese Verlängerungsschnur endete in einer Steckdose, die sich an der Außenwand seiner Laube befand. In unmittelbarer Nähe des Toten entdeckte Walther mehrere Löcher im Boden, die offenbar durch das Hineinstechen mit dem Metallstab entstanden waren. Als alter Angler wußte er sofort, was hier geschehen war und daß man nichts anrühren durfte. So lief er zur nächsten Telefonzelle, um 110 zu wählen.

Eine halbe Stunde später war die 12. Mordkommission zur Stelle, und der Erste Kriminalhauptkommissar Hans-Jürgen Mannhardt ließ sich von Matthias Walther sagen, wie man am besten Regenwürmer fing.

»Da bau'n wir uns so 'n Instrument für, so 'n Metallstab mit einpoligem Stecker. Ich für meinen Teil hab einen alten Feuerhaken, wo ich unten die Spitze abgesägt und dann angeschliffen hab. Der wird dann in die Erde rinjesteckt, und wenn der Strom durchfließen tut, kommen die Würmer aus der Erde raus. Janz einfach, wa ...«

Mannhardt hörte zu, was sein Spezialist gerade auf sein Diktiergerät sprach.

»An der rechten Hand zwischen Daumen und Zeigefinger, ferner an der Beugeseite des dritten und vierten Fingers eine Vielzahl von Spuren in der Art von Strommarken. Die Haut hier zum Teil verschmort. Hautränder wallartig aufgeworfen und grauweiß. Dampfblasenbildung, Eisenmetallisation in Berlinerblau-Färbung.«

»Janz klar, wie det passiert is!« rief Matthias Walther. »Der Klenzke hat det Eisen in den Boden jesteckt und is dabei abjerutscht.«

Der Spezialist nickte. »Tetanische Muskelkrämpfe infolge der Stromwirkung, akutes Herzversagen infolge Kammerflimmerns. Ein typischer Unglücksfall in dieser Branche, obwohl immer wieder davor gewarnt wird, auf diese Art und Weise Angelköder zu fangen.«

Mannhardt besah sich den Eisenstab. Die Stelle, an der man ihn, so schien es, mittels einer Schraube und einer Menge Lötzinn mit dem Kupferdraht verbunden hatte, war zwar mit blauem Tesaband umwickelt, aber offenbar nur, um der Verbindung mehr Halt zu geben – und nicht als Griff. Ein richtiger Griff hätte tiefer sitzen und aus wesentlich mehr Wicklungen bestehen müssen. Was war daraus zu schließen? Daß der Oberstudienrat Konrad Klenzke immer auf Nummer sicher gegangen war. »Erst den Stab in die Erde und dann zurück und den Stecker in die Dose ...« murmelte er.

»Wie …?« fragte Matthias Walther.

»Wenn nun einer gekommen ist und den Eisenstab hinter seinem Rücken ans Stromnetz angeschlossen hat«, dachte Mannhardt laut. »Gerade, als er ihn unterhalb des Isolierbandes angefaßt und in den Boden reingesteckt hat …«

»Was, 'n Mord …!?«

»Nicht ausgeschlossen.«

»Ich war's nich, und ich hab auch keinen gesehen. Und die andern sind erst wach geworden, als die Polizei gekommen is.«

»Und Fingerabdrücke auf dem Stecker?« fragte Mannhardt seine Leute.

»Offensichtlich nein.«

»Klenzke war ein sehr beliebter Lehrer«, sagte eine Anglerfrau, die sich herangedrängt hatte. »Da hat bestimmt keiner 'n Motiv, den umzubringen. Fragen Sie mal in seiner Schule rum.«

Leo P. Ard

Der Zeitfaktor

1.

Trotz des ungewöhnlichen Themas hatten sich nur wenige Teilnehmer zur ersten Stunde des Volkshochschulkurses eingefunden. Sechs Bildungshungrige standen schweigend im Flur des humanistischen Gymnasiums »Theodor Körner«, überbrückten die Zeit bis zum Beginn des Seminars mit einer Zigarette oder starrten gedankenversunken in den trüben Septemberabend.

Ein zufälliger Besucher hätte die Wartenden dem Kurs »Spanisch für Anfänger« ebenso zuschreiben können wie dem Lehrgang »Liturgische Gesänge des frühen Mittelalters«.

Als die Uhr der gegenüberliegenden Kirche anschlug, eilte ein hagerer Mann mit Halbglatze und Oberlippenbart auf die Gruppe zu. Er hatte einen grauen Trench über die rote Kollegmappe gelegt, die andere Hand in der Hosentasche vergraben. Sein brauner Cordanzug stammte aus der Zeit, als die bemannte Raumfahrt die Menschen noch in Atem gehalten hatte. »Pünktlich! Auf die Minute!« Der Mann strahlte über diese vermeintliche Leistung, als habe er ein Schnäppchen beim Sommerschlußverkauf gemacht.

»A 11?« fragte er in die Runde und benutzte damit den Code, mit dem das Seminar im VHS-Gesamtprogramm genannt und der auf den Überweisungsformularen für die 55,00 DM Gebühr anzugeben war.

Ein junger Mann mit Nickelbrille drückte die Zigarette im Aschenbecher aus und nickte. »Bitte treten Sie ein!« Der Cordanzug öffnete die Tür zum Klassenraum. Als sein Blick auf einen älteren Mann in einem beigen Rollkragenpullover und dunkelbraunen Sakko fiel, blieb er wie erstarrt stehen. Seine Kinnlade folgte den Gesetzen der Schwerkraft, das Blut in seinem Körper nahm den entgegengesetzten Weg. Dann atmete er tief durch und schritt voran ins Klassenzimmer. Er hievte seine Mappe aufs Lehrerpult und sah sich nach einem Haken für seinen Mantel um. Schließlich befestigte er ihn an einem Kartenständer und verdeckte die Routen des Deutschritterordens bei der Eroberung und Besiedlung des Ostens.

Die Platzwahl stellte die Seminarteilnehmer offenbar vor allergrößte Probleme. Sie verteilten sich schüchtern im gesamten Klassenzimmer, und es bedurfte der wiederholten Aufforderung des Dozenten, bis sie sich in die vorderen Reihen setzten.

»Mein Name ist Schoppenstiel«, begann der Cordanzug schließlich. »Ich bin Gerichtsmediziner und von daher natürlich mit dem Thema vertraut. Ich freue mich, daß Sie Interesse an dieser ungewöhnlichen, ja, delikaten Materie haben.«

Eine brünette Frau aus der »Golden Girls«-Generation kicherte, verstummte aber sofort, als sie in den Mienen ihrer Mitschüler keine ähnliche Freude entdeckte.

»Es gibt eigentlich niemanden«, fuhr Schoppenstiel fort, »der nicht über unser Thema nachgedacht bzw. am Stammtisch darüber philosophiert hat. Und schließlich hat sich die Kriminalliteratur in verschiedenen Varianten des Themas angenommen.« Die Erwähnung ihres Hobbys brachte die voreilige Dame erneut in Wallung. »Schon Patricia Highsmith hat in ihrem Roman ...« sprudelte es aus ihr heraus, ehe ein scharfer Blick Schoppenstiels sie verstummen ließ.

»Der perfekte Mord — damit wollen wir uns an den nächsten drei Abenden beschäftigen und einen Ausflug in die Tiefen der Psyche des Menschen unternehmen ...« Zunächst machte Schoppenstiel einen Abstecher in die Antike (»Der Tod als geflügelter Dämon«), in die Mystik (»Das Phänomen der weißen Frau«), in die wundersame Welt der Terminologie (»Über die zeitliche Abfolge des klinischen Todes, des Individualtodes und des biologischen Todes«) und in die Gerichtsmedizin (»Autolyse, Fäulnis und Verwesung«).

Erst als dem Nickelbrillenträger der Kopf auf die Brust sank und leise Schnarchgeräusche den monotonen Vortrag störten, besann sich Schoppenstiel auf das eigentliche Thema: »Der perfekte Mord ist nach meiner Definition ein Verbrechen, das den Tatbestand des Artikels 211 des Strafgesetzbuches erfüllt und bei dem der Täter nicht gefaßt worden ist bzw. den Ermittlungsbehörden der Umstand, daß es sich um einen Verstoß gegen Paragraph 211 handelt, nicht bewußt ist.«

Schoppenstiel blickte in die Runde. »Habe ich mich verständlich genug ausgedrückt?«

Das einmütige Kopfschütteln quittierte Schoppenstiel mit einem tiefen Seufzer. »Es gibt in Deutschland rund 800.000 Tote pro Jahr. Obduziert werden lediglich 1,4 bis 1,5 Prozent. Die Rechtsmediziner sind der Auffassung, daß man sehr viel mehr zweifelhaften Fällen auf die Spur kommen würde, wenn man die Zahl der Obduktionen spürbar erhöhen würde.«

Schoppenstiel tippte mit dem Zeigefinger auf seine goldene Armbanduhr. »Auch hier spielt der Faktor Zeit wieder eine entscheidende Rolle. Wenn man uns Gerichtsmedizinern mehr Zeit für die einzelnen Fälle einräumen würde, sähen die Statistiken ganz anders aus.«

Ein Räuspern unterbrach die Stille. Die Nickelbrille äußerte Bedenken, ob wirklich so viele Mörder frei herumliefen.

Schoppenstiel nahm hinter dem Pult Platz. »Schauen wir uns die Praxis an! Ein Notarzt wird zu einem Unfallort gerufen und muß den Fahrer untersuchen, der mit seinem Fahrzeug in einen Abgrund gestürzt ist. Er kennt das Opfer nicht, weder seine Lebensumstände noch seine Fahrpraxis. Er stellt den Tod fest: Quetschungen, Brüche, Verbrennungen. Der Fall scheint klar. Aber in Wirklichkeit hat vielleicht die Frau des Fahrers ein geschmackloses Schlafmittel ins Abendessen gemischt, das erst nach einer halben Stunde seine Wirkung entfaltet. Der Mann ist losgefahren und schläft am Steuer ein. Beachten Sie bitte hier den Zeitfaktor. Er wird auch bei meinen Ausführungen über die Gerichtsmedizin von entscheidender Bedeutung sein, wie auch in der Frage der Alibis möglicher Täter.«

Zur Unterstreichung seiner Worte streckte er den rechten Zeigefinger demonstrativ in die Höhe. »Oder denken Sie nur an die vielen Herz- oder Krebskranken, deren Pflege für die Angehörigen zur Last wird. Eine Überdosis von Medikamenten, und der ›teure Großvater entschläft nach langer, schwerer Krankheit‹. Ein perfekter Mord, der nie aufgeklärt wird!«

Mit Fingerschnippsen meldete sich der Mann, der Schoppenstiel bereits auf dem Flur Unbehagen verursacht hatte. »Wie wäre es mit ein paar konkreten Beispielen, mit Namen und Hausnummern!«

»Wäre es ein perfekter Mord, wenn ich ein Fallbeispiel kennen würde?« fragte Schoppenstiel lakonisch zurück. »Wer hätte darüber schreiben sollen? Der Täter? Um seine Perfektion ad absurdum zu führen?«

Dann räumte Schoppenstiel aber doch ein, daß es durchaus Fälle gebe, bei denen die Täter im testamentarischen Nachlaß ein Geständnis abgeliefert hätten. Und er erwähnte einen Fall aus Duisburg, bei dem ein pensionierter Ingenieur in seinem Abschiedsbrief einen dreißig Jahre zurückliegenden Doppelmord gestanden habe.

»Die Rate der nicht aufgeklärten Morde ist zwar relativ gering – in einigen Kripo-Direktionen liegt sie sogar unter 10 Prozent. Aber ich bin der Auffassung, daß man eine Dunkelziffer von mindestens 30 Prozent hinzuzählen muß – die perfekten Morde!« Er hielt inne und musterte erwartungsvoll die Gesichter der Kursteilnehmer. Dem Fragesteller von eben schien die Schoppenstielsche These mächtig gegen den Strich zu gehen. Er bekam einen puterroten Kopf und bat ums Wort.

»Dilettantisch!« prustete er hervor. »Dilettantisch wie alles, was man aus Ihrem Munde seit Jahren hört.« Der Streitsüchtige machte eine kurze Verbeugung zum überraschten Auditorium. »Ich weiß, wovon ich rede. Mein Name ist Manfred Brauer, und ich bin keinesfalls ein Laie. Bis vor zwei Jahren war ich Hauptkommissar in einer Mordkommission.«

In einem knapp zehnminütigen Statement bestritt der pensionierte Kommissar aufs heftigste Schoppenstiels Ansicht, daß ein perfekter Mord möglich sei. Brauer zweifelte energisch die Kompetenz des Dozenten an. Seine Attacken auf Schoppenstiel nahmen im Verlauf seiner Darlegungen immer persönlichere Züge an und gipfelten in einem Wort: »Stümper!«

Schoppenstiel hatte im Laufe des gegnerischen Anschlags mehrfach die Gesichtsfarbe gewechselt. Als der Widersacher wieder Platz genommen hatte, sagte er mit scharfer Stimme: »So etwas muß ich mir von einem drittklassigen Kommissar nicht bieten lassen! Es pfeifen doch die Spatzen von den Dächern, daß Sie Ihrer Degradierung nur durch vorzeitige Pensionierung zuvorkommen konnten!«

Brauer steckte den Hieb gelassen weg. »Sie Pseudowissenschaftler! Für den Quatsch, den Sie uns hier erzählen, kassieren Sie auch noch Honorar. Man müßte Sie wegen Betruges anzeigen!«

Schoppenstiel nahm daraufhin die erste Aus-Zeit und verkündete eine zehnminütige Zigarettenpause.

Betroffen und schweigsam verließen die Zeugen des Gefechts den Unterrichtsraum, mit dem unbestimmten Gefühl, daß sich Schoppenstiel und Brauer bereits auf anderem Terrain begegnet waren – offenbar nicht unter den besten Vorzeichen.

2.

Zu Beginn der zweiten Unterrichtsstunde wurde nachgeholt, was im Eifer des Gefechts zuvor versäumt worden war: die Vorstellung der Teilnehmer. Neben der passionierten Krimileserin (»Ich heiße Erika Althans und bin nicht vorbestraft, hahaha«) saß ein breitschultriger Mittvierziger mit schütterem Haar. Er hieß Ernst August Mayer und arbeitete als Redakteur eines Wochenblatts, das unaufgefordert allen Haushalten aufgeschwätzt wurde. Der Bericht über das Seminar sollte ein feuilletonistisches I-Tüpfelchen zwischen dem Report über die Jahreshauptversammlung des Schrebergartenvereins »Zum tollen Bomberg« und der Eröffnung eines Seifenfachgeschäftes werden.

Rechts von Hauptkommissar a. D. Brauer hockte ein hochgewachsener Mann mit Waigel-Brauen. »Mein Name ist Birkenfeld, und ich bin von Beruf Moralist«, erklärte er mit großer Geste. Seine moralische Grundthese gab er unaufgefordert zum besten, man müsse das internationale Kapital schädigen, wo es nur gehe. Er selbst, so stellte sich auf Nachfrage heraus, hatte keine Mühe gescheut, nach seiner Philosophie zu leben. Mit Strumpfmaske und Wasserpistole hatte er versucht, eine Filiale der Volksbank um einige tausend Mark zu erleichtern. Seine »moralische Aktion« hatte ihm eine sechszeilige Erwähnung in der Lokalzeitung und vier Jahre ohne Bewährung eingebracht.

Mit großer Anteilnahme, hochrotem Kopf und Dauerwellen verfolgte eine quirlige Rentnerin das Outing. Sie hatte gerade die VHS-Kurse »Therapeutisches Töpfern« und »Konfliktbejahung und -bewältigung« abgeschlossen und war sehr betroffen. Elvira Pawelcyk hatte in den letzten vierzehn Jahren 43 Seminare bewältigt; Thai Chi und Fußreflexzonenmassage, Indonesisch für Anfänger und Schreinern für Fortgeschrittene. Sie hätte auch den Kurs »Gewaltfrei foltern« belegt — wenn er nur angeboten worden wäre.

Der jüngste in der Runde, der schmale Nickelbrillenträger mit Drei-Tage-Bart, war bereits in der ersten Stunde durch sein Schnarchen aufgefallen. Er hieß Langenscheidt und entpuppte sich als Theologiestudent, der eine Examensarbeit über die »seelische Betreuung von Witwenmördern« schreiben wollte. Er versprach sich von dem Lehrgang methodische Hinweise.

Schoppenstiel begann die zweite Unterrichtsstunde mit dem »berühmtesten und brutalsten perfekten Mörder« des letzten Jahrhunderts — Jack the Ripper: Zwischen dem 6. August und dem 9. November 1888 waren sechs Prostituierte im Ostend von London ermordet und verstümmelt worden. Jack the Ripper war nie gefaßt worden.

Hauptkommissar a. D. Brauer konnte sich während der Ausführungen nur mühsam zurückhalten. Als Schoppenstiel eine Verschnaufpause einlegte, ergriff der Kommissar unaufgefordert das Wort. Es sei unfair, einen mehr als hundert Jahre alten

Fall exemplarisch für den perfekten Mord herauszustellen. Die Spurensicherung, die Gerichtsmedizin, die technische Ausstattung der Polizei seien damals auf sehr geringem Niveau gewesen.

»Müssen wir jetzt damit rechnen, daß Sie den Tod eines römischen Palastwächters vierundfünfzig vor Christus heranziehen, um Ihre fragwürdige These vom ›perfekten Mord‹ zu stützen?« Brauer grinste triumphierend in die Runde.

Eine ernsthafte Auseinandersetzung könne es nur geben, fügte er hinzu, wenn man sich auf aktuelle Fälle beziehen würde.

»Es ist allein menschliches oder technisches Versagen oder eine Kette unglücklicher Zufälle, die dazu führen, daß ein Mord nicht aufgeklärt wird.«

Schoppenstiel wirkte nach dem erneuten Gegenschlag reichlich angegriffen. Er blätterte in seinen Unterlagen, suchte nach Fallbeispielen.

Der Glockenschlag der benachbarten Kirche verkündete das Ende der ersten Unterrichtseinheit. Wortlos schob Schoppenstiel seine Notizen in die Mappe und verabschiedete sich per Handschlag von den Teilnehmern. Den Hauptkommissar a. D. würdigte er keines Blickes.

3.

Zu Beginn der 2. Unterrichtseinheit in der folgenden Woche lüftete Schoppenstiel aus eigener Initiative das Rätsel um die Feindschaft der beiden Kontrahenten. »In meiner Eigenschaft als Gerichtsmediziner bin ich viele Male auf Herrn Brauer als ermittelnden Beamten gestoßen. Wir standen nicht immer auf derselben Seite.« Brauer verdrehte die Augen, und Schoppenstiel ließ es mit diesem kurzen Hinweis bewenden. Er hob wieder den Zeigefinger der rechten Hand wie ein Signal in die Höhe. »Der Zeitfaktor«, sagte er mit großer Inbrunst, »steht heute im Mittelpunkt unserer Stunde!«

Schoppenstiel faltete die Hände über dem Bauch und begann, im Klassenraum auf und ab zu gehen. »Der Zeitfaktor ist entscheidend. Die Bestimmung der Todeszeit ist das A und O der Gerichtsmedizin. Die Bildung von Totenflecken, die Entwicklung der Leichenstarre, das Absinken der inneren Organe, die Leichentemperatur — all das gibt uns Gerichtsmedizinern die Möglichkeit, den Zeitpunkt des Todes festzustellen. Und ist die entscheidende Grundlage, auf der die Kriminalisten ihre Ermittlungen aufbauen können. Sie bestätigt Alibis oder läßt sie platzen. Wer einen perfekten Mord begehen will, muß den Zeitfaktor berücksichtigen.«

Brauer hielt es nicht mehr auf seinem Platz. »Wenn Sie soviel Wert auf den sogenannten Zeitfaktor legen, dann gehen Sie doch einmal zwanzig Jahre zurück — mit einer Zeitmaschine, meinetwegen«, polterte er los und erntete von seinen Mitschülern unverständiges Kopfschütteln.

»1974! Fällt Ihnen dazu etwas ein, Herr Doktor Schoppenstiel?«

Schoppenstiel legte die Stirn in Falten.

Brauer bleckte die Zähne. »1974 gaben Sie Ihre Doktorarbeit ab.« Der Hauptkommissar a. D. wandte sich demonstrativ den anderen Teilnehmern zu. »Sie müssen wissen: Herr Doktor Schoppenstiel hat an der Universität Bielefeld über ›Die differentialdiagnostischen Nachweise in der Gerichtsmedizin unter Berücksichtigung des Zeitfaktors‹ promoviert. Es wird Sie interessieren, daß ich kürzlich mit einem früheren Studienkollegen Schoppenstiels gesprochen habe, der ernste Zweifel an der Autorenschaft äußerte. Ein Schulfreund Schoppenstiels arbeitete an der Münchener Universität am gleichen Thema. Kurz vor Fertigstellung seiner Arbeit verstarb er unter ungeklärten Umständen. Seine Doktorarbeit ist nicht wieder aufgetaucht ...«

Die Blicke der Teilnehmer wanderten von Brauer zu Schoppenstiel.

Schoppenstiel war bleich geworden.

Frau Pawelcyk begann mit Atemübungen.

Birkenfeld betrachtete interessiert seine Fingernägel.

Frau Althans meinte sich zu erinnern, von so etwas schon einmal gelesen zu haben.

Mayer plante einen Dreispalter auf Seite 2 ein.

Langenscheidt rief den Herrn an, der scheinbar prompt reagierte. – Die Kirchenuhr schlug an. Ein dröhnendes Läuten, das an die Eitelkeit allen menschlichen Tuns gemahnte.

Der Unterricht war vorbei. Niemand stand auf.

Als der Hall des letzten Glockenschlags verklungen war, erhob sich Schoppenstiel von der Kante des Pults. »Sie werden verstehen, daß ich auf solche Verleumdungen nicht eingehen werde. Beim nächsten Mal beschäftigen wir uns mit aktuellen Beispielen für – fast – perfekte Morde.«

4.

Wie zu erwarten, fieberten die Seminar-Teilnehmer der letzten Unterichtseinheit entgegen. Mayer erschien bereits eine Viertelstunde vor Beginn des Unterrichts und rauchte Kette, Frau Althans verzichtete darauf, in einem Paretzky-Thriller zu stöbern, Frau Pawelcyk auf ihr autogenes Training. Langenscheidt und Birkenfeld erörterten den mysteriösen Tod des Papstes Paul Johannes I, der nach Auffassung Birkenfelds auf das Konto des internationalen Kapitals ging.

Nur Brauer ließ auf sich warten.

Schoppenstiel erschien pünktlich. Er grüßte freundlich in die Runde und blätterte aus seiner Kollegmappe einige aktuelle Zeitungsberichte auf das Pult.

»Wollen wir nicht auf Herrn Brauer warten?« fragte Frau Althans.

Schoppenstiel senkte seinen Blick. »Herr Brauer wird nicht mehr kommen!«

»Aufgegeben?« Birkenfeld schüttelte den Kopf vor soviel Feigheit.

Schoppenstiel nahm hinter dem Pult Platz. »Brauer ist tot!«

Es wurde still im Raum. Die Meldung erschien den Teilnehmern so unglaublich wie ein Rücktritt der Bundesregierung.

»Brauer wurde ermordet!« fuhr Schoppenstiel fort. Er kramte in seinen Unterlagen. »Ein Kollege war so freundlich, mir die bisherigen Ermittlungsergebnisse zur Verfügung zu stellen. Brauer wurde vergiftet. Er hat mit seinem Mörder – oder seiner Mörderin – zusammen ein Glas Whisky getrunken. Offenbar hat der Täter ihm eine hohe Dosis Arsenik beigemischt. Die Polizei hat aber keine Fingerabdrücke gefunden.«

Birkenfeld hob zaghaft seine rechte Hand und wartete artig, bis Schoppenstiel mit einem leichten Nicken von ihm Kenntnis nahm.

»Ist es nicht denkbar, daß irgendein Krimineller noch eine Rechnung begleichen wollte?«

»Gut denkbar. Es gab genug Menschen, die eine Rechnung mit Brauer offen hatten. Selbst unter seinen eigenen Kollegen. Er galt im Präsidium als Fanatiker, als Besserwisser, als Pedant. Wenn die Wirklichkeit nicht nach seinen Vorstellungen war, manipulierte er die Ermittlungsergebnisse. Ich möchte nicht wissen, wieviele Unschuldige durch Brauer – zumindest vorübergehend – inhaftiert worden sind. Aber die Polizei hat alle Tatverdächtigen vernommen. Ihre Alibis waren wasserfest.« Schoppenstiel starrte auf seine Notizen. »Offenbar hat der Täter die Lebensumstände des Opfers genau ausgekundschaftet. Er paßte exakt den Moment ab, den Brauer im Haus alleine verbrachte. Wäre er eine Stunde später gekommen, wäre er von der Haushälterin überrascht worden.« Er stieß einen tiefen Seufzer aus.

»Wie Sie sehen, hat hier der Täter – bedauerlicherweise – dem Zeitfaktor erhebliche Beachtung geschenkt. Ich glaube, wir müssen den Mord an Brauer in die lange Reihe der perfekten Morde stellen. Ein erneuter, erschütternder Beweis für die Richtigkeit meiner Thesen.«

Ohne Pause leitete Schoppenstiel das Thema auf einen anderen, aktuellen Fall aus der Gerichtsmedizin. »Eine Frau, die nach Aussagen ihres Ehemannes mehrfach ihren Selbstmord angekündigt hatte, starb ganz plötzlich. Da die Ursache des Todes nicht deutlich erkennbar war, ordnete man eine Obduktion an.

Die Gerichtsmediziner stellten fest, daß die Frau mit Zyanid vergiftet worden war. Aber im Magen ließen sich keine Spuren des Giftes finden. Wie war also das Gift in den Körper gelangt? Schließlich wurde der in der Scheide der Frau entdeckte Tampon untersucht. Er war mit Zyanid getränkt. Der Ehemann wurde schließlich als Mörder überführt.«

Die beiden Frauen in der Seminargruppe waren blaß geworden, Birkenfeld schüttelte empört den Kopf.

»Diese Fälle sind Beispiele für besonders raffiniert angelegte, gut vorbereitete Morde«, kommentierte Schoppenstiel einige Horrorgeschichten später.

»Sie wurden dennoch aufgeklärt, weil die Täter entweder durch mangelnde Spurenbeseitigung, Dilettantismus in der Ausführung oder offensichtliche Motive selbst Ansatzpunkte für die Aufklärung gegeben haben.«

Dann warf er einen kurzen Blick auf seine Armbanduhr. »Tja, unsere letzte Stunde neigt sich dem Ende. Ich habe Ihnen einen Einblick in die Welt des Verbrechens verschafft, durch Fakten, Analysen, Fallbeispiele. Es lag mir fern, eine moralische Wertung abzugeben. In einer sich verändernden Gesellschaft wandeln sich auch die moralischen Maßstäbe. Wer kann heute noch sagen, ob morgen nicht etwas gesellschaftlich akzeptabel ist, das wir heute noch als verwerflich ansehen ...«

»Ein Zeitfaktor, sozusagen!« meinte Frau Althans voreilig und hielt sich erschrocken über ihre Kühnheit die Hand vor den Mund.

Schoppenstiel schmunzelte nachsichtig. »Exakt, Frau Althans. Ich sehe, daß Sie etwas gelernt haben. Ich wünsche Ihnen einen guten Heimweg.«

Schoppenstiel deutete eine Verbeugung an, die die Teilnehmer mit heftigem Klopfen auf die Holzschreibtische quittierten.

In dem Lärm ging unter, daß jemand geklopft hatte. Während Schoppenstiel seine Zeitungsausschnitte vom Pult zusammenklaubte, öffnete sich die Tür und ein älterer Mann in einem hellgrauen Trench betrat den Klassenraum. Er schien durch die Aufbruchsstimmung sichtlich irritiert. Schließlich trat er unter den neugierigen Blicken der Teilnehmer ans Pult.

»Herr Schoppenstiel?«

Schoppenstiel nickte. »Was kann ich für Sie tun?«

»Kriminalrat Zappek, Erstes Kommissariat.«

Schoppenstiel ließ die Kollegmappe aufs Pult zurückgleiten. »Was ist denn passiert?«

Der Beamte blickte sich unsicher im Klassenzimmer um. »Wir haben da ein paar Fragen bezüglich des Mordes an Herrn Brauer. Wollen wir kurz vor die Tür gehen?«

Schoppenstiel hob die Hände wie zu einer Predigt. »Wir haben hier gerade ausführlich über den Fall gesprochen. Mir wäre es sehr recht, wenn meine Seminarteilnehmer aus erster Hand in den uns alle tangierenden Fall einbezogen würden.«

Der Kommissar zuckte mit den Schultern. »Meinetwegen.«

Schoppenstiel faltete die Hand vor der Brust. »Sie fragen mich doch bestimmt in meiner Eigenschaft als Gerichtsmediziner?«

Der Kommissar überging die Frage und zückte sein Notizbuch. »Waren Sie je im Hause Brauer?«

Schoppenstiel runzelte die Stirn. »Nein, wieso?«

»Auch nicht gestern, am Sonntag, dem 26. September?«

»Nein!«

»Was haben Sie am Vormittag gemacht?«

Schoppenstiel stemmte die Hände in die Hüften. »Ich verstehe nicht ...«

»Bitte!«

»Ich war zu Hause, habe mein Seminar vorbereitet.« Schoppenstiel versuchte ein Lächeln, es mißlang ihm. »Sie haben doch nicht etwa mich in Verdacht?«

Der Kommissar wandte sich zur Tür und öffnete sie. Die Seminarteilnehmer starrten mit geweiteten Augen auf Zappeks Überraschungsgast, eine korpulente Frau mit blonden Locken, eingeschweißt in ein beiges Kostüm.

Sie betrat scheu den Klassenraum, schaute erst auf den Kommissar und heftete dann ihren Blick auf Schoppenstiel. Ihr Mund öffnete sich zeitlupenartig und gebar einen ohrenzerreißenden Schrei. »Ja! Das ist er! Das ist der Mann, den ich gesehen habe.«

Schoppenstiel wurde weiß wie die Wand hinter der Tafel. »Das ist völlig unmöglich!«

Die Zeugin war noch immer so enthusiastisch, als habe sie beim Glücksrad ein Bügelbrett gewonnen. »Ich habe ihn genau gesehen, als er das Haus verlassen hat.« Sie wurde rot vor Wut. »Ich habe mich noch geärgert, weil er mit dem Taschentuch den Türgriff abgeputzt hat. Ich mache doch jede Woche sauber ...«

Eine Handbewegung des Kommissars ließ sie verstummen.

»Es hat wohl keinen Zweck zu leugnen«, meinte der Kommissar mit ruhiger Stimme. »Brauer hatte in einem Schließfach Kopien belastender Unterlagen bezüglich Ihrer Doktorarbeit deponiert. Aber ein Motiv alleine hätte nicht ausgereicht, um Sie zu überführen.«

Schoppenstiel ließ sich auf den Stuhl fallen. »Das ist doch gar nicht möglich. Sie kommt doch sonntags erst um 12.00 Uhr. Ich habe doch das Haus bereits um 11.00 Uhr verlassen ...«

»Ja, ja, die Zeit!«

Der Kommissar schüttelte den Kopf, als habe er Mitleid mit dem überführten Täter. »Sie haben aber das Ende der Sommerzeit nicht einkalkuliert. Frau Pennekamp hatte vergessen, ihre Uhr umzustellen, und ist dementsprechend eine Stunde zu früh bei Brauer erschienen. Pech für Sie ...«

»Der Zeitfaktor!« entfuhr es Frau Althans erneut. Schoppenstiel sah diesmal allerdings keine Veranlassung, sie für ihre Kombinationsgabe zu loben.

Sally Plonsky

Am Bahndamm spielen ist gefährlich ...

Von Tante Silvi habe ich ihn bekommen, meinen Wutro. Er hat lange grüne Haare und ist so klein, daß er in meine Hand paßt. In meine Jeanstasche paßt er auch. Das ist sehr praktisch, denn so kann ich ihn überallhin mitnehmen. In die Schule, zum Spielen, und nachts darf er sogar in meinem Bett schlafen. Er ist mein bester Freund, und ich mag ihn. Er heißt Wutro, weil er ja ein Wunschtroll ist. Ein echter!

Wunschtrolle sind viel besser als Zaubertrolle. Die Zaubertrolle haben einen kleinen bunten Stein in der Mitte ihres Körpers. Ungefähr dort, wo bei mir der Nabel ist. Das sieht lustig aus, bei den Zaubertrollen meine ich, doch richtig zaubern können sie trotzdem nicht. Aber mein Wutro, der erfüllt mir alle meine Wünsche. Dazu muß ich ihn bloß in der Hand halten, und schwups kann ich den Zweier, Einser, Fünfer und Zehner ganz schnell runtersagen.

Wir haben nämlich in der Schule gerade das Einmaleins. In der zweiten Klasse hatten wir es auch schon mal. Doch da konnte ich's ja nicht, weil ich damals meinen Wutro noch nicht hatte. In der dritten Klasse hatten wir es wieder. Aber da wollte ich es nicht lernen, es war mir zu schwer. Jetzt kann ich es, und wenn mich unsere Lehrerin, Frau Albertini, fragt, was zum Beispiel 2 mal 5 ist, so drücke ich schnell meinen Wutro und sage 10. Ja, so blitzig geht das mit dem Wünschen!

Frau Albertini wundert sich mächtig, daß ich seit neuestem so gut rechnen kann. Sie weiß ja nichts von meinem Wutro, und ich verrate es ihr auch nicht. Soll sie ruhig denken, daß ich daheim mit Mama immer rechnen übe.

Emily hatte keinen Wunschtroll, bloß einen Zaubertroll. Und jetzt ist sie tot, und unsere ganze Schule muß morgen auf den Friedhof und singen und zugucken, wie sie ins Grabloch gelegt wird. Ja, das müssen wir, und darum brauchen wir alle morgen gar nichts lernen. Mir macht das nichts aus, denn ich geh eh nicht gern zur Schule. Da muß man nur dauernd rechnen und schreiben und lesen. Das ist langweilig. Ich gucke mir viel lieber Zeichentrickfilme an. Tom und Jerry mag ich am liebsten: Tom wurde schon oft von einem Zug überrollt, aber das hat ihm nichts ausgemacht. Immer wieder steht er auf und jagt hinter Jerry her. Das find ich riesig lustig.

Wenn Emily anstelle des blöden Zaubertrolls einen Wunschtroll gehabt hätte, würde sie ganz bestimmt auch wieder putzmunter hinter mir herjagen. Nun kann sie's nicht mehr. Das hat sie nun davon!

Selber schuld!

Ich hab's ihr ja gleich gesagt, daß Wunschtrolle viel besser sind als die doofen Zaubertrolle. Aber sie wollt's mir nicht glauben: Nie glaubte sie mir was!

Immer wußte sie alles besser!

Dabei wohnten wir im gleichen Haus, und manchmal spielten wir miteinander, und manchmal hat sie bei mir übernachtet. Mama wollte das alles. Ich nicht, weil ich ganz schnell merkte, daß Mama Emily viel lieber hatte als mich. So 'n fleißiges und sauberes und super ordentliches Kind wie die Emily hätte sie gerne selbst gehabt. Aber sie hat nur mich gekriegt, und das ärgert sie.

Jetzt ist Emily tot.

Richtig tot.

Toter geht's gar nicht mehr.

Sie liegt draußen in der Halle beim Friedhof.

Ich fänd's schrecklich, so ganz alleine in einer Holzkiste rumliegen zu müssen. Heute früh war ich mit Mama draußen, und Mama hat Blumen mitgenommen und geweint. Ich habe nicht geweint, mir war bloß kalt.

Arme Emily!

Tot sein zu müssen, ist schrecklich, aber dabei zu frieren, finde ich noch schrecklicher als schrecklich.

Die Kiste, in der die arme Emily jetzt liegt, ist zugenagelt.

Ganz fest, und frische Luft kommt auch nicht rein. Mama sagte mir, daß Emily nicht mehr atmet und darum auch keine frische Luft mehr braucht.

Emily's Mama läuft bloß noch mit total verheulten Augen in der Gegend rum, und schwarz angezogen ist sie auch Ehrlich, von morgens bis abends läuft sie nur in schwarzen Klamotten herum. Als ob das der armen Emily jetzt noch helfen könnte. Dabei war's sie doch selber: Sie hat doch der Emily den dussligen Zaubertroll geschenkt!

Natürlich könnte ich mir von meinem Wutro wünschen, daß Emily wieder lebendig wird. Er würd's echt machen! Aber das wünsche ich mir nicht, weil ich dann ja morgen in die Schule gehen müßte. Und das will ich nicht! Einen plötzlich freien Tag so mitten in der Woche find' ich super. Außerdem hab ich mir ja von meinem Wutro insgeheim gewünscht, daß er Emily mal für 'ne Weile verschwinden läßt, weil Mama mir dauernd vorhält, wie toll Emily in der Schule ist. Das nervt, echt! Da kann ich doch nun nicht kommen und mir Emily wieder zurückwünschen. Vielleicht würde Wutro mir nie wieder einen Wunsch erfüllen, und dann müßte ich das Einmaleins richtig lernen, und wenn's nicht hinhaut, bleibe ich wieder sitzen. Und wenn das passiert, muß ich in eine andere Schule. In die Blödenschule würde ich kommen, hat Mama mir gesagt. Da will ich nicht hin, weil ich dann mit dem Zug fahren müßte. Ich bin echt nicht blöde! Und Züge mag ich auch nicht mehr, seit die Sache mit Emily am Bahndamm passiert ist.

Nein, einmal Sitzenbleiben reicht mir!

Sonst komme ich ja nie mehr aus der Schule raus.

Neulich, als Mama nicht merkte, daß ich in der Wohnzimmertüre stand, sagte sie, daß ich ein zurückgebliebenes Kind wäre, und fragte Papa, womit sie das verdient hätte.

Papa guckte sie ganz komisch an und meinte, daß er nicht wisse, von welchem Kind sie spreche. Seine Tochter jedenfalls — und dabei zwinkerte er mir fröhlich zu — würde bloß die dritte Klasse noch einmal machen, damit es mit dem Einmaleins besser klappt.

Emily ist nie sitzengeblieben. Sie war die Beste in unserer Klasse und hat sogar die zweite Klasse überspringen dürfen. Deshalb hat Mama mir ja auch immer gesagt, ich solle sie mir als Beispiel nehmen. Aber seitdem die Sache am Bahndamm passiert ist, hat sie es kein einziges Mal mehr gesagt.

Und ich weiß auch warum!

Mama möchte nicht, daß ich genauso tot in einer Holzkiste rumliege und keine frische Luft mehr brauche wie Emily. Dann hat sie nämlich keine Cathy mehr, die mit ihr dauernd durch den Stadtpark düst, damit *sie* frische Luft schnappen kann!

Mama braucht frische Luft, weil *sie* zuviel raucht und den ganzen Tag bloß rumsitzt und auf mich wartet. Ich lasse sie absichtlich warten, trödle nach der Schule rum oder gehe mit irgendwelchen Kindern aus meiner Klasse mit und esse dort. Natürlich frage ich vorher, was es zu essen gibt. Klar, Bohnen und Spinat mit Eierpampe mag ich nicht!

Mama weiß das, und trotzdem kocht sie sowas.

Das macht sie extra, bloß um mich zu ärgern. Und darum ärgere ich sie auch und wünsche mir von meinem Wutro, daß sie nie sicher ist, wann ich nach Hause komme.

Ja, Emily ist unter den Zug gekommen. Er hat sie einfach überfahren. Nicht einmal gebremst hat der Mann in der Lok. Ich hab ihn genau gesehen: Seine Augen riß er weit auf, als er Emily mitten auf den Gleisen stehen sah. Doch sonst hat er nichts gemacht. Später, viel später hielt der Zug dann aber doch. Aber da stand Emily nicht mehr auf den Gleisen. Und weil ich sie nicht mehr sah, bin ich schnell abgehauen. Zur Schule bin ich gerast und hab der Frau Albertini gesagt, daß ich mir noch ein Heft kaufen mußte, und zum Beweis dafür habe ich es ihr gezeigt. Für solche Fälle habe ich nämlich immer ein neues Heft oder eine Schachtel Tintenpatronen im Ranzen.

Schließlich wollte ich ja nicht, daß Mama rauskriegte, daß ich dabei war, wie das mit Emily passiert ist.

Ich und Emily gingen wie immer zusammen zur Schule. Unser Weg führt am Bahndamm vorbei. Plötzlich fragte sie mich, ob sie jetzt endlich mal meine Schatzkiste sehen dürfe.

Wir sind also zum alten Schuppen hinterm Bahndamm gegangen, und als sie mir versprochen hatte, mein Geheimnis nicht meiner Mama zu verraten, da habe ich ihr meine Schatzkiste gezeigt. Ein Vogelnest hab ich drin, eine tote Blindschleiche – eine echte – und zwei Steine mit Silber. Emily meinte, daß das alles überhaupt kein richtiger Schatz sei, sondern bloß Schrott. »Du bist doof und gemein«, sagte ich zu ihr.

»Und du bist eine Sitzenbleiberin! Und außerdem hat deine Mama zu meiner Mama gesagt, daß du eine Zurückgebliebene bist. Und ich sag's deiner Mama, daß du immer hier spielst!«

»Ich darf das!« schrie ich.

»Nein! Ich habe ja auch gehört, wie deine Mama zu meiner Mama sagte, daß sie es dir verboten hat, am Bahndamm zu spielen, weil es gefährlich ist«, rief sie und wollte wegrennen.

»Am Bahndamm spielen ist nicht gefährlich! Ich nehme nämlich immer meinen Wutro mit, und der würde sogar *diesen* Zug zum Stoppen bringen«, sagte ich, lief zum Bahndamm hin und zeigte auf den Eilzug, der gerade weiter hinten um die Kurve bog.

»Das glaub ich nicht!« rief sie und kam mir nachgelaufen.

»Doch, mein Wutro kann's. Aber dein blöder Zaubertroll kann es nicht!«

»Kann er doch«, schrie sie wütend und meinte, daß sie mit ihrem Zaubertroll den Zug jetzt stoppen würde. Und zum Beweis dafür stellte sie sich mitten auf die Gleise. Als der Zug herandonnerte, wünschte ich mir ganz schnell von meinem Wutro, daß er Emilys Zaubertroll besiegt.

Und mein Wutro hat gewonnen!

Naja, die Wunschtrolle sind eben viel besser. Gut, daß Tante Silvi mir keinen Zaubertroll geschenkt hat. Am Beispiel von Emily sieht man ja, was sie können: Nämlich nichts!

Andreas Schlüter

Tod nach Punkten

Norbert Dehmel blieb erschrocken stehen. Er hatte einen ganz normalen Klassenraum erwartet, als er die Tür zu seiner 10 b öffnete: Einen Raum mit zerkratzten Tischen und Stühlen auf einem verschrammten Boden, einer vollgeschriebenen Tafel, schmutzigen Fenstern, an denen die orangefarbenen Gardinen dreckig und zerfetzt von der Decke baumelten, und mit genervten Schülern drin, die sich ärgerten, daß er, ihr Mathematiklehrer, mal wieder nicht krank war.

Aber jetzt stand er staunend da. Er war tatsächlich im richtigen Raum, wenngleich der auch nicht mehr die geringste Ähnlichkeit hatte mit jenem Klassenzimmer, in dem er seit zwei Jahren täglich die 10 b unterrichtete. Die Putzlappen, die die Behörde Gardinen nannte, waren verschwunden. Stattdessen dunkelten riesige, samtrote Vorhänge die Fenster ab. Der Glanz der weißen Kerzen auf roten Servietten, mit denen die schwarzabgedeckten Tische verziert waren, zauberte eine vornehm-feierliche, fast mystische Atmosphäre in die alte miefige Unterrichtskammer. Bunte Seidentücher an den Wänden ließen nur noch erahnen, daß es hier zwei Tafeln gab. Die Tische waren mit fein verzierten Kristallgläsern gedeckt, in denen ein frisches, grünes Getränk zum geselligen Anstoßen einlud.

»Nun kommen Sie doch endlich rein!« forderte Martin, der Klassensprecher der 10 b, seinen Lehrer auf.

Norbert Dehmel wackelte kurz mit dem Kopf, als wolle er so seine Verwunderung abschütteln, und schritt langsam zu seinem Pult.

»Was ist denn hier los?« fragte er in die Klasse hinein.

»Jubiläum!« antwortete Kathrin, die in der ersten Reihe saß. Saß? Mit durchgedrücktem Rücken, herausgestreckter Brust, erhobenem Kopf und zusammengefalteten Händen stolz in den Stuhl gemeißelt! So *saß* Kathrin da, ebenso die anderen vierzehn Schüler.

Kathrin ließ sich durch die erneute Verwunderung ihres Lehrers nicht aus der Haltung bringen. Im ernsten Tonfall erklärte sie: »Heute vor zwei Jahren hatten wir das erste Mal bei Ihnen Unterricht. Darauf möchten wir mit Ihnen anstoßen. Das ist Waldmeister-Bowle, selbstgemacht.«

Norbert Dehmel war gerührt. *Seine* lieben Schüler! Seit zwei Jahren am Motzen, wenn es um Mathematik ging, und dann sind sie urplötzlich doch so dankbar. Er wußte es ja schon immer: Die schlechte Laune und das Gemecker lagen halt am Fach. Welcher Schüler in dem Alter mochte sich schon gern den Kopf zerbrechen? Da war es nur ein Glück, daß sie ihn hatten: Norbert Dehmel, den stets gutgelaunten, auch mit seinen 45 Jahren noch jung gebliebenen Lehrer, sportlich, aufgeschlossen, immer bereit zu einem lustigen Spruch.

Breit grinste Norbert Dehmel übers Gesicht. Er ließ sich auf seinen Stuhl fallen, legte die Füße aufs Pult, wie er es immer zu Beginn der Stunde tat, griff sich das Glas Bowle und bedankte sich:

»Das finde ich aber nett von euch. Aber nun mal nicht so förmlich, Kinder! Seid ihr doch sonst auch nicht. Prosit erstmal.« Und schon stürzte er sich das Glas Bowle auf ex in den Hals. Kaum hatte er das Glas abgesetzt, plapperte er weiter: »Daß das schon zwei Jahre her ist. Gemessen an euren Kenntnissen denke ich manchmal, es waren erst zwei Wochen, ha, ha.« Norbert Dehmel kicherte vor sich hin. Vor ihm herrschte Totenstille.

»War nur ein kleiner Spaß«, erläuterte der Lehrer. »Was ist: Habt ihr noch ein Gläschen für mich?«

»Selbstverständlich.« Martin erhob sich mit einer blütenweißen Stoffserviette über dem linken Arm, öffnete elegant eine Flasche Champagner, goß sie zur Bowle, die neben ihm auf dem Tisch stand, rührte das Ganze langsam um und schenkte seinem Lehrer das Glas voll.

»Was denn, echter Schampus? Da habt ihr wohl noch schnell

'ne alte Oma überfallen, wie?« Norbert Dehmel lachte wieder über seinen Witz. Noch immer saßen alle Schüler in der kerzengeraden Haltung mit zusammengefalteten Händen an ihren Tischen und blickten ernst auf ihren Lehrer.

»Das Jubiläum ist nur ein Teil des Festes«, sagte Peter aus der dritten Reihe. »Der Hauptgrund unserer heutigen feierlichen Zusammenkunft ist: Sie haben 100 Punkte!«

Norbert Dehmel blickte Peter an wie ein Weihnachtskarpfen, den man gerade aufgefordert hat, doch mal eine Runde zu fliegen.

»Wie, 100 Punkte? Wobei, wofür?« stammelte Norbert Dehmel.

»In u-u-unserem L-L-Lehrerbuch«, stotterte Klaus, der Stotterer.

»L-L-Lehrerbuch?« quietschte der Pädagoge vor Vergnügen. »Kann mir das mal jemand erklären, der keinen Teppich im Mund hat?« fragte er kichernd.

Noch immer war auf den Gesichtern der Schüler nicht die geringste Bewegung auszumachen. Fünfzehn Jugendliche saßen still und akkurat gerade mit unentwegt gefalteten Händen auf ihren Plätzen. Von der Bowle hatte noch nicht einmal jemand genippt.

»Wir haben seit eineinhalb Jahren ein Lehrerbuch«, erläuterte Marion. »So wie die Lehrer ein Klassenbuch haben, in dem Verspätungen, vergessene Hausaufgaben und so weiter eingetragen werden. Wir haben uns eben ein Buch über Sie angelegt.«

Norbert Dehmel lächelte. »Das ist ja eine witzige Idee«, lobte er. »Wir haben früher als Schüler die Klassenbücher vor den Zeugniskonferenzen lieber verbrannt. Aber ein Lehrerbuch? Auch nicht schlecht. Und? Bin ich oft zu spät gekommen oder habe meine Hausaufgaben nicht gemacht? Vielleicht muß ich ja heute nachsitzen, ha, ha.« Die lieben Kleinen: mit sechzehn Jahren noch solche kindischen Ideen. Ein Lehrerbuch!

»Also«, wiederholte er, »habe ich so oft meine Hausaufgaben nicht gemacht, daß ich heute nachsitzen muß?«

»Schlimmer«, antwortete Petra aus der fünften Reihe, »es geht nämlich nicht um Hausaufgaben. Klaus macht wegen seines Stotterns seit drei Jahren eine Therapie. Zunächst mit gutem Erfolg. Seit einem Jahr aber wird es deutlich schlechter. Er stottert fast mehr als zu Beginn der Therapie. Wir glauben, es liegt an Ihnen.«

»Halt, stopp mal!« Norbert Dehmel sprang auf. Aus irgendeinem Grunde wollte ihm nun kein lustiger Spruch einfallen. »Wie kommt ihr denn darauf? Weil ich zwei- oder dreimal einen kleinen Witz über Klaus gemacht habe? So empfindlich ist der doch nicht.«

»853 mal«, sagte Barbara.

»Was?«

»Sie haben nicht zwei- oder dreimal einen dummen Spruch über Klaus gemacht, sondern in den vergangenen eineinhalb Jahren exakt 853 mal, den Spruch vom Anfang dieser Stunde schon mitgerechnet«, klärte Barbara Norbert Dehmel auf, ohne auch nur um einen Millimeter ihre aufrechte Haltung zu verändern. Starr und ernst blickte sie ihren Lehrer an. Keiner der Schüler schaute zu Barbara, während sie sprach. Unentwegt starrten alle Norbert Dehmel an. Erst jetzt fiel es ihm auf. Nicht für eine Sekunde hatte ein Schüler ihn bisher aus den stierenden Augen gelassen. Was war hier los? Die Schüler führten doch etwas im Schilde: auf welche Probe wollten sie ihn stellen?

Kurz schnappte Norbert Dehmel nach Luft, wippte für einen Moment auf den Zehenspitzen und setzte sich dann wieder ruhig auf seinen Stuhl. Diesmal jedoch ließ er die Füße auf dem Boden.

»Gut«, sagte er, »dann will ich mal hören: Was steht denn noch so Schönes in eurem Lehrerbuch?«

»Körperverletzung!« rief Torsten aus der letzten Reihe.

»Bist du bescheuert?« schrie Norbert Dehmel zurück.

Wieder sprang er von seinem Stuhl hoch, eilte mit großen Schritten auf Torsten zu und brüllte ihm ins Gesicht: »Was hast du da gesagt?«

Torsten blieb aufrecht sitzen, die Hände noch immer gefaltet, und sah seinem Lehrer kalt in die wild flackernden Augen.

»Körperverletzung«, wiederholte er mit der ruhigen Bestimmtheit, mit der Chirurgen gewöhnlich ein Skalpell anfordern. »Am 4. Oktober letzten Jahres um 11 Uhr 37 schlugen Sie mir im Gang des Pavillons 3 so stark ins Gesicht, daß ich noch am Abend leichte Kopfschmerzen hatte.«

»Warum lügst du?« schrie Norbert Dehmel noch lauter. Wieso ließ der Junge sich nicht einschüchtern?

»Er lügt nicht!« sagte Achmet aus der zweiten Reihe.

Norbert Dehmel fuhr herum, sprintete auf Achmet in der gleichen Weise zu wie zuvor auf Torsten.

»Woher weißt du das? Weil es in eurem schlauen Buch steht?«

»Nein«, antwortete Achmet ruhig, »weil ich es gesehen habe.«

»Weil du es gesehen hast! Interessant, was euch im Mai alles so einfällt, was ihr im Oktober gesehen und erlebt haben wollt!«

Norbert Dehmel wollte auf keinen Fall die Fassung verlieren. Er fühlte, wie sein Puls schneller wurde. Jetzt half nur noch der frontale Angriff!

»Schluß!« keifte er. »Schließlich haben wir hier Unterricht und keine Märchenstunde. Susanne, mach die Vorhänge auf. Packt die Sachen zusammen. Wir haben jetzt Mathematik!«

Susanne blieb so still sitzen, wie sie schon die ganze Zeit gesessen hatte. Eisern guckte sie Norbert Dehmel in die Augen. Mühelos hielt sie seinem Blick stand.

»Nein«, sagte Maik, »wir sind noch nicht fertig. Torsten hat Sie damals nicht angezeigt, weil er in Mathe auf Vier minus stand. Mit einer Fünf wäre er sitzengeblieben. Sie haben ihm mit dieser Fünf gedroht, wenn er redet.«

»Ich habe ihm nicht gedroht, er hätte eine Fünf verdient gehabt«, antwortete Norbert Dehmel. Bei einer Debatte um Zensuren war er im Vorteil. Er spürte, wie er sich innerlich beruhigte.

Maik beachtete den Einwand überhaupt nicht. »Aber wir haben den Vorfall nicht vergessen und notiert. Da hatten Sie 30 Punkte.«

»30 Punkte, 30 Punkte«, höhnte Norbert Dehmel. »Schluß

jetzt mit euren albernen Scherzen. Was geht mich das an, ob ich in eurem idiotischen Lehrerbuch 30 Punkte habe. Wir wollen jetzt endlich anfangen. Susanne, öffne endlich die Vorhänge!«

Susanne rührte sich immer noch nicht. Wieder übernahm es jemand anders, für sie zu antworten.

»Sie haben nicht 30, sondern 100 Punkte«, stellte Corinna klar. »Das haben wir Ihnen doch vorhin schon gesagt.«

»Na schön, ich habe 100 Punkte. Und nun? Jetzt lauft ihr zum Direktor und sagt: ›Herr Direktor, der Kandidat hat 100 Punkte‹, oder was?«

»Nein, das heißt: Sie werden sterben«, sagte Martin, der Klassensprecher.

Norbert Dehmel stutzte. »Was hast du da gerade gesagt? Sag das nochmal!«

Martin gehorchte brav und wiederholte: »100 Punkte heißt: Sie werden sterben.«

»Jetzt habe ich aber genug!« explodierte der Lehrer. »Ich mache ja jeden Blödsinn mit. Aber solche makabren Scherze gehen zu weit. Schluß! Aus!«

»Haben Sie tatsächlich den Eindruck, wir machen Spaß?« fragte Cornelia aus der vierten Reihe.

Norbert Dehmel wollte gerade etwas erwidern, doch ein Blick auf die Klasse hinderte ihn daran. Die ununterbrochen eingehaltene gerade, aufrechte Sitzhaltung mit den bedrohlich brav gefalteten Händen ließ keinen Zweifel: Hier fand ein Ritual statt, eine detailliert geplante und mit äußerster Disziplin vollzogene Gerichtsverhandlung. Fünfzehn unbewegte Augenpaare starrten ihn aus fünfzehn jungen, zarten Wachsgesichtern an. Langsam sank Norbert Dehmel auf seinen Stuhl. Er kannte Hunderte von Schülerscherzen, einfältige und durchdachte, selbst jene, die nur mit einen relativ großem Aufwand zum Erfolg führten. Aber dies hier war kein Scherz.

»Was …« begann er eine Frage zu formulieren, doch er brachte nur ein rauhes Krächzen zustande. Er räusperte sich und setzte von vorne an. »Was habt ihr vor? Kinder, macht doch keinen Unsinn!«

»Wir haben es schon gemacht«, erklärte Kathrin trocken.

»Die Waldmeister-Bowle«, setzte Tobias die Erklärung fort.

Und weiter ging's mit Inge: »Sie enthält Cumarin. Das ist nicht weiter verwunderlich. Jede Waldmeister-Bowle enthält das.«

»Das ist zwar nicht besonders gut, aber durchaus zu ertragen«, ergänzte Achmet, der wußte, daß jetzt Klaus dran war: »W-w-wenn man nicht z-z-zuviel d-d-d-d-davon trinkt.«

»Zuviel von dem Zeug ist nämlich ganz und gar ungesund.« Das war Marion, die das Wort von Klaus übernahm, und schon folgte Corinna: »Um nicht zu sagen: Es ist tödlich. Man blutet aus allen Ritzen; ziemlich ekelhaft. Man steht einfach da und verblutet.«

Jetzt war Martin an der Reihe: »Mitunter ist es bei Rinderherden in England aufgetreten. Die Viecher standen auf der Weide. Plötzlich spritzte ihnen das Blut aus allen Öffnungen. Sie kippten um und waren tot. Ursache: Überdosis von dem Gift.«

»Und bei der Waldmeister-Bowle haben wir ein wenig nachgeholfen. Wie Sie vielleicht schon bemerkt haben, sind Sie der einzige, der davon getrunken hat«, schloß Barbara die gemeinschaftliche Erklärung der Klasse 10 b vor ihrem Lehrer ab.

Norbert Dehmel wurde schlecht. Er torkelte in eine Ecke des Klassenraumes, hielt sich mit den Händen Bauch und Stirn und erbrach sich gegen die Wand, die ohnehin seit acht Jahren auf einen neuen Anstrich wartete.

»Das n-n-nützt n-n-nichts«, bemerkte Klaus, ohne die starre, ernste Gesichtshaltung aufzugeben.

Norbert Dehmel wischte sich mit dem Ärmel den Mund ab, drehte sich wieder zur Klasse hin und wankte zurück auf seinen Stuhl. Er holte ein paarmal tief Luft. Endlich war er wieder in der Lage zu sprechen: »Das könnt ihr doch nicht machen. Schön, ich war vielleicht etwas unfair zu Klaus. Mir ist die Hand bei Torsten ausgerutscht. Aber deshalb bringt man doch keinen Menschen um. Ihr seid doch wahnsinnig.«

»Sie hören nicht richtig zu«, widersprach Peter. »Wegen Klaus und Torsten haben Sie 30 Punkte bekommen. Sie haben aber

100 Punkte. 10 kamen noch hinzu wegen einzelner Delikte, die ich mir jetzt spare. Das Entscheidende sind die letzten 60 Punkte.«

»Was«, flüsterte Norbert Dehmel heiser, »soll ich getan haben?«

Die Schüler schwiegen und starrten ihn an.

Schließlich zog Martin ein großes, in schwarzes Leder gebundenes Buch unter dem Tisch hervor. Bedächtig schlug er eine Seite auf, die mit einer roten Kordel markiert war.

Norbert Dehmel schaute auf das Buch, fünfzehn Jugendliche schauten auf Norbert Dehmel.

Martin las: »*2. März 1993, 16 Uhr 30: Ein elfjähriges Mädchen namens Mareike Krohnert wird vor dem Schulkindergarten auf der Straße von einem Mann angesprochen, der sich als Kriminalkommissar ausgibt. Er erzählt dem Mädchen, daß seiner Mutter etwas Schlimmes passiert sei. Ihr gehe es zwar schon etwas besser, aber sie könne noch nicht nach Hause kommen. Er, der sogenannte Kommissar, hätte die Aufgabe, das Mädchen zu ihrer Mutter in das Polizeikrankenhaus zu bringen. Mareike steigt weinend in das Auto des Mannes. Der Mann fährt mit Mareike in ein Parkhaus. Dort zieht er dem Mädchen die Kleidung aus und vergewaltigt es. Das Mädchen schweigt. Auch danach. Erst vier Wochen später vertraut sich das Mädchen ihrer Schwester an. Die Schwester stellt aufgrund der Aussagen von Mareike folgende Beschreibung auf: etwa 1 Meter 90 groß, halblanges, braunes, gewelltes Haar, schlank, sportlich, kräftig, vielleicht vierzig oder fünfzig Jahre alt. Der Mann habe auffallend fröhlich gelacht, besonders nachdem er selbst irgendwelche Witze gemacht habe, die gar nicht lustig gewesen seien. Die Schwester empfindet aufgrund der Aussage eine verblüffende Ähnlichkeit mit Norbert Dehmel, den sie als Lehrer ihrer Schule kennt.*«

Martin schloß das Lehrerbuch.

»Seid ihr nicht mehr ganz bei Trost?« schrie Norbert Dehmel. Naßkalter Schweiß lief ihm den Rücken hinunter, er spürte, wie ein Schüttelfrost seinen Körper durchzuckte, seine Knie zitterten. Er fühlte sich gotterbärmlich krank. Wie schnell wirkte dieses verdammte Gift? Was waren die ersten Symptome? Es mußte doch noch irgendeine Chance geben. »Wegen so einer hanebüchenen Geschichte mischt ihr mir Gift in die Bowle? Wegen eines vagen Verdachts, einer mysteriösen Beschreibung, die einer dem anderen weitererzählt? Deswegen bringt ihr euren Lehrer um?« Norbert Dehmel merkte, wie sein Geschrei sich in ein hysterisches Glucksen verwandelte. Sein Herz pochte bis zum Hals. Tränen schossen ihm in die Augen. Er mußte raus! Raus aus dem Klassenzimmer! Raus an die frische Luft! Raus, um Hilfe zu holen! Nur raus! Norbert Dehmel spurtete zur Tür und wollte den Griff packen.

»Draußen haben Sie keine Chance. Ihre Rettung liegt hier«, sagte Tobias, der direkt neben der Tür saß. Es lag nicht die geringste Erregung in seiner Stimme. Er hatte sich dabei nicht einmal herumgedreht.

Norbert Dehmel sprang auf Tobias zu, packte ihn am Kragen, zog ihn vom Stuhl hoch zu sich heran, schüttelte ihn durch und schrie ihn an: »Von welcher Rettung sprichst du, du Schwein? Raus mit der Sprache, oder ich schwöre dir: Vor meinem Tod mach ich dich noch alle!«

»Es gibt ein Gegenmittel«, sagte Marion.

Norbert Dehmel warf Tobias auf den Stuhl zurück. Tobias rückte seine Kleidung zurecht, schob den Stuhl wieder richtig an den Tisch heran und setzte sich so, wie er vorher gesessen hatte: in aufrechter Haltung mit gefalteten Händen, Blick geradeaus. Norbert Dehmel drehte sich zu Marion um. »Was für ein Gegenmittel?«

»Begnügen Sie sich damit, daß wir eines haben«, sagte Petra. Norbert Dehmel drehte sich um 180 Grad, um Petra sehen zu können.

»Deshalb haben Sie draußen keine Chance«, ergänzte Peter. Wieder mußte Norbert Dehmel eine halbe Drehung machen, um zu Peter blicken zu können.

»Und was wollen Sie da draußen erzählen?« fragte Achmet von der anderen Seite. Norbert Dehmel drehte sich entsprechend. Ihm wurde schwindelig.

»Etwa: Meine Schüler haben mich vergiftet. Ich weiß nicht, womit, aber es gibt ein Gegenmittel, behaupten sie. Haben Sie zufällig eines dabei?«

Norbert Dehmel kramte in seinem Gedächtnis nach dem Namen des Giftes. Er hatte ihn vergessen, vielleicht sogar von vornherein nicht richtig verstanden. Jetzt fiel ihm auf, daß die Schüler den Namen nur einmal erwähnt hatten. Das war kein Zufall, sondern eiskalte Kalkulation. Sie hatten vorausberechnet, daß der Lehrer vor Überraschung und Aufregung bei einmaliger Nennung den Namen des tödlichen Giftes nicht behalten würde. Er hatte ein tödliches Gift geschluckt und wußte nicht einmal, welches.

»Im übrigen würde Ihnen ohnehin niemand glauben«, setzte Corinna noch einmal nach. »Ehe Sie einem Kollegen einigermaßen glaubhaft versichert haben, daß Sie vergiftet wurden, sind Sie längst tot.« Corinna hätte sich diese letzte Bemerkung durchaus sparen können. Norbert Dehmel war längst klar, daß er seiner Klasse hilflos ausgeliefert war. Die Schüler hatten es nicht einmal nötig gehabt, die Klassentür abzuschließen, so durchdacht war ihr Mordplan.

»Wo ist das Gegenmittel?« fragte Norbert Dehmel, der sich inzwischen wieder an sein Pult gesetzt hatte. »Was soll ich tun, um es zu bekommen?«

»Nur eine Frage beantworten«, antwortete Inge.

»Eine Frage? Von der Beantwortung einer läppischen Frage soll mein Leben abhängen?«

»Die Frage ist nicht läppisch. Sie ist entscheidend«, erläuterte Martin. »Wir sind nämlich in einem Punkt noch unsicher, ob Sie wirklich der Täter waren.«

»Ihr seid unsicher?« Norbert Dehmel witterte eine klitzekleine Chance. »Ihr habt vorsorglich euren Lehrer vergiftet, um hinterher festzustellen, daß ihr unsicher seid? Ich bin mir aber ganz sicher! Ich bin mir ganz sicher, daß ich nichts getan habe, außer einem wahnsinnig gewordenen Haufen mordlüsterner Schüler in die Hände gefallen zu sein!«

»Wir werden sehen«, sagte Kathrin ruhig.

»Die Frage lautet«, begann Maik zu erklären, doch dann brach er ab, wandte langsam und bedächtig seinen Kopf zu beiden Seiten und sah seinen Mitschülern ernst in die Augen. Die antworteten mit einem kaum merklichen, ebenso ernsthaften Augenzwinkern. Maik begann noch einmal von vorn: »Die Frage lautet: Wie heißt Ihr Hund?«

Norbert Dehmel gaffte Maik an. Seine Augen waren weit aufgerissen, sein Mund stand offen. Er stierte jeden Schüler der Reihe nach an.

»Ihr wollt wissen, wie mein Hund heißt? Mein Leben hängt davon ab, wie mein Hund heißt?« Der Lehrer wurde lauter: »Ihr schüttet mir Gift in die Bowle, haltet irgendwo ein Gegenmittel bereit und habt nichts Besseres im Sinn, als mir in diesem Moment mit so einer albernen Frage zu kommen?«

Cornelia unterbrach ihren Lehrer mit ruhiger, fester Stimme: »Welche Fragen hier albern sind, bestimmen wir!«

Peter ergänzte: »Zwei Jahre lang haben wir uns Ihr Gequatsche anhören müssen: beknackte Sprüche, hirnlose Witze und dämliche Fragen. Hier und jetzt stellen wir die Fragen!«

»Und Sie werden sie beantworten!« befahl Martin. »Egal, wie albern Sie Ihnen auch vorkommen.«

»So wie wir zwei Jahre lang Ihre bescheuerten Fragen beantworten mußten, um vernünftige Zensuren zu bekommen. Wer hat uns gefragt, wie dämlich uns Ihre Fragen vorkamen?« Barbara hatte sichtlich Mühe, ihre ruhige, gerade Haltung beizubehalten. Aber sie schaffte es.

Norbert Dehmel gaffte noch immer. Ihm fiel in diesem Augenblick auch nichts Gescheiteres ein als zu gaffen. Das Letzte, was er in dieser Sekunde gebrauchen konnte, war eine ellenlange Diskussion über Sinn und Unsinn seiner Unterrichtsmethoden. Er war es schließlich, der eine unbestimmte Menge eines unbekannten Giftes im Magen hatte. Und die Schüler hatten das Gegenmittel! Maik störte die Ruhe mit der Wiederholung seiner Frage: »Wie heißt Ihr Hund?«

»Verdammt noch mal, ich habe überhaupt keinen Hund!«
»Lügen Sie nicht!« rief Cornelia.

»Ich bin nicht in der Situation, wo ich durch Lügen und darauffolgende Diskussionen unnötig Zeit verschwende. Ich will das Gegenmittel. Es ist die Wahrheit: Ich habe keinen Hund«, antwortete Norbert Dehmel trocken.

»Das kann doch nicht sein!« schrie Cornelia. »Natürlich haben Sie 'nen Hund!«

Der Lehrer hob aufmerksam den Kopf. Zum erstenmal, seit diese Verhandlung gegen ihn begonnen hatte, diese ausgeklügelte schwarze Messe mit ihm als Opfer, hielt sich jemand nicht an die offensichtlichen Spielregeln. Mehr noch, Cornelia wirkte so aufgebracht, als drohe ein gesamtes Gedankengebäude einzustürzen. Sollte jetzt seine Chance gekommen sein?

»Sei still!« fauchte Martin Cornelia an.

»Aber ... aber er muß doch einen Hund haben! Mareike hat doch gesagt ...«

In diesem Moment stürzte Klaus auf Cornelia und preßte ihr seine Hand auf den Mund. »Sch-Sch-Schnauze!« stotterte er.

»Moment mal! Was war das? Was hat das Mädchen über einen Hund gesagt?« schrie Norbert Dehmel. Er wußte, jetzt war seine Chance gekommen!

»Nichts!« Martin versuchte verzweifelt, die alte überlegene Ruhe wieder herzustellen. Die Inszenierung mußte um jeden Preis aufrechterhalten werden.

»Nochmal die Frage: Wie heißt Ihr Hund?«

Norbert Dehmel baute sich vor der Klasse auf. Betont langsam und deutlich, aber überaus laut sagte er: »ICH – HABE – KEINEN – HUND! Und ich hatte auch noch nie einen. Fragt doch meine Nachbarn, bevor ihr mich umbringt!« Er fühlte, wie er seinem Sieg näherkam. Nichts war mehr zu sehen von der aufrechten Sitzhaltung. Kein Schüler hielt seine Hände mehr gefaltet. Unruhig rutschten sie auf ihren Stühlen hin und her, steckten die Köpfe zusammen, blickten sich fragend um. So kannte Norbert Dehmel seine Schüler. Wie vor einer Matheklausur, dachte er.

»Das kann doch nicht sein!« flüsterte Petra.

Cornelia, von der Klaus inzwischen wieder abgelassen hatte, vergrub ihr Gesicht in den Händen. Martin biß sich auf die Lippen. Kathrin runzelte die Stirn und schien sich über etwas den Kopf zu zermartern. Achmet schüttelte den Kopf. Barbara fluchte vor sich hin. Nur Susanne saß ruhig da und machte nichts.

Norbert Dehmel wußte, daß er nur noch einen Schritt vor der Ziellinie war. Jetzt nur keinen Fehler machen! Er bemühte sich, seine Stimme so gut wie möglich unter Kontrolle zu bekommen. So ruhig wie er vermochte, sagte er mit leiser, tiefer Stimme: »Bitte, sagt mir: Was hat das Mädchen über einen Hund gesagt?«

»Mareike hat gesagt, der Mann hatte einen Kampfhund namens Berber im Wagen.« Cornelia konnte es nicht mehr für sich behalten. »Sie habe auch deshalb so furchtbare Angst gehabt, weil ihr dieser schreckliche Kampfhund stets im Nacken saß. Deshalb habe sie es nicht gewagt, sich richtig zu wehren.«

»Das hat sie gesagt?« fragte Norbert Dehmel. Er stutzte einen Moment, aber nur kurz, und fügte dann hinzu: »Und das sagt ihr erst jetzt? Meine Güte, ich habe keinen Hund. Im Gegenteil: Ich habe Angst vor Hunden!« Seine Stimme überschlug sich beinahe beim Reden vor Aufregung und Freude über diese plötzliche Wende. Jetzt hatte er gewonnen!

»Ihr könnt wirklich jeden fragen, der mich ein bißchen genauer kennt: Ich habe eine Hunde-Phobie! Schon der kleinste Dackel jagt mir einen Schauer über den Rücken. Ich beginne zu zittern und schlottere vor Angst wie andere Leute im Tigerkäfig. Ha, ha, ich renne doch nicht mit 'nem Kampfhund durch die Gegend.«

Norbert Dehmel zitterte vor Erregung; die Erklärungen über seine Hunde-Phobie sprudelten nur so aus ihm heraus. Das Mädchen bezeugte, daß der Mann einen Kampfhund besaß! Das war sein Freispruch!

Mit düsteren Blicken schauten seine fünfzehn Schüler beschämt auf den Fußboden. Ohne ein Wort zu sagen, holte sich Martin von seinen Mitschülern die stille Genehmigung ein. Alle waren einverstanden. Selbst Susanne zeigte eine erste Regung, indem sie nickte.

»Es tut uns sehr leid«, flüsterte Martin. »Wir waren uns sehr sicher. Ich weiß nicht, was ...« Er brach ab, schluckte ein paarmal und schien die aufsteigenden Tränen unterdrücken zu wollen. Es gelang ihm.

»Hier ist das Gegenmittel«, sagte er schließlich. »Vitamin K. Gegen Cumarin hilft einfaches Vitamin K«, erklärte er, während er ein Glas mit einer durchsichtigen Flüssigkeit unter dem Tisch hervorholte und es seinem Lehrer reichte. Norbert Dehmel machte einen Satz nach vorne, schnappte sich das Glas und trank es in einem Zug leer. Geschafft! dachte er.

»Das war auch höchste Zeit!« sagte er dann mehr zu sich selbst. Er ging zurück zum Pult und ließ sich erschöpft auf seinen Stuhl sinken. Als er kurz aufblickte, sah er, wie die fünfzehn Jugendlichen ihre mit Waldmeister-Bowle gefüllten Gläser hoben, die bis dahin unangetastet auf den Tischen gestanden hatten.

»Das ist doch wohl die Höhe!« schrie Norbert Dehmel auf. Alle Schüler hatten ihre Bowle ausgetrunken. »Kann mir vielleicht mal jemand den verdammten Unsinn erklären?«

»Die Bowle enthält kein Gift«, sagte Martin. Er hatte seine ursprüngliche, eiskalte Ruhe wiedergefunden – wie alle anderen auch. Von einer Sekunde auf die andere saßen alle Schüler wieder wie zu Beginn der Unterrichtsstunde in der nervtötenden aufrechten Haltung mit durchgestrecktem Rücken und gefalteten Händen auf ihren Plätzen, die Blicke starr nach vorn auf Norbert Dehmel gerichtet. Der seinerseits wippte wieder aufgeregt auf den Zehenspitzen, die Hände in die Hüfte gestemmt, die Lippen zusammengepreßt, die Stirn wütend kraus gezogen. Dies war die Haltung, die enormen Ärger androhte, und die bisher immer dazu geführt hatte, daß die Schüler zusammenzuckten und kleinlaut wurden. Diesmal aber hielten sie der Drohgebärde stand. Niemand rührte sich aus der eingeübten Stellung.

»Bis auf den üblichen Anteil Cumarin natürlich, der bei einem Gläschen unschädlich ist, wenn man nicht überempfindlich darauf reagiert«, ergänzte Kathrin die Erklärungen über die Bowle.

»Das ist mir allerdings nicht entgangen, daß die Bowle kein Gift enthält! Sonst hättet ihr wohl kaum alle davon getrunken!« brüllte Norbert Dehmel durch den Klassenraum. »Ich will verdammt noch mal wissen, was der üble Scherz sollte!« Ihm stieg die Zornesröte ins Gesicht.

»Das war kein Scherz!« behauptete Peter.

»Wenn Sie erlauben, möchte ich Ihnen zur Erklärung noch eine Kleinigkeit vorlesen«, sagte Martin in dem höflichsten Tonfall, der ihm möglich war. Norbert Dehmel antwortete nicht, auf den Zehenspitzen wippend, blickte er Martin erwartungsvoll und drohend an. Wehe, wenn es jetzt keine anständige Erklärung für den Unfug gäbe! Martin schlug zum zweiten Mal das Lehrerbuch an der Stelle auf, die mit der roten Kordel markiert war. Er begann mit dem Satz, mit dem er beim ersten Mal geendet hatte: *Die Schwester empfindet aufgrund der Aussage eine verblüffende Ähnlichkeit mit Norbert Dehmel, den sie als Lehrer ihrer Schule kennt.*

Das auffälligste Merkmal des Täters aber war seine offensichtliche Angst vor Hunden. Der Mann bibberte aus Angst vor einem kleinen, nicht angeleinten Pudel. Mareike verscheuchte den Pudel; der Mann beruhigte sich dann wieder. Es ist zu vermuten, daß der Mann nur deshalb auf Mareike aufmerksam wurde und sie mitnahm. Ohne diesen Vorfall hätte es wahrscheinlich auch jedes andere kleine Mädchen aus dem Kindergarten treffen können.«

Martin klappte das Lehrerbuch wieder zu, Norbert Dehmel setzte sich.

»Der Kampfhund war von uns natürlich nur erfunden«, klärte Inge Norbert Dehmel auf. »Wir brauchten die Bestätigung der Hunde-Angst, die Sie ja eben fast schon euphorisch zugegeben haben.«

Norbert Dehmel saß da und starrte ins Leere.

»Was meinen Sie, Herr Dehmel: Wieviele Männer im Alter zwischen 40 und 50 Jahren gibt es, die ungefähr 1 Meter 90 groß sind, halblanges, braunes, gewelltes Haar haben, sportlich und kräftig wirken, dadurch auffallen, daß sie über ihre eigenen Witze ohne Pointe herzlich lachen und zudem panische Angst vor jeglicher Art von Hunden haben?« fragte Cornelia.

Achmet brachte es auf den Punkt: »Sie haben soeben Ihr eigenes Todesurteil gesprochen.«

Norbert Dehmel schreckte auf, sein Kopf zuckte kurz hoch, dann sah er rüber zu Achmet. »Todesurteil?« fragte er leise. »Wieso denn Todesurteil? Das mit der Bowle war doch Quatsch.«

»Wer spricht von der Bowle?« antwortete Corinna. »Wir meinen das sogenannte Gegenmittel: Das war kein Vitamin K, was Sie gerade getrunken haben. *Das* war Cumarin! Es wirkt viel schneller, als Sie denken. Wäre die Bowle tatsächlich vergiftet gewesen, hätten wir nicht mehr so lange reden können. Sie haben sich eben gerade selbst vergiftet. Ihnen bleibt keine Zeit mehr.«

»Sie haben Mareike Krohnert vergewaltigt, die Schwester von Susanne Hermes, die nur den Mädchennamen ihrer Mutter trägt. Dafür werden Sie jetzt sterben«, fügte Tobias hinzu.

Norbert Dehmel faßte sich ans Herz, plötzlich fiel ihm das Atmen schwer. Er hatte das Gefühl, keine Luft mehr zu bekommen. Ein Gefühl, das ihn diesmal nicht trog. Aus dem Mundwinkel floß ein kleines Rinnsal Blut.

Jürgen Ehlers

Herzversagen

Die Hecke ist zwar hoch, aber nicht so hoch, daß man das Grundstück nicht von der Straße aus einsehen könnte. Thomas Naumanns Herz schlägt bis zum Hals. Noch einmal sieht er sich um. Die nächtliche Straße liegt verlassen im Mondlicht. Das Haus vor ihm ist dunkel. Zögernd geht er auf das Garagentor zu. Dies könnte das Ende seiner Laufbahn als Chirurg sein, bevor sie überhaupt begonnen hat. Strafanzeige, Verweis vom Schiller-Gymnasium, und sein Alter wird ihn aus dem Haus jagen. Warum hat er nur so schrecklich angeben müssen? Zögernd gibt er das vereinbarte Zeichen.

Mein Gott, dieser Typ ist völlig cool, denkt Bernd Krampitz, der ihm jetzt folgt. Nur keinen Lärm machen! Aber der Kies knirscht unter seinen Schuhsohlen, und er erwartet jeden Moment, daß eine kräftige Stimme »Halt!« ruft; sie würden geblendet im Schein einer starken Taschenlampe stehen und verzweifelt versuchen zu erklären, was sie hier machten.

Dies ist das Haus von Konrad Hochstedt. Hochstedt ist Lehrer gewesen, Oberstudienrat am hiesigen Schiller-Gymnasium. Jetzt ist er tot, mit dem Auto verunglückt. Und da ist Monika auf die wahnwitzige Idee gekommen: »Mensch, seine ganzen Aufzeichnungen, die Zensuren und Punkte, das existiert doch jetzt nur noch in diesem kleinen Kursheft, das er immer benutzt hat: Wenn man da herankommen könnte!« Sie hat Thomas so angesehen, daß er sofort gesagt hat: »Aber das läßt sich doch einrichten!«

Er hat Bernd Krampitz zu Rate gezogen; einerseits, weil er nicht allein in der Tinte sitzen will, wenn etwas schief geht, und andererseits, weil er gewußt hat, daß Krampitz hier und dort in Kaufhäusern schon mal etwas hat mitgehen lassen.

Bernd hat mit seiner Fünf in Chemie ein persönliches Interesse an Hochstedts Buch, obwohl es bei ihm eigentlich um nichts geht. Er weiß nicht, was er nach dem Abitur machen will. Im Gegensatz zu Monika, die zwar immerhin eine Drei in Chemie hat, bei der aber der Studienplatz in Zahnmedizin von der Note abhängt und damit das »big money«.

Das alles scheint so weit weg, fast unerreichbar, während Bernd Krampitz hier auf das Haus des toten Lehrers zuschleicht. Er weiß, daß es falsch ist, was sie hier tun. Er hat zwar schon geklaut, aber eingebrochen hat er noch nie. Aber er ist auch nicht feige, und aufgeben wie Sven, das würde er auf keinen Fall.

Das Garagentor ist unverschlossen. Bernd weiß, daß man von der Garage in das Haus gelangen kann. Er schließt das Tor hinter sich. Es ist finster. Thomas tastet nach dem Lichtschalter. Plötzlich ein entsetzlicher Krach! Verdammt! Muß dieser Mülleimer auch mitten im Weg stehen?

Inzwischen hat Bernd den Lichtschalter gefunden. »Los, räum wieder ein, den Scheiß«, zischt er. Sie wollen keine Spuren hinterlassen. Thomas rafft mit zitternden Händen leere Schachteln, Putzwolle und Drahtenden und einige große Muttern zusammen – sind das nicht Radmuttern? Er läßt eine in seine Tasche gleiten. Bernd flucht. Die Tür zum Haus ist verschlossen. Sicherheitsschloß – da hilft nur der Kuhfuß. Er muß dreimal ansetzen, bevor das Holz zersplittert, schrecklich laut in der Stille der Nacht. Sie können nur beten, daß das Garagentor den Schall ausreichend dämpft.

Die nächsten Minuten sind ein Alptraum. Sie machen Licht im Haus, suchen und finden das Arbeitszimmer, den Schreibtisch, das Kursheft. Licht aus und weg! Das Garagentor fällt mit einem Knall zu. Noch immer ist niemand zu sehen. Sie hören erst auf zu rennen, als sie die Kreuzung zur Juliusstraße erreicht haben, an der eine automatische Ampel den nicht stattfindenden Verkehr regelt. Es ist halb zwei.

Axel Naumann, der Vater von Thomas, ist für »Lokales« zuständig, sein Sohn fragt ihn beim Frühstück nach dem Unfall. Ja, natürlich hat er davon gehört. Der Anzeiger hatte darüber berichtet, vor einer Woche etwa; Naumann erinnert sich an die Fotos.

»Könnte es sein, daß das gar kein Unfall gewesen ist?«

Naumann kratzt das Schwarze von seinem Toast. »Warum fragst du nicht die Polizei?«

Thomas schweigt. Schließlich sagt er: »Ich dachte ja nur, daß es dich vielleicht interessieren könnte ...«

»Ja, natürlich interessiert es mich!« Kein Unfall – also Mord. Ein Mord an einem Lehrer, das wäre eine klare, einfache Sache, ganz nach dem Geschmack seines Chefs. Hier die Guten und da die Bösen, peng! Thomas erzählt ihm, Hochstedt sei allseits unbeliebt gewesen, sowohl bei den Schülern als auch bei den Kollegen. Er galt als streng und schwierig im Umgang. Und in seiner Klasse werde jetzt gemunkelt, daß bei jenem Verkehrsunfall jemand seine Hand im Spiel gehabt habe.

»Wer ist ›jemand‹?«

Thomas zuckt mit den Achseln.

»Das ist Klatsch, damit kann ich nichts anfangen«, befindet Naumann.

»Und das?« Sein Sohn legt die Radmutter auf den Tisch.

Eine halbe Stunde später kennt Axel Naumann die ganze Geschichte. Oder die Version, die Thomas ihm zukommen läßt. Viel haarsträubender als die Radmutter erscheint ihm der nächtliche Einbruch, der Diebstahl des Kursheftes. Und im Gegensatz zu dem angeblichen Mordanschlag gibt es daran keinen Zweifel, das Kursheft liegt vor – Thomas präsentiert es ihm nicht ohne Stolz. Axel Naumann ist um eine Illusion ärmer. Mit einer Tochter wäre mir das nicht passiert, denkt er. Und: Wenn Katja wenigstens noch da wäre! – Sie haben sich vor einem Jahr getrennt.

»Und was habt ihr euch davon versprochen?«

»Eine neue Chance. Sie werden uns irgendwie prüfen müssen, schriftlich und mündlich, oder?«

»Und was bringt das? Wenn du keine Ahnung hast in Chemie, kannst du dich hundertmal prüfen lassen, und es kommt nichts dabei heraus.«

»Es kommt immer darauf an, wer einen prüft. – Bis später dann.« Thomas macht sich auf den Weg zur Schule, scheinbar ungerührt.

Axel Naumann fragt sich, was er wirklich über Thomas weiß. Sie haben wenig Gemeinsamkeiten. Eine eher kühle, sachliche Beziehung. Zusammen wohnen, gemeinsame Mahlzeiten. In der Freizeit geht jeder seine eigenen Wege. Sicher gibt es Dinge, die sein Sohn nicht erzählt, wenn er ihn nicht direkt danach fragt. Wahrscheinlich gibt es auch Dinge, die er auf direktes Befragen nicht zugeben würde. Daß er je in einen Einbruch verwickelt sein könnte, hätte sein Vater nicht für möglich gehalten.

Vielleicht geht ja alles gut, denkt Naumann. Er dreht die Radmutter zwischen den Fingern. Schade, daß der Hochstedt nicht ein paar Wochen früher gestorben ist, dann hätte er einfach Wolfgang Hintze aufsuchen können, seinen früheren Klassenkameraden, der hätte ihm mehr erzählen können. Aber Hintze hat sich zum Schuljahreswechsel nach Hamburg versetzen lassen, um endlich auf A 14 zu kommen. Naumann wird nichts anderes übrigbleiben, als selbst Erkundigungen einzuziehen, zunächst per Telefon. Es könnte ja etwas dran sein an dieser Geschichte.

Ein Anruf bei der Polizei bringt wenig Neues. Der Fall sei eindeutig, heißt es. Auf gerader Strecke sei Hochstedt in der Nacht zum Donnerstag letzter Woche, von Neumünster kommend, knapp hinter dem Ortsausgang von Holtlohe von der Fahrbahn abgekommen und gegen einen Baum geprallt. Totalschaden. Es gäbe keine Bremsspuren, keinerlei Hinweis auf Fremdverschulden. Ein Vertreter aus Kiel, der wenig später am Unfallort eingetroffen sei, habe sofort gehalten und die Unfallstelle gesichert. Hochstedt wäre da bereits tot gewesen. Nach Auskunft des Arztes, Dr. von der Brink, sei kein Alkohol im Spiel gewesen, sondern Hochstedt sei offenbar plötzlich während der Fahrt an Herzversagen gestorben.

Herzversagen? Vor dem Aufprall? Läßt sich das nachweisen? Naumann braucht die Frage gar nicht erst zu stellen. Der Polizist am anderen Ende der Leitung kommt ihm zuvor: »Haben Sie eine andere Erklärung – eine bessere?« Und bevor Naumann etwas von Manipulationen am Auto sagen kann, hat der andere schon abschließend hinzugefügt: »Herr Naumann – dies ist schließlich nicht St. Pauli. Wir sind auf dem Lande, vergessen Sie das nicht.«

Dazu ließe sich manches sagen. Eine Kleinstadt mit zwanzigtausend Einwohnern ist strenggenommen nicht mehr das Land. Und Hamburg ist keine fünfzig Kilometer entfernt. Das hat seine Auswirkungen auch auf die Kriminalstatistik, und Naumann weiß kraft seines Berufes auch von Fällen, die nicht in der Statistik erfaßt worden sind. Dazu gehört zum Beispiel der Hasch-Konsum am Schiller-Gymnasium. Aber ein Mord an einem Lehrer, das wäre schon etwas Neues.

Erst am Abend kommt Axel Naumann dazu, sich wieder mit dem Fall zu beschäftigen. Thomas ist beim Handball. Sie sind sich auf der Treppe begegnet, als er nach Hause kam. Thomas wird erst zurückkommen, wenn der Vater schon schläft. Jetzt ist Zeit zum Nachdenken.

Vor ihm liegt das Kursheft. Er blättert die Seiten durch und überlegt, ob einer der Schüler für einen Anschlag auf Hochstedt in Frage kommen könnte. Nach dem Notenschnitt am ehesten ein gewisser Sven Blanck, aber von dem weiß Naumann nichts. Blanck? Er überlegt. Eine Frau Blanck ist ihm letzte Woche bei dem Empfang im Rathaus vorgestellt worden. *Architekturbüro Blanck & Partner.* Sein eigener Sohn und Monika Stehr rangieren eher im Mittelfeld. Natürlich ist dieser Kurs nur ein kleiner Ausschnitt aus dem Schulalltag. Hochstedt hat noch andere Kurse geleitet, und er kann auch außerhalb der Schule Feinde gehabt haben. Aber wenn es nun doch einer von diesen Schülern gewesen ist?

Bernd Krampitz zum Beispiel. Sohn des Sparkassenleiters. Hat gewußt, wie man in das Haus gelangen konnte, ohne gesehen zu werden. Ist also schon vorher dagewesen. Einmal vor Gericht gestanden wegen Diebstahls, aber nicht verurteilt. Keine Hinweise auf Gewalttätigkeit, aber Gewalt ist ja auch nicht im Spiel gewesen. – Spekulationen, nichts Konkretes.

Den Journalisten treibt der Ehrgeiz, etwas herauszufinden, was Polizei und die übrige Presse übersehen haben. Endlich der große berufliche Erfolg! Sein Gefühl sagt ihm: Du begibst dich auf gefährliches Gebiet. Der Junge steckt mit drin – wenn du mit dieser Radmutter zur Polizei läufst, wirst du zugeben müssen, woher du sie hast! Es wird ohnehin herauskommen, fürchtet er. Jedenfalls kann es nichts schaden, wenn er sich das Autowrack einmal ansieht.

»Das ist der Wagen.«

Bei entsprechender Geschwindigkeit bleibt auch von einem Volvo nichts weiter übrig als ein Haufen verbogenes Blech.

»Wollen Se ihn haben?«

Naumann schüttelt den Kopf. Er hat dem Schrotthändler erzählt, für eine Serie über tödliche Autounfälle bräuchte er noch ein paar Fotos. Er hat Glück gehabt; eine Woche später, und das Wrack wäre in der Schrottpresse gewesen.

»Denn machen Se man. Ick muß mir wieder ums Geschäft kümmern. – Aber sagen Se Bescheid, wenn Se fertig sind, ja?« Der Händler schlurft davon.

Naumann bückt sich und macht eine Aufnahme. Graues Blech vor grauem Himmel. Aber es ist sowieso kein Farbfilm, und außerdem gibt es genügend bessere Aufnahmen im Archiv, direkt von der Unfallstelle.

Woran erkennt man, ob an einem Auto herummanipuliert worden ist? Vor allem, wenn es so aussieht wie dieses? Durch die Wucht des Aufpralls ist die Front fast einen Meter tief eingedrückt, die Rundung des Baumes zeichnet sich im verbogenen Blech ab. Es ist einer der kleineren Chausseebäume gewesen, Stammdurchmesser unter einem halben Meter, aber das hat gereicht.

Die Fahrertür ist nur angelehnt. Sie haben sie aufgeschweißt, um Hochstedts Leiche herauszuklauben. Vielleicht hatte jemand an den Bremsen gedreht, aber wie soll er das feststellen? Er kann nicht einmal in den Wagen hineinkommen. Und die Räder? Das rechte Vorderrad fehlt. Er findet es ein Stück weiter, zwischen anderem Schrott. Es könnte sich beim Aufprall gelöst haben. Und die anderen? Naumann hebelt eine Radkappe herunter und stößt einen leisen Pfiff aus. Beim linken Vorderrad fehlt die Hälfte der Radmuttern. Kein Zweifel, Thomas hat recht gehabt: Hier hat einer Schicksal gespielt.

Mittag, schnell nach Hause. Naumann fühlt sich müde und zerschlagen. Dabei ist sein Arbeitstag noch längst nicht beendet. Er leert den Briefkasten und steigt die zwei Treppen hinauf. Die Dachgeschoßwohnung hat viel von ihrer Gemütlichkeit verloren, seit Katja ausgezogen ist. Das Hemd, das er gestern abend achtlos zur Seite geworfen hat, liegt noch immer auf dem Fußboden, und der Abwasch türmt sich in der Spüle. Die Trennung war seine Schuld gewesen. Er hat es übertrieben mit der Arbeit und den erhofften Posten in der Redaktion am Ende doch nicht bekommen. – Naumann nimmt eine Flasche Bier aus dem Kühlschrank, da klingelt das Telefon. Er hebt ab.

»Langendorff, Kriminalpolizei. – Herr Naumann, Sie haben sich vorhin nach dem Unfall des Lehrers Hochstedt erkundigt. Gab es einen bestimmten Anlaß für Ihr Interesse?«

Verdammt. Was jetzt? »Ach, es gab da so Gerüchte, wissen Sie ...«

»Herr Naumann, über diese Gerüchte würden wir uns gern einmal mit Ihnen unterhalten. In das Haus von Hochstedt ist eingebrochen worden. Allem Anschein nach die Arbeit von Amateuren, aber Handschuhe haben sie immerhin angehabt. – Haben Sie zufällig eine Ahnung, wer das gewesen sein könnte?«

»Nein.« Sie wissen es also noch nicht. Naumann zögert, dann erzählt er von seiner Entdeckung auf dem Schrottplatz.

Am anderen Ende der Leitung herrscht einen Moment lang Stille. »Wir werden uns den Wagen noch einmal vornehmen«, sagt Langendorff schließlich. »Sie hören von uns.«

Das fürchte ich auch, denkt Nauman. Thomas und ich! Aber jetzt gibt es kein Zurück. Er greift zum Telefonbuch und schlägt das Verzeichnis der Hamburger Schulen auf.

Er erreicht seinen alten Klassenkameraden auf Anhieb. Er hat Hintze seit dem Studium kaum gesehen. Zwei, drei flüchtige Begegnungen auf der Straße. Naumann weiß nur, daß Hintze verheiratet war und wieder geschieden ist. Es gäbe viel zu erzählen. Aber nicht jetzt. Axel Naumann ist ungeduldig, kommt sofort zum Thema.

»Der Hochstedt ermordet? Womöglich von Sven Blanck?« Wolfgang Hintze lacht. Naumann hält den Telefonhörer weiter vom Ohr ab. »Das ist sein Opfer, der Sven, sein Opfer! Oder sagen wir besser: sein letztes Opfer. Die Katrin Hanken geht auch auf sein Konto, denke ich.«

»Katrin Hanken? Das ist doch die, die beim Schnüffeln ...«

»Die Klebe-Trine, ja. Tragischer Freitod einer Schülerin, hieß das in eurer Zeitung. Hast du das geschrieben?«

Was hätte er sonst schreiben sollen?

»Weißt du eigentlich, daß sie schon vorher versucht hat, sich umzubringen? Bei uns in der Schule hat sie sich die Pulsadern aufgeschnitten. – Das heißt, sie hat es versucht. Aber das ist nicht so einfach, wenn man es mit dem Messer macht, bei sich selbst. Sie ist rechtzeitig gefunden worden ...«

»Aber die Katrin ist doch schließlich an ihrem Zeugs eingegangen, oder nicht? Was hat Hochstedt damit zu tun?«

»Ganz einfach. Er hat sich immer einen rausgepickt, der Hochstedt, in jeder Klasse, und den hat er fertiggemacht. Vor drei Jahren war das die Katrin und jetzt der Sven.«

»Verstehe ich nicht.«

»Ich erklär's dir. Aber nicht jetzt am Telefon. Wie wär's, wenn du heute abend bei mir in Hamburg vorbeikommst?«

»Abgemacht.«

Thomas Naumann knallt die Tasche in die Ecke und wirft sich in den Sessel neben seinen Vater.

»Habt ihr schon Schluß?«

»Scheiße. Sie haben den Krampitz festgenommen, als er versucht hat, die Münzen zu verkaufen.«

»Was für Münzen?«

»Die lagen da einfach so rum. Goldmünzen halt. Krampitz hat welche genommen.«

Die Münzen hatten im Schreibtisch gelegen, jede in einem kleinen Plastiketui, fünf oder sechs Stück. Sie hatten sie gefunden, und Krampitz hatte sie eingesteckt, ohne viel Worte zu machen. Als Thomas ihn zur Rede stellte, hatte Bernd nur gemeint, Einbruch sei es sowieso, da könnten sie auch genausogut was mitnehmen, das mache keinen Unterschied.

»Hast du auch was mitgenommen?«

Thomas schüttelt den Kopf. Hoffentlich stimmt's, denkt sein Vater. Thomas berichtet, Krampitz habe mit den Dingern angegeben und sei dann in der großen Pause losgezogen, um »mal eben ein bißchen Bares zu holen«, wie er sich ausdrückte. Er ist nicht wiedergekommen. Als er auch am Ende der nächsten Stunde nicht zurück war, hat Thomas die Nerven verloren und ist nach Hause gerannt.

»Und jetzt?«

»Der Krampitz hält dicht«, sagt Thomas, aber es klingt nicht sehr überzeugt.

Sein Vater schüttelt den Kopf: »Da gibt's nur eins: Hingehen, alles erzählen. Mit dem Kursheft. – Ich geh mit.«

»Nicht nötig«, murmelt Thomas.

Heißt das nun ja oder nein? – Es heißt nein. Thomas nimmt das Heft und macht sich mit langsamen Schritten auf den Weg. Als die Tür hinter ihm zufällt, denkt Axel Naumann, vielleicht hat es doch ja geheißen.

Aber er geht ihm nicht nach. – Wenn ich nachweisen kann, daß es Mord war, denkt er, spielt der Einbruch keine große Rolle mehr. Wenn der Hochstedt den Sven Blanck so sehr schikaniert hat, wäre das vielleicht ein Motiv.

Der Zug ist um diese Tageszeit fast leer. Naumann sitzt allein im Abteil. Draußen im Halbdunkel gleiten die öden Vororte

Hamburgs vorbei. Er hat Thomas einen Zettel auf dem Küchentisch hinterlassen: *Bin in Hamburg, komme morgen mittag zurück.*

»Open end«, hatte Wolfgang gesagt, und Axel Naumann hat sein Nachtzeug eingepackt. Er weiß, es wird eine lange Nacht werden. Morgen ist Sonnabend, und die Lehrer haben frei.

Nachdem Axel Naumann die neue Wohnung seines früheren Klassenkameraden bewundert hat, öffnet Wolfgang eine Flasche Bordeaux, und sie unterhalten sich über die alten Zeiten und über Naumanns Beruf. Ein talentierter Reporter wie er sollte längst beim Abendblatt sein oder bei einer der anderen großen Zeitungen, behauptet Hintze. Sprüche. Die Stimmung ist nicht locker, eher etwas verkrampft. Die neunzehn Jahre sind nicht spurlos vorübergegangen, denkt Naumann. Aus dem Radio tönt leise klassische Musik.

Sie sind schon bei der zweiten Flasche, als Naumann auf sein Thema zurückkommt.

»Axel, in jeder Gruppe wie zum Beispiel einer Klasse gibt es immer irgendwelche destruktiven Tendenzen. Und es bietet sich natürlich an, die aufgestaute Aggression am Lehrer auszulassen. Er ist derjenige, der nicht wirklich dazugehört zu der Gruppe. Hochstedt hat dem vorgebeugt, indem er ihnen ein anderes Opfer präsentiert hat – einen von ihnen. Und in diesem Fall war das der etwas schmuddelige, tapsige Sven Blanck. Das war nicht schwer. Der Blanck war eher eine technische Begabung, ein Fall für die Realschule, nicht fürs Gymnasium.«

»Und das hat die Klasse mitgemacht?«

»Ach, das läuft doch überall gleich ab. Die Masse schlägt sich immer auf die Seite des Stärkeren.«

»Was ist weiter passiert?«

»Die Einzelheiten kenne ich auch nicht. Ich weiß nur, daß der Sven schließlich aufgegeben hat. Wahrscheinlich hat er vorher schon gelegentlich Hasch genommen. Ein halbes Jahr, nachdem Hochstedt die Klasse von mir übernommen hatte, hat er angefangen zu fixen. Er ist immer unregelmäßiger zum Unterricht erschienen, schließlich gar nicht mehr.«

»Und das habt ihr alles so mitangesehen? Ich meine, ihr habt doch offenbar gewußt, was da abläuft!«

»Er ist volljährig, Axel. Er kann dem Unterricht fernbleiben, wenn er will.«

»Und Hochstedt?«

»Ich habe ihn zur Rede gestellt, aber er hat mich abblitzen lassen. In seinen Unterricht ließe er sich nicht hineinreden.«

»Das war alles?«

Wolfgang zuckt mit den Schultern. »Was hast du erwartet? Hochstedt war herzlos, ein Schwein, wenn du so willst, aber Schwein sein ist nicht verboten. Dafür wirst du nicht bestraft. Dafür wirst du nicht mal entlassen oder gemaßregelt oder sonst irgendetwas. Und die Elternschaft, das mußt du wissen, die hätte wie ein Mann hinter Hochstedt gestanden. Bei dem haben die Kinder nämlich wirklich was gelernt — mehr als bei mir.«

»Aber um welchen Preis! Sag, was du willst — das hätte er niemals tun dürfen, und ihr hättet es niemals zulassen dürfen!«

»Ich beglückwünsche dich zu deiner klaren Meinung!«

Axel Naumann blickt in Wolfgangs spöttische Augen und fragt sich, wie es hinter dieser Fassade aus Zynismus aussieht. Wolfgang trinkt mehr, als ihm gut tut, denkt er. Der Schulalltag ist härter hier in Hamburg, das hat er zugegeben, und das kann auch die Beförderung nach A 14 nicht ausgleichen.

Naumanns Blick fällt auf ein kleines gerahmtes Foto auf dem Schreibtisch. Es zeigt drei Personen: Wolfgang Hintze, damals noch jung und optimistisch, die junge Frau neben ihm mit dem schulterlangen, blonden Haar und dem etwas melancholischen Blick ist vermutlich seine geschiedene Frau, beide betrachten ein Baby, das sie im Arm hält. Das ist jetzt schon siebzehn, achtzehn Jahre her, denkt der Journalist. Er hat die Frau nie gesehen, Wolfgang hat sie erst nach dem Studium kennengelernt. Dennoch kommt sie ihm bekannt vor. Er grübelt. Und dann weiß er es, platzt damit heraus: »Deine Frau — das ist doch die …?«

»Kommst du jetzt erst drauf? Ich dachte, du weißt das die ganze Zeit und spielst hier ein Spiel mit mir. — Ja, die Renate ist wieder verheiratet. Sven Blanck ist mein Sohn.«

Naumann schweigt.

»Starr mich nicht so an, Mensch! Ja, ich habe alles gewußt, von Anfang an, oder fast von Anfang an, aber ich habe es trotzdem nicht verhindern können. Als er dann die Schule verlassen hat und nach Hamburg gegangen ist, bin ich ihm nach, nicht wegen A 14, sondern weil ich dachte, er braucht mich, und ich kann ihm helfen, irgendeine Therapie vielleicht — alles umsonst. Er braucht nur noch dieses Zeugs.«

»Hör auf!« sagt Naumann, er hat schon zu viel gehört.

Aber Hintze fährt fort: »Schließlich wurde mir klar, daß es für Sven keine Rettung mehr gibt. Da habe ich nur noch an Rache gedacht. Die Sache mit den Radmuttern war nicht schwierig. Jeder könnte das machen. Natürlich hätte er das Rad jederzeit verlieren können. Beim Einparken zum Beispiel, dann hätte es nur einen Blechschaden gegeben. Eigentlich habe ich mir das sogar gewünscht. Eine Art erste Warnung sozusagen. Und dann eine zweite und dritte ... Aber sterben sollte er auf jeden Fall.«

Hintze ist stärker betrunken, als Axel gedacht hat. Natürlich wird er ihn nicht verraten. Aber es wird auch so herauskommen, jetzt, wo die Polizei weiß, daß es Mord war. Wolfgang muß weg. Brasilien liefert nicht aus, glaubt Naumann sich zu erinnern. Aber es hat wenig Sinn, an diesem Abend weiter zu diskutieren, er ist selbst nicht mehr klar im Kopf. Morgen ist auch noch ein Tag.

Friedlicher Samstagmorgen. Aus der Küche dringen leise Geräusche von Stimmen, und es riecht nach Kaffee. Besuch? Naumann reibt sich die Augen, es ist fast Mittag. Sein Schädel brummt. Er geht in die Küche. Niemand da, die Stimmen kommen aus dem Radio. Wolfgang hat Kaffee gekocht. Naumann gießt sich eine Tasse ein. Sie werden alles in Ruhe durchsprechen und eine Lösung finden, denkt er.

Auf dem Tisch liegt die Morgenzeitung aufgeschlagen. Als er die Schlagzeilen überfliegt, entdeckt er eine kleine Notiz am Rande: *Sven B., der 68. Drogentote in diesem Jahr ...* — Naumann erschrickt.

»Wolfgang?« – Keine Antwort. Er schaltet das Radio ab. Stille. – Er ruft noch einmal.

Im Schlafzimmer findet er Wolfgang Hintze, friedlich ausgestreckt auf dem Bett, wie schlafend. Er faßt nach seiner Hand, aber da gibt es keinen Puls mehr. Die Hand ist starr.

Anton Stephan Reyntjes

Zwei Briefe an die Staatsanwaltschaft

Werter Herr Oberstaatsanwalt Dr. Beerhake,

daß ich Ihnen schon unaufgefordert und von Herzen sozusagen spontan schreibe – *ich* als Neubundesbürger im Interesse meiner mir anvertrauten, geliebten *Seelenfreundin* und der gerechtsamen Wahrheitsfindung –, hat viele gewichtige Gründe, mit denen Sie vertraut zu machen ich mir auch heute höflich erlauben darf:

Uns, meiner früheren Schülerin (Sie merken wohl: Ich bin mit Herz und Seele Lehrer, gestalte meinen vorläufigen UnRuhestand mit dem Verfassen meiner gesamtdeutschen Biographie und werde meine vorzeitige Pensionierung zu verhindern wissen) Hildegard Hakle und mir, ist menschlich zutiefst Tragisches passiert.

Mein Schreiben bezieht sich auf die Psychologie, und ich darf sagen, daß mir in einem Monat unvermeidlicher Untersuchungshaft schon so viele dramatische Seelenregungen bekannt wurden, die, ohne psychologisch Ingenieur sein zu wollen, wie Stalin es den Schriftstellern anno 34 im Weltkongreß abverlangte, vieles bekunden, was mein Pädagogen-Herz belastet und mein eurythmisches Verlangen der Liebe nach Erfüllung lechzen läßt.

Zunächst zu Hildegard, meiner Sonne in diesem trostlosen Haus der Erde: Sie besuchte mit einer Dortmunder Schülergruppe in der Woche vor den Herbstferien des Jahres 1987 das wundersam schöne Prag; dort lernte sie einen Schüler meiner damaligen Dresdner Oberschulklasse kennen: den charakterlich zuverlässigen Horst M., einen Schüler, der zu schönsten Hoffnungen berechtigte im Verständnis des christlichen Humanismus, im Gewand und dem Ideal, wie Rudolf Steiner ihn uns praeformierte; er wußte Schillers edelstes Gedicht, »Die Bürgschaft«, ohne Makel auswendig zu interpretieren und noch darüberhinaus elegisch-pantomimisch darzustellen. Köstlich, sage ich Ihnen, ein ästhetisch-soziales Freundschafts-Drama von innerster Verve. Und Hildegard, das feine Westmädel – auch eine wahre Rose, wie Nietzsche sie schon hellsichtig beschrieb als »eine dergleichen Hoffnung, die der Regenbogen über dem herabstürzenden Bach des Lebens ist«. Wie naß, wie überschüttet sind wir, bin ich geworden; eine antikisch-tragische Schuld wuchs mir und meinen schwachen Schultern zu, zu schwer, um ungebeugt weiter streben zu können. Ich verfiel der Versuchung in der schönen Gestalt der Jungfrau und dem Ekel-Geruch, um nicht zu sagen, dem Gestank des kapitalistischen Geldes, egal, was der kundig-geflügelte Lateiner einwenden mag. Aber ich wollte nur das Schlimmste verhindern, im Beisein der Gefahr und Verirrung der jungen Rose Hildegard.

Aber ad fontes: Sie – er, das jugendliche Grün, und sie, das feurige Rot – sie trafen sich Weihnachten nochmals im hunderttürmig verschneiten Prag und im folgenden Jahr in Berlin, der Hauptstadt der DDR, dann in Dresden, und, weil es verwandtschaftliche Beziehungen erlaubten, auch in Leipzig. Auch ich lernte Hildegard kennen und schätzen, schon im ersten Flor des Fühlens, in Prag. Ich fand sie nicht nur allgemein hübsch, nein, klassisch schön, so frei im Wesen ihrer Gesamtpersönlichkeit – irgendwie war es ihr besonders plastisches Profil, von rechts nach links von der goldenen Herbstsonne unter schattigen Robinien behaucht – und auch ihre Stimme, die in mir als Pädagogen und (ich gesteh es!) als verantwortungsbewußtem Mann vibrierend Einzug hielt: ein energisches Sinnen und ein nicht einmal lautes, doch klassisch exakt und genau artikuliertes Sprechen. Sie vokalisiert das R nicht, wie ich es später so häufig hören mußte im Ruhrgebiet, wohin ich nach meiner Ausreise aus der dann dem westlichen Humanismus erliegenden DDR kam, sie sprach wirklich ihren Familiennamen Morgalla – nicht etwa Mogalla; ihre Eltern kamen aus dem schönen, kerndeutschen Memelland und hatten in Dortmund-Klein-

Kley mit einem Dienstleistungskiosk, später mit einem erlesenen Weinhandel großen Erfolg. Ja, sie konnten ihr anfänglich arg niedriges Sozialprestige (»das eines reinrassigen Dackels«, pflegt Hildegard noch heute zu sagen) steigern und politisch arrivieren. Aber ich schweife wieder in die Höhen der Vorgeschichte – Ihnen alles sattsam und materialiter bekannt aus den Polizei-Akten.

Entschuldigen Sie ultimo, ich will mich nun kürzen und fassen! Ich habe diese Freundschaft zwischen den jungen Hoffnungsträgern unserer zwei deutschen Nationen über die Schandmauer und den gräßlichen Stacheldraht hinweg gefördert, wo ich es vermochte. Einmal übernachtete Hildegard in meiner Dresdner Dienstwohnung in der EOS im Gebäude der 36. POS, einmal finanzierte ich dem liebenswerten Pärchen einen Silvestertreff in Budapest. Ich, ja es ist die Wahrheit, fuhr heimlich hin und fotografierte meine Liebenden. Ich, ich war mir meiner Motive noch nicht bewußt.

Aber kurz und gut, wie Ariane mit ihrer Fackel leuchtet: Bei der letzten, so betrüblichen Aktion fiel Hildegard ihren wohl psychogenen Atemschwierigkeiten zum Opfer. Sie überfiel ein renommiertes Bankinstitut, geriet unter einer Genscher-Maske ins Schwitzen, die Atemnot steigerte sich zur Panik, sie riß sich die Plaste vom Gesicht, rang nach Atem. Sie können sich denken: Der Überfall war ein Desaster mit dezidierter Peripetie. Zumal ich auch nicht der Geschickteste war. Ja, das muß ich gestehen, ich war mitbeteiligt am überfallartigen Besuch des Geldinstituts.

Es war und ist wirkliche Altersliebe, eine humane Torheit eines überzeugten Vaters zu seiner Tochter; spät, aber nicht zu spät. Ich war zwar nicht beteiligt an der (übrigens perfid-perfekten) Vorbereitung, aber an dem Überfall selbst, um alles abzuwehren von meiner Herzliebsten und sie beständig zum Aufgeben überreden zu können. Auch wiederum aus dem Motiv der allgegenwärtigen Liebe. Nennen Sie es nicht schmählich Abhängigkeit, wie mein Anwalt, Dr. Bechtholtz es analysiert haben will.

Daß Hildegard so deliziös beharrt auf ihrer Unterstellung, *ich* hätte die Beute noch verstecken können – da verschwende ich keine Zeile der Widerlegung; es schweigt des Sängers Höflichkeit, um mit Homer zu sprechen, ob solcher Perfidität. Es ist nicht Hildegardens eigenes Herz, das so spricht; es muß der kleine Neu-Verbrecher Horst M. sein, meines ehemaligen Schülers kriminell gefälschtes Abbild.

Ich darf mich bedanken bei Ihrer Gütigkeit des Lesens und verbleibe in großzügiger Hochachtung

Ihr *Justinus Demmkirch*

Hallo, Herr Oberhacke!

Von meinem Verteidiger weiß ich, daß unser gemeinsamer Flabes Justinus Demmkirch den Brief seines Ex-Lebens verfaßt hat und daß Sie auch diese meine letters erhalten sollen, logo – sonst hätten Sie ganz jipperig nix zu lesen und könnten sich wieder unentdeckte Morde ausdenken oder bei der jüngsten Putze grapschen üben. Warum? – Kommt noch! Hier in dem Frauenknast habe ich around the clock mehr time als Lust, meine Psyche auszuschütteln, um nicht voll den Papierkorb des hippigen Frierpitters – Ihres Gefängnispsychologen – zu beschmutzen.

Der hat sich ja sicherlich mächtig ins Zeug gelegt, mein Deutsch-Puper oder *Geliebter*, wie ich ihn immer nennen mußte. Ich kenn ja den Brief nich, aber er hat mir so 'n Zeugs wie kalten Kaffee vorgelabert, schriftlich, immer mit einem Sprüchsken vom Altvorsteher Goethe drüber, z. B. »Die Seele is die Offenbarung des Körpers«; wenn *ich* da meine Kratzer, Dellen und Löchskes ankuck, leckomio! Aber Creme drüber – hab ja mitgemacht für den Spaß.

Sein Anwaltshund (scharf für mich wie eine eingerissene Rasierklinge) wagt es nich, mir eine Kopie des Briefes einzuschmuggeln, der dusselige Lorbaß. So viel kenn ich den Gierschlund aber, daß die Schreibe von dem Demmkirch etepetete is. Ob der alles auf die Reihe gekriegt hat, bezweifle ich nun ma. Wie oft der mich verfolgt hat oder mich pädagogisch verbimsen wollte! Da bin ich jetzt hier in Werl so was von geschützt wie nie!

Da lasen meine Eltern zufällig auch die BILD, die sofort nach unserer Einbuchtung wie der Täuberich nach dem Flug an der Täubin dran war, als ob der Demmkirch selbst die Schmierteufel bestellt hätte, und alles noch mal vier Tage lang auf der zweiten Seite breitgetreten wurde: Ja, der Herr Justinus Demmkirch (58 mal sieben Jahre für sein Sabberhundesein) war die Sensation von Klein- und Groß Dortmund und Umgebung! Schlagzeilen in der BILD: *Lehrer aus Liebe zur Schülerin: Banküberfall.* Und es war nur 'n klein Knüsselken mit uns. Okay, Trallafitti und Extras für mich und 'n paar Klamotten, klar doch. Wir sind einmal zum Einkaufen von DO-Wickede nach Hamburg geflogen, für ein bißchen Geizwäsche: burgunderroten BH, hauchfeines Seidenhöschen mit schwarzrotgoldenem Kördelchen in der Ritze, hinten, mein ich, totschicker Fummel drüber, aber Angebot. Fies war ich nie vor ihn, mich nie undankbar gezeigt und so. Ich will das ganze feine Zeugs gar nich hier haben in meinem Kabuff mit einem immer versauten Bello.

Der Greis verlor nicht nur seine Haare in meinem Bett sondern auch den Verstand. Fing an von Liebe und so – eben ziemlich, was mich ohnehin belästigt bei den Männlein. Da soll keiner sonst an meiner Murke prockeln als Sie, Herr Oberhacke. Da er in der DDR gescheitert war – wollte so eine Art Probe-Unterricht machen, partout in meiner Klasse, der Geck, das hatte er sich so ausklamüsert, ohne daß ich es wußte, ehrlich: gegen meinen Willen. Den Kacker hab ich sowas von abblitzen lassen. Habe ich ihn vor diesen Prüfern aber so in die Pfanne gehauen mit Schmackes (das Liebesgedicht hatte er als Kopie mitgebracht, daran sollten wir rumsülzen), und ich habe gelesen:

Wie soll ich meinen Justinus halten

daß er nicht an meine Seele rührt. – Goethe oder Rilke oder so ein Klassiker. Weiter:

In den Augen dein, oh Demmkirch – oder ähnlich; es war voll aus dem Bauch, was mir da eingefallen ist. Kannst du einen Film von drehn. Überredete er doch den Hotte beim Überfall echt den Rollentausch zu machen, oder so gesagt, klar jetzt? Da kam er von alleine an, mit der höheren Lebensquality, überhaupt für den new way of life und solche Schoten: in der Schweiz ein kleines Hotel und Blagen (ehrlich, der Pinnorek will an meine klitzekleinen Eierchen!) –, daß wir eine Bank überfallen sollten – so eine kleine KKB, die sowieso die Armen betuppen in den Kolonien von Bochum, deren Video-Kamera die größte Ausgabe für Sicherheit seit dem 19. Jahrhundert is, mit Schranzen und Zicken hinter dem Schrank, am Ende einer Fußgängerzone, ideal zu erreichen, 120 m, aber genau, durch einen Park, dann in ein geliehenes Auto und ab, für das der Justinus falsche Papiere aus der DDR hatte, denk ich mal so: war mindestens beim Stasi – müssen Sie sich mal mit beschäftigen! Wir wollten uns ja trennen, Hotte und ich, nach der Bank, mein ich. Ich blieb im Vorbau stehen, hatte meine spirrige Schnuffel-Schwester eben da plaziert, hat fein brav gewartet mit einem Sack Pämpers, einer Knubbeltasche vorm Bauch, Marke Rotkäppchen, wollte ganz gemütlich mit dem Furzknoten untertauchen nachher. Das Kroppzeug von Batman-Maske wegstecken in den Gulli hinter der Litfaß-Säule. Wär so eine ruhige Einstellung, Frau und Mutter unter tausend friedlichen Menschen, mal ein Eis, mal geplaudert, mal das Kind trösten, wenn das Eis hinfällt. Echt viel Spannung im Zoom. Und die Polizei, die sucht sich einen ab.

Is mein erster Film im Kopp. Da blieb mir doch die verdammte Luft unter der Riesen-Lümmeltüte weg. Ich hatte ja schon den Pips vorher. Aber als ich merke, daß nicht der Hotte unter der Maske steckt, sondern wieder der Pauker-Döskopp, hab ich den Anfall kriegt, Husten mit Spucken. Doof, aber so 'n Semmelkopp bin ich nun mal. Da hab ich fast verpißt, aber kam noch weg.

Mächtig angestrengt hat er sich dabei, mein Justinus, will mich ja immer retten. Aber erst soll die Justitia mit dem Schwert mich bessern, meint er.

Hier gibt es nur Hoppelpoppel und Muckefuck. Oder Maggi auf Gelee. Oder Kacke, geseiht. Können Sie nich mal ein Päcksken schnüren für eine arme geständige Dame mit Genußlippen: Nussini, blaue Kuh von Milka, ein Fläschken Mariacron und Fritten, so als süßsaure Stäbkes aus Gottschalk-Vollgummi?

Damit nun mal alles echt klar wird: Herr Justinus will seinen Haftsalon verschönert kriegen, ein bisken gemütlicher tapeziert. Zumindest nicht so fünf, sechs Jahre lang, wie er sich im Bammel ausrechnet. Da sollen Sie ihm ein Motiv aus *Hörigkeit* servieren, glaubhaft. Könnten Sie, meine ich. Oder hat er für alles die Verantwortung auf seine Schultern genommen? Aber verkackeiern laß ich mich nich. Sagt schon mein Spitzname in der Schule: Schabau-Hilde (aber kein Herzken mehr in den Augen!)

Also, strengen Sie sich Ihren würdevoll belockten Kopf an. Es könnte sich lohnen: Mit den Mäusen halbehalbe. Noch nich alles gecleart? Heute laß ich mich kaputtschreiben für die Wanderung im Viereck, am Stacheldraht längs. Mein Arm lahmt wie ein Ackergaul. Ich hoffe, Sie haben gehört, was die Glocke geschlagen hat.

Ich muß jetzt runter in den Hof, darf eine Stunde lang im Kreis laufen, soll gut sein für denselben, kein Krankenschein mehr drin.

Hotte — was ich für den will? Der kriegt immer einen Satz heiße Ohren, wenn er mich besucht. Das reicht!

Tschüß — *Hilde Rita*

(Wem glauben Sie denn nun, daß er das Geld *nich* hat? Das ist hier die question. Und Sie halt ich für 'n Gewieften.)

Michael Koglin

Eine Frau für meinen Wigwam

Jelislava saß auf ihrem Stuhl und spielte gedankenverloren mit einem Bleistift. Wir waren die letzten im Klassenzimmer, und vielleicht war das der Grund, warum mir plötzlich ihre Blässe auffiel.

Sie schien mich gar nicht zu bemerken, sondern schaufelte in ihrem Hirn Gedanken hin und her. Sie blickte gegen die Decke, steckte den Stift in den Mund und kaute darauf herum. Dann drehte sie eine Strähne ihrer blauschwarzen Haare um ihren Finger und spielte mit ihrem Ohrring. Ich wußte nicht, welches Problem da durch ihren Kopf geisterte, aber in einem gab es keinen Zweifel: Sie war eine bildschöne Indianerin.

»Unglücklich verliebt?« fragte ich.

Jelislava zuckte zusammen und blätterte dann verlegen in dem vor ihr liegenden Heft. »Quatsch.«

Sie versuchte zu kichern, doch es klang verkrampft. Unecht. Bei Indianern merkt man das gleich. Sie lachen mit den Augen, oder sie lachen gar nicht.

Ich stehe nicht nur auf Indianerinnen, nein, viel schlimmer: Ich habe ein Helfersyndrom. So eine Psychomacke. Muß irgendetwas mit meiner Mutter zu tun haben, oder der Familie, fehlende Nestwärme und so. Weiß der Teufel. Vielleicht liegt es daran, weil ich keine Geschwister habe. Jedenfalls bin ich so ein Typ, der immer gleich jeden adoptieren muß, der auch nur in einem Hauch von Schwierigkeiten steckt. Mein Arzt meint, ich sei der erste 17jährige, bei dem er eine ausgewachsene Midlife-Krise festgestellt habe. Pillen würden da nicht helfen.

Ich setzte mich vor Jelislava auf den Tisch und fragte munter, was denn los sei.

»Nichts.« Die Indianerin versiegelte ihre Lippen.

»Sieht aber so aus. Wir sind ja nicht gerade befreundet ...«

»Und?«

»Das ist eine echte Chance. Ich meine, wenn du etwas loswerden willst.«

Sie blätterte wieder verlegen in ihrem Heft und begann einzelne Sätze zu unterstreichen.

»Machen sie dich an, ... ich meine als Ausländerin oder so?«

Sie winkte ab.

»Steckst du in der Klemme?«

Wenn bei mir das Helferprogramm läuft, gibt es kein Erbarmen. Frage auf Frage. Vielleicht sollte ich mal eine Therapie machen. Wahrscheinlich würde die sogar die Krankenkasse bezahlen.

Sie blickte mich an und dann passierte, was mein Helferprogramm auf Turbo schaltet: In ihren braunen Augen stieg das Wasser. Sie füllten sich wie kleine Stauseen. Als es zum Dammbruch kam, drehte sie sich zur Seite.

Trotzdem sah ich, wie dicke Tränen über ihre Wangen flossen. Jelislavas Gesicht spiegelte sich in der Glasscheibe des Schrankes. Eine weinende Indianerin! Ich hätte am liebsten mitgeheult. Ihre weichen Gesichtszüge wurden von langen dunklen Haaren umrahmt, die wie zwei Wasserfälle von einem Mittelscheitel hinunter auf ihre Schultern fielen. Und sie hatte große ... – Quatsch, sie hatte riesige Augen. Strahlende Augen, die sich jetzt mit den Tränen in diese tiefen Seen verwandelten. Auf ihrer Oberfläche breiteten sich zwei braune Abgründe aus. Sie waren genau von der Art, in der Typen wie ich verschwinden. Untergehen. Einfach so. Ich sah mich auf der Oberfläche dieser beiden Gewässer kurz um Hilfe schreien, mit den Armen rudern, und dann wurde ich hinunter auf den Grund gezogen.

Ich sah mich also in diesen Augen verschwinden, als sie sagte: »Es ist ...« Dann stockte sie und deutete auf ihren Bauch.

»Ja?«

»Noch ein Ausländer.«

»Wie?«

»Die Ausländer werden auch in Deutschland produziert. Hier.« Sie pochte auf ihre Gürtelschnalle.

Es dauerte eine Zeit, bis ich begriff, daß sie schwanger war und was das für sie bedeutete. Für sie, ihre Familie, ihre Brüder.

»Mit der Schule ist es vorbei und ...«

»Warum denn? Du meine Güte, du bist 17 Jahre, so etwas kann passieren. Deshalb schmeißen sie doch heute niemanden mehr von der Schule. Willst du ... ich meine, willst du es denn überhaupt behalten?«

»Ich kann das nicht ... ich meine wegmachen. Das geht nicht.«

»Und der Vater?«

Das war typisch. Ich verliebte mich in die Häuptlingstochter, und die war gerade dabei, mit einem anderen eine Sippe zu gründen. Zum Kotzen.

Ich mußte mich beeilen mit der Therapie. Ich wiederholte meine Frage nach dem Vater.

Der See in ihren Augen bekam eine kleine Eisschicht, und durch diese Eisschicht sprangen Risse.

Sie schüttelte den Kopf.

»Jemand aus der Klasse?«

Sie saß starr auf ihrem Stuhl und fixierte den Bleistift. Sie senkte ihn und begann damit das Heft aufzuritzen.

»Aus dieser Klasse?«

»Nein.«

»Also wer?«

»Das kann ich nicht sagen. Bitte! Ich kann dir das nicht sagen.«

Macke hin, Macke her, ich kapierte, daß weitere Fragen keinen Sinn hatten. Sie würde den Namen des Vaters nicht herausrücken. Ich plapperte ein paar tröstliche Worte und versuchte es dann mit einem Scherz.

Sie lächelte mir zu, und meine Beine verwandelten sich sofort in einen Satz weichgekochter Spaghetti.

Das ist immer ein toter Punkt bei uns Verrückten mit dem Helfersyndrom. Du kannst die Frau nicht einfach da sitzen lassen, sagte ich mir. Sie braucht deine Hilfe, und sie braucht jemanden, dem sie vertrauen kann. Aber du kannst nicht weiter bohren und irgendwelche Sprüche vom Kaliber »Es wird nicht alles so heiß gegessen ...« und so weiter ablassen.

Draußen vor dem Klassenfenster prügelten sich zwei Kids mit Stöcken. Sie versuchten zu imitieren, was sie sich gestern in einem Video angesehen hatten. Es mußte etwas mit Kung Fu zu tun haben. Der Stock des blonden Kämpfers sauste nur knapp an den dunklen Locken seines Gegners vorbei. Er mußte das Ohr erwischt haben, denn ein kleines Rinnsal Blut lief auf sein T-Shirt. Die beiden schien das anzufeuern. Auch der verletzte kleine Wuschelkopf begutachtete stolz den roten Fleck. Dann prügelten sie wieder fröhlich aufeinander los.

Ich lud Jelislava zu einem Kaffee ein.

Wir spazierten zum Mühlenkamper Fähranleger. Es war ein ausgebautes ehemaliges Toilettenhäuschen, vor dem ein Holzponton auf die Alster ragte.

Schwäne zogen vor den Tischen vorbei und sahen dabei so nach Postkarte aus, daß man glauben konnte, sie wären beim Hamburger Tourismusbüro angestellt.

Wir redeten über Schule und Zukunftspläne, über die Weltlage im Allgemeinen und die in Cabrios herumfahrenden Yuppies im Besonderen. Der Medizinmann mit der Helfermacke hatte den richtigen Ton angeschlagen. Jelislava schien genau das zu brauchen: Ablenkung. Nicht mehr an das Leben denken, das da in ihrem Bauch heranwuchs.

Auf der Alster paddelte ein Sportsmann in einem Kanu vorbei. Vor meinen Augen verwandelte sich der träge dahinfließende Fluß in ein indianisches Wildwasser. Ein reißender Fluß irgendwo in den Bergen von Arizona. Ich sah mich mit Jelislava in die Welt paddeln, unseren Hausrat in einem Bündel verstaut Auf dem Boden lag, in einer selbstgeflochtenen Wiege friedlich schlummernd, unser Kind. Es war eine Weihnachtsgeschichte auf indianisch. Verflucht, ich wäre gern der Vater gewesen. Ich hätte ihm auch bestimmt ein Pony besorgt.

Während meine Indianerin selbstzufrieden ihren Kopf in den Hamburger Himmel reckte und die Sonnenstrahlen genoß, baute ich gerade in Arizona unseren Wigwam auf. Und dann schlüpfte ich zu ihr hinein, direkt unter das Bärenfell.

»Wißt ihr schon, was ihr wollt?«

»Was?«

Mitten in meinen Indianerfilm platzte die Bedienung des Cafés. Das Mädchen war in unserem Alter und trug eine altbackene weiße Schürze, die überhaupt nicht zu der Musik paßte, die aus den Lautsprechern quoll. Harte Rockrhythmen. Zum Abschrecken der Rentnerinnen. Dies sollte ein Café für die junge Aufsteigergeneration bleiben. Cappuccino statt Kännchen Kaffee und Tequila Sunrise statt Alsterwasser. Aber was ging mich das an? Ich saß weit weg in einem Zelt. Die Verliebtheitsdroge begann zu wirken und killte eine Hirnzelle nach der anderen. Ich verliebte mich immer mehr und verblödete dabei in einem atemberaubenden Tempo.

In den nächsten Tagen sah ich mir die Burschen in meiner Klasse genauer an. Einen nach dem anderen. Ich beobachtete, ob sie Jelislava heimlich Blicke zuwarfen. Ob sie nervös waren, vielleicht extra in eine andere Richtung schauten. Ich registrierte alles. Wie ein Computer. Nach kurzer Zeit schmerzte mein Nacken vom vielen Kopfverdrehen.

Du mußt nur genau hinschauen, und schon wirst du fündig. Die Verdächtigen versammelten sich in meinem Kopf wie ein Haufen Ameisen. Sie krabbelten über die Reste meiner verliebten Großhirnrinde, und ich sah sie nacheinander mit Jelislava unter die Bärenfellbettdecke kriechen. Ich haßte sie alle. Und ich ließ keinen ernstzunehmenden Konkurrenten aus.

Auf meiner Liste fehlten nur die beiden genialen Schwachköpfe Wering und Hansen. Sie kamen nicht in Frage. Sie waren nicht von dem Schlag, der Zeit gehabt hätte, mit meiner Indianerin herumzumachen. Die waren damit beschäftigt, Abi-Durchschnittsnoten von 1,0 zu erkämpfen. Dabei wollten sie nicht mal Tierarzt oder Zahnklempner werden. Sie waren einfach Sportsmänner in Sachen Hirnjogging. Nicht, daß ich das verachte, aber ich kam einfach nicht an die Startboxen, um bei diesem Rennen mitzumachen.

Fast alle hatte ich also auf meiner Liste versammelt, doch dann konnte ich den mit Namen und Ausrufezeichen versehenen Zettel wegwerfen.

Es begann richtig schwierig zu werden, doch an Aussteigen war nicht mehr zu denken. Wir Helferkranke haben eine Schranke in der Birne. So einen point of no return, if you know what I mean. In german: Bei mir war etwas eingerastet.

Ich kam früher als gewöhnlich in die Schule. Hinter den Fenstern des Klinkerbaus herrschte noch eine unheimliche Ruhe. In der Tasche trug ich ein Thesenpapier, das ich auf der Abzugsmaschine vervielfältigen wollte.

Es war schade um das Papier, denn meine bahnbrechenden Erkenntnisse über die Bedeutung der literarischen Utopien für die Sozialgeschichte der Menschheit taugten nichts. Ich bin ein ganz cleveres Bürschchen, aber meine Hirnzerstörung war in ein bedenkliches Stadium getreten. Vor dem Eingang traf ich unseren Direktor Meierdirks, doch der bemerkte mich wieder einmal nicht. Vielleicht ist das der Grund, warum wir Schüler ihn so lieben. Er schaut immer zerstreut auf den Boden, und wenn er mal den Kopf und die Stimme erhebt, dann kriecht ein sanftes Brummen aus seinem Bauch. Er ist eher ein Teddy, ein Maskottchen, als ein Direktor. Man kann ihm wirklich nicht böse sein.

Als ich an den Fenstern zu unserem Klassenzimmer vorbeistiefelte, sah ich sie. Jelislava und Harbs. Der sonst so coole Mathematik- und Sportpauker redete gestikulierend auf sie ein. Er hob die Hände und tippte auf ihre Schulter. Niemand durfte meine Indianerin so anfassen! Doch irgendeine geheimnisvolle Kraft hielt mich davon ab, hineinzustürmen und den Typen zur Sau zu machen. Harbs baute sich vor ihr auf, drehte eine Runde und schlenkerte mit den Armen.

Es sah aus, als versuchte Dagobert Duck einen Rap zu tanzen.

Ich konnte nicht verstehen, was er sagte, nur, daß er puterrot im Gesicht anlief, war genau zu erkennen.

Nein, so sieht kein Lehrer aus, den man um Rat fragt. So

sieht jemand aus, der Vater wird und es nicht werden will. Der Angst hat, daß seine schöne Beamtenlaufbahn wegen Unzucht mit Abhängigen oder wie immer das heißt plötzlich zu Ende ist. Einer der Angst hat, daß ihm die Frau wegläuft, daß seine Kinder ihn nur noch verächtlich angucken, wenn er den monatlichen Alimentenscheck rüberschiebt.

Harbs war in Panik. Und Jelislava weinte. Lehrer in Panik kann ich gut vertragen. Die weinende Jelislava nicht.

Fröhlich lachend klopfte ich an die Scheibe. Ich spielte den kleinen ahnungslosen Trottel.

Harbs verließ fluchtartig das Klassenzimmer.

Jelislava wischte ihre Tränen ab und lächelte zu mir hinaus. Sie drinnen, verzweifelt, ich draußen, verliebt: Die Szene war filmreif. Und weil ich den Streifen vor mir sah, blähte sich mein Brustkorb. Ich war so eine Art Kevin Costner, einer, der mit den Lehrern tanzt.

Spätestens jetzt also knallten bei mir alle Sicherungen durch. Doch wenn man die Finger in die Steckdose stöpselt, merkt man ja auch nicht mehr, daß das Licht ausgeht.

Daß ich unter Strom stand, wußte ich natürlich schon vorher. Ich war mitten in meinem Liebesleid-Programm: Wenn man vor dem Einschlafen immer in dieses eine Gesicht sieht, wenn man dann lieber doch noch mal aufsteht, zum Fenster geht, in den Himmel starrt, Sterne zählt und diesen fremdklingenden und so harmonischen Namen *Jelislava* mit zuckersüßer Stimme in die Wolken spricht. Der Schwachsinn der Verliebten. Hat was mit Hormonen und kosmischen Strahlen zu tun und all dem Zeugs.

Aber wir Verliebten bekommen immer Hilfe. Todsicher. Einen Engel, der sich auf die Schulter setzt und auf uns aufpaßt. Und genau dieser Engel hielt mich davor zurück, Harbs den Weg abzuschneiden und ihn fertigzumachen.

Ich stürmte also mit meinen Mordgedanken direkt in die Klasse. So ein netter kleiner Totschlag …, ja, ich wäre in diesem Augenblick gern im Blut von Harbs gewatet, hätte ihn mit seinen verdammten Medizinbällen schön langsam totgeworfen.

Mein Engel war aufmerksam, Harbs begegnete mir nicht.

»Wie kannst du mit so einem Trottel vögeln?«

Jelislava blickte auf den Boden.

»Dieser Arsch könnte dein Vater … ist das geil, mit einem Vater zu vögeln?«

Wir Verliebten gehen immer aufeinander los. Das hängt mit diesem Spiel zusammen. Ich weiß nicht, was sich der große Manitou dabei gedacht hat, als er die Menschen aus dem Urschlamm getöpfert hat. Andererseits: Vielleicht verletzen sich die Verliebten ja deshalb, weil die Versöhnungen dann so schön sind. Ich weiß es wirklich nicht.

Auch Jelislava wußte nicht, warum sie mit diesem Arsch ins Bett gegangen war. Eigentlich war es nicht einmal ein Bett. sondern eine Matte in einem Nebenraum unserer Turnhalle gewesen.

Nett!

»Einmal«, sagte Jelislava, die ich in Gedanken längst Jelissa nannte. »Und es war das erste Mal. Ehrlich.«

Toll. Ausgerechnet dieser Schmierlappen mit seinen flotten Sprüchen über seine 68er Generation, dieser Berufsprogressive, der immer so tat, als hätten sie persönlich die Beatles erfunden. Ausgerechnet dieser Nostalgiewichser hatte den Entjungferungshengst gemacht. Scheiße.

In Gedanken hängte ich ihn an seinen Springseilen auf und klemmte seine verdammten Eier unter das Sprungbrett.

Ich sah mich bei seiner Frau anrufen und dem Direktor anonyme Zettel schreiben.

Jelissa fiel wieder in ihre teilnahmslose Starrheit. »Ich verlasse einfach die Schule«, sagte sie.

»Machst du nicht.«

»Das hat doch keinen Sinn, ich …«

»Er verläßt die Schule.«

»Er wird es abstreiten.«

»Es gibt Gen-Tests. Wir kriegen ihn bei den Eiern.«

»Und dann?«

»Muß er zahlen, kriegt ein Disziplinarverfahren …«

»Das geht nicht.«

»Und wie das geht.«

»Er weiß von meinem Cousin. Der ist illegal hier in Deutschland. Hat keinen Asylantrag gestellt.«

»Was?«

»Er hat mir mit Schwierigkeiten gedroht. Du weißt nicht, wie das ist mit der Ausländerbehörde.«

Jelislava war vor zwei Jahren aus Serbien nach Deutschland geflohen. Geboren war sie eigentlich in Slowenien, ihre Mutter war Kroatin, ihr Vater Tscheche. Undurchsichtige Stammesverhältnisse.

Jedenfalls waren sie geflohen. Ein Asylantrag sei für sie kein Problem gewesen, erzählte Jelissa, doch wenn ihnen irgendwelche Unterbringungen von anderen illegalen Flüchtlingen nachgewiesen werden könnten, dann müßten sie ihre Koffer packen.

In Gedanken verknotete ich den Schwanz von Harbs am Basketballnetz.

»Ich werde mit ihm reden.«

Jelissa sprang auf. »Auf keinen Fall. Bitte nicht. Bitte!«

Wenn man einem verrückten Verliebten, und alle Verliebten sind verrückt, wenn man also einem Verliebten wie mir mit einem *Bitte* kommt, dann verstehen wir immer etwas ganz anderes darunter. Besonders bei so vielen *Bitte*. Jelissa brauchte Hilfe, und zwar von mir.

Ich verabredete mich mit Harbs in einem Café. Er hatte nicht einmal wieso und warum gefragt. Er wußte anscheinend sofort, daß Jelissa mich ins Vertrauen gezogen hatte.

Ich erschien eine Viertelstunde zu spät.

Von wegen besserer Verhandlungsposition und so. Er zerstieß mit einem Teelöffel den Kandiszucker in seinem Teeglas und begrüßte mich mit einem spöttischen Lächeln.

Er sagte: »Aha, der Rächer der Verfolgten, Gehetzten und Enterbten.«

Und dann zog er die Lehrermasche ab. Ob ich wisse, worauf ich mich da einließe, und daß mich das alles nichts angehe, daß seine Vaterschaft noch nicht einmal sicher sei und welch gefährliches Spiel ich da treiben würde. Und dann sagte er: »Ich versteh ja, daß du scharf auf die Kleine bist. Sie hat mich ja auch ganz verrückt gemacht. Sie hat einen lockeren Schenkel.«

Ich wurde ganz kalt. Alle Aufregung fiel von mir ab, meine nassen Handflächen trockneten in Windeseile. »Wie soll es weitergehen?« fragte ich.

Jetzt spielte er die Pädagogik-Karte, von wegen »Wir müssen dem Mädchen doch helfen.«

Ich hasse Lehrer. Ich hasse sie alle mit ihrer selbstgestrickten Moral, diese Nichtskönner, die sich auf der Uni herumdrücken, alles nur halb können und dafür andere darunter leiden lassen. Die mit ihrer eigenen Kindheit nicht fertig geworden sind, daß sie Lehrer wurden, um ihren Zynismus auszutoben. Die Schüler mit dem vergleichen, was sie selbst so gerne gewesen wären, und die uns wegen ihrer eigenen Mittelmäßigkeit quälen. Die ihre Skiurlaubsbräune mit ihrer Gomera-Bräune eindunkeln. Von Ferien zu Ferien springen, zwischendurch über die viele Arbeit und die mühsamen Konferenzen klagen und das große Lamento über die lustlosen Schüler anstimmen. Zum Kotzen. Ich hasse diese Wichser. Aber jetzt wurde ich erst einmal kalt. Eiskalt und berechnend. »Was soll passieren?«

Harbs zuckte mit den Schultern. »Das hängt von dem Mädchen ab.«

»Und Sie haben damit wohl so rein gar nichts zu tun?«

»Was soll der Schwachsinn. Ich habe ihr Geld geboten, ich zahle die Abtreibung. Aber sie will nicht.«

»Vielleicht kann sie nicht.«

»Von diesem Eingriff merkt sie doch gar nichts. Eine halbe Stunde. Ich habe einen Freund, der ist Frauenarzt und ...«

»Eine Sache unter Freunden, wie?« sagte ich.

In seinen Augen blitzte der Haß auf. So wollte ich ihn haben. In meinem Hirn lief schon wieder ein Film. Thema des Streifens: Ich werde mit deinen Eiern das veranstalten, was du gerade mit deinem Kandiszucker versuchst.

Dann schaltete Harbs auf die Schleimtour. »Hör auf, verrückt zu spielen. Denk doch mal an das Mädchen. Sie ist siebzehn, sie macht sich ihre ganze Zukunft kaputt.«

»Und Ihre ...«

»Okay, okay, ich werde Schwierigkeiten haben, aber ich falle auf den Boden, auf die Füße ...«

»Auf die Schnauze«, sagte ich. »Okay, Sie bleiben im Staatsdienst, aber Sie stauben Aktenordner ab.«

»Meinetwegen. Glaubst Du, ich bin scharf darauf, mich mit euch stinkenden Spätpubertären abzuplagen? Aber denke mal einen Augenblick an das Mädchen.«

Dann hielt er mir einen Vortrag. Über Abtreibung und die Zukunft und wie klug das Kind sei, welche Chancen sie verpassen würde, der ganze Lehrerscheiß.

»Das Zahlen ist nicht das Problem«, sagte er. Klar, diese Lehrer verdienen eine Schweinegeld. Kohle ist bei ihnen nie ein Problem.

»Vielleicht willst du den Vater spielen«, schlug er vor. »Ich meine nur offiziell. Wir schaffen so eine Art Gentleman-Agreement. Mit Geld und was ich sonst noch so tun kann.«

Ich sagte, daß ich mich melden würde und ließ ihn vor seinem kalten Tee sitzen.

Ich mußte überlegen.

Jelissa sagte nichts, als ich ihr von dem Gespräch berichtete. Nur als ich von meiner Rolle als Ersatzvater sprach, schüttelte sie energisch mit dem Kopf.

Wir redeten noch eine Weile, und ich testete vorsichtig den Abtreibungsvorschlag an. Doch da war nichts zu machen.

Jelissa konnte das nicht. Sie würde zerbrechen, sagte sie, und sie hatte wieder diesen See in den Augen. Gut, das kam nicht in Frage.

Wir hätten uns viel Grübelei sparen können, denn die Entscheidung führte Harbs selbst herbei. Und zwar so, daß ich bis heute nicht die Spur eines schlechten Gewissens habe. Ich habe trockene Hände, wenn ich an diesen süßen Brandgeruch denke.

Allerdings, ich kann heute kein Schweinefleisch mehr essen. Es riecht ähnlich.

Es begann mit einer Attacke in der Mathestunde. Er selbst grub das Kriegsbeil aus. Harbs machte Jelissa und mich an der Tafel fertig. Er versuchte uns vor der Klasse lächerlich zu machen. Schön, wir waren nicht gerade blendend vorbereitet, aber schließlich hatten wir ein anderes Problem zu lösen.

Ich grinste Harbs nur an. Und er grinste zurück.

Und dann kam die Sportstunde.

Er hetzte Jelissa über den Querbalken, verrenkte ihr bei dem Versuch, sie zu stützen, fast den Arm. Deutlich wuchs ein Bluterguß über ihrem Ellenbogen.

Auf dem Seitenpferd sorgte er mit seiner ›Hilfestellung‹ dafür, daß sie abrutschte, und als er sie durch das Seitenpferd wuchtete, sagte er: »Also, wenn du deine Tage hast, dann brauchst du doch nicht mitzumachen.«

Er versuchte das Baby höchstpersönlich abzutreiben.

Als wir uns in der Kabine umzogen, rief er mich heraus.

»Was ist? Habt ihr euch meinen Vorschlag überlegt?« Er lächelte selbstbewußt. Ich wußte, er war in Panik. Und ich war ganz ruhig. Mein Plan stand fest.

Ich bestellte ihn zu weiteren Verhandlungen für den nächsten Nachmittag in den Physikraum.

Als er dann am nächsten Tag erschien und sich ganz selbstverständlich auf den Lehrerstuhl vor der Tafel setzte, da bemerkte er die blanken Kabelenden nicht. Hätte er genau hingeschaut … aber gut, er hatte seine letzte Chance verpaßt. Ich bin für Fair Play.

Wenn man verliebt ist, dann hat man viel Mitgefühl. Mit allem, was da kriecht und fliegt und lebt. Selbst mit einem Lehrer. Ich ließ ihn also nicht lange warten und legte den Stromschalter in dem Augenblick um, als er sich setzte. Noch bevor er mich angrinsen konnte. Auch ich habe nicht gegrinst, nicht einmal gelächelt.

Ich finde es nicht gut, wenn ein Mensch auf dieser Erde als letztes ein Grinsen sieht.

Der Transport der Leiche war dann unkomplizierter, als ich dachte.

Es sei ein Instrumentenversuch im Freien geplant, sagte ich dem Hausmeister. Der packte mit an, und wir trugen die Kiste mit dem zusammengefalteten Harbs hinunter.

Einer meiner Freunde stellte seinen Transporter zur Verfügung.

Im Hamburger Umland gibt es heute noch Feuchtmoore. Sie stehen unter Naturschutz. Da gräbt nie jemand.

Die Suche nach Harbs wurde bald aufgegeben.

Sie wußten ja nicht einmal, wo sie ihn suchen sollten. Einer der Rotkreuzrettungshunde schnüffelte ausgiebig am Stuhl des Physikraums. Der Hund winselte, bellte kurz und blinzelte mir zu. Hunde sind gar nicht so doof.

Der kleine Branko ist jetzt schon ein Jahr alt. Ich spiele tatsächlich den Vater, ganz offiziell. Zunächst war es schwierig mit unseren Familien, aber das hat sich eingespielt. Wir leben ja nicht im Mittelalter.

Ich mag den Kleinen wirklich sehr, nur eines beginnt mich mächtig zu irritieren: Er bekommt immer mehr Ähnlichkeit mit unserem Direktor Meierdirks.

H. P. Karr & Walter Wehner

Klarer Fall

Das ist doch ein ganz klarer Fall, Herr Kommissar. Gestern hatte ich meine Sprechstunde, da dachte ich schon, daß Sie vorbeikommen würden. Aber Sie haben wahrscheinlich viel zu tun gehabt. Die Kriminalität heutzutage. Ich verstehe, daß Sie frustriert sind. Obwohl ja die Aufklärungsquote für Tötungsdelikte bei 94,4 Prozent liegt, nicht wahr? Was Ihnen eigentlich ein ganz befriedigendes Gefühl verschaffen müßte.

Ich schweife ab. Eine alte Unart von mir. Bremsen Sie mich, wenn ich Ihnen zu viel rede. Herr Kommissar. Also, der Fall Schröder. Schrecklich, was sich da vor den Augen der Kursteilnehmer abgespielt hat. Sie wollen wissen, wie das passieren konnte.

Also – ich werde es Ihnen erklären. Ich bin seit sieben Jahren hier an der Volkshochschule, und diesen Kurs biete ich seit sechs Semestern an: ›Partnerschaft leben – Beziehungskonflikte lösen‹. Immer ausgebucht. Sehen Sie, jedes Paar sehnt sich nach Harmonie. Ein Anspruch, an dem die meisten scheitern. Ist ja auch völlig logisch. Das muß ich Ihnen sicher nicht erklären, Herr Kommissar. Beziehungsverbrechen, das macht ja den Großteil Ihrer Arbeit aus.

In dem Kurs sehe ich mich nicht so sehr als Therapeut, sondern eher als Katalysator, als Kommunikator, Begleiter im gruppendynamischen Prozeß. Psychologische Klippschule, wenn Sie so wollen. Aber was anderes kann man ja an der Volkshochschule nicht leisten. Bei einem Honorar von 63 Mark für die Doppelstunde. Dafür schreibt Ihnen ein niedergelassener Therapeut nicht mal eine Packung Valium auf.

Die Schröders haben mich nicht überrascht. Natürlich nicht. Er, Claus mit C, 37, so um die einssiebzig groß, kräftig, beleibt, man könnte schon sagen: fett – ungefähr 90 Kilo, alles sehr gut verteilt, Gesicht, Oberkörper, Arme, Schenkel, Bauch. Dieses bleiche, schwabbelige Fettgewebe, wenn Sie verstehen, was ich meine, Herr Kommissar. Er hatte eine Vorliebe für Süßigkeiten. Kaffee mit Zucker, Kuchen mit Sahne und zwischendurch immer Schokoriegel, Drops, Weingummi oder Lakritz. Meistens hat er ein Bonbon im Mund gehabt. Hielt das wohl für modern. Er war bei der Stadtverwaltung. Stadtamt 17, Statistik und Wahlen. Die Flucht in Zahlen als Konfliktvermeidung, das kennt man ja. Gut, soviel zu ihm.

Dann Anja, seine Frau. Adrette Person, schlank, einssechzig groß, gepflegt, kurzes blondes Haar, eine von diesen Strubbelfrisuren. Blaue Augen, Stupsnase, nettes Lächeln. Kam meist in Jeans, Pumps mit flachem Absatz, Bluse und Blazer. Freundlich und aufgeschlossen, den Eindruck hat sie vermittelt. Die Bluse immer einen Knopf weiter offen als nötig, und wenn sie mal Pullover trug, dann sah das auch recht hübsch aus.

Wissen Sie, Herr Kommissar, am Anfang eines jeden Kurses mache ich immer eine Vorstellungsrunde. Wer bin ich, warum komme ich her, was erwarte ich? Schon da sind die Schröders mir aufgefallen. Die waren ideal. Anja Schröder sagte, sie wolle in dem Kurs mehr über sich erfahren, um besser mit ihren Gefühlen umgehen zu können. Er dagegen meinte, daß er ein paar emotionale Defizite aufarbeiten müsse. Ja, und das mit den Süßigkeiten. Vielleicht könne man daran auch etwas ändern.

Ganz klar, daß sie mit ihrer Ehe in der Sackgasse steckten. Ich kenne die Symptome. Die beiden hatten sich bei so einem Kurs hier im Haus kennengelernt. Feldenkrais, diese Übungen zum Körperbewußtsein, ganz nützlich bei Verspannungen. Schröder hatte Probleme mit den Gelenken, wegen seiner Fettleibigkeit, und seine spätere Frau mit den Beinen, weil sie als Verkäuferin den ganzen Tag stehen mußte. Nach einem Jahr haben sie dann geheiratet. Formlos, wie sie sagten. Im engsten Familienkreis.

Ich habe dann die ersten Partnergespräche mit den Teilnehmern gemacht. So eine Partnerkommunikation läuft ungefähr so ab wie ein Psychodrama. Nur, daß die Partner nicht in Rollen schlüpfen, sondern sich selbst spielen, wie sie mit Situationen fertig werden, die sie als problematisch bezeichnen. Die Gruppe kommentiert dann, was ihr aufgefallen ist. Wenn es Sie interessiert, gebe ich Ihnen dazu gern ein bißchen Literatur, Herr Kommissar. Sie könnten das in Verhörsituationen sicher sehr gut gebrauchen. Man kriegt mit dieser Sache eine ganze Menge aus den Leuten heraus.

Zuerst wollten die Schröders sich mit Zuneigung und Zärtlichkeit beschäftigen. Das ist so ein Dauerbrenner, ich habe mich also gar nicht gewundert, als der Vorschlag kam. Schröder – also er, Claus mit C, nicht wahr, konnte seine Frau nicht spontan berühren oder küssen. Das hat man ja oft heutzutage. Die beiden haben das mehrere Male durchgespielt. Das war ganz wichtig, weil Anja erstmal begreifen mußte, was ihr Mann da für ein Problem hatte. In der Gruppendiskussion sind wir dann ziemlich weit vorangekommen. Ich meine, daß Claus mehr ein introvertierter Charakter ist, das war jedem relativ schnell klar. Mehr nehmen statt geben. Wir haben versucht, der Sache auf den Grund zu gehen. Ich möchte das jetzt nicht in allen Einzelheiten ausbreiten, Herr Kommissar, – jedenfalls sind wir dabei auf etwas ganz Interessantes gestoßen. Sehen Sie, Claus Schröder hat eigentlich nie eine existentielle Entscheidungssituation absolvieren müssen. Die Amerikaner nennen das in der Fachliteratur »turning point« und sagen, daß das Bestehen einer solchen Situation für die Persönlichkeitsentwicklung absolut notwendig ist. Stichwort Lebenskrisen, Sinnfindung, Transzendierung und weiter, nicht wahr.

Meistens kommen wir so gegen Ende der Adoleszenz an diesen Punkt. Berufswahl, Partnerwahl, Lebensentwurf. Bei manchen kommt es erst später – Trennung, Scheidung, Partnerverlust oder Tod. Alles Dinge, mit denen Schröder nie konfrontiert war. Nach dem Abitur gleich zur Stadtverwaltung, mittlere Laufbahn, Amtmann, Oberamtmann – Sie kennen solche Karrieren sicher besser als ich, Herr Kommissar. Laufbahnmäßig gesehen, meine ich. Das war hochinteressant, wie sich das im Gespräch herauskristallisierte. Schröder war das nicht ganz angenehm, das konnte man sehen. Er fing an, vor Nervosität ein Bonbon nach dem anderen in sich hineinzustopfen. Anja ist da wirklich hervorragend auf ihn eingegangen — als er gerade wieder ein Bonbon ausgewickelt hatte, hat sie nach seiner Hand gegriffen, sie zu sich herangezogen und hat das Bonbon mit den Lippen von seinen Fingern genommen. Eine wunderbare Geste, Herr Kommissar, wirklich aufregend, was da passiert ist, denn in diesem Moment habe ich gewußt, daß Schröder eine echte Chance hatte, sein Problem zu lösen.

Ich meine, ich habe ja große Erfahrung mit solchen Paaren, und, sehen Sie, die Konstellation bei den Schröders war nahezu klassisch. Die Partnerbiographien, die Rollenverteilung, die verdrängten Wünsche, die Projektionen und natürlich auch die Ängste. Alles sehr komplexe Probleme, eigentlich auch viel zu anspruchsvoll für einen Volkshochschulkurs.

Ich habe dann über Sex geredet. Die Gruppe hatte in den ersten Sitzungen ihre unbewußten Spannungen ganz gut herausgearbeitet und gelernt, damit umzugehen, deswegen konnte sie so gegen Mitte des Semesters auch über solche Sachen sprechen, ohne daß es peinlich wurde. Bei den Schröders, stellte sich heraus, spielte sich im Bett kaum noch etwas ab. Ich ließ die beiden ein Rollenspiel machen. Dabei wurde klar, daß bei der Sexualität die Initiative stets von Anja ausging. Ich habe die beiden dann behutsam die Phase ihres Kennenlernens aufarbeiten lassen, und dabei wurde dann deutlich, daß auch da wieder Anja die führende Rolle gespielt hat, indem sie ihn damals bei dem Feldenkrais-Kurs angesprochen hatte.

Er hatte einfach immer nur gewartet, daß jemand kam, hat immer nur ja gesagt. Keine Entscheidungen, keine Konflikte, sondern simpler Konformismus.

Sehen Sie, Herr Kommissar, das sind so die Dinge, mit denen man in meinem Beruf konfrontiert wird. Das Problem, das Claus hatte, war seine Entscheidungsschwäche, die Unfähigkeit zur Berührung, seine Tabuisierung des Körperkontaktes. Das haben wir erarbeitet — eine wirklich bemerkenswerte Leistung für einen relativ schlichten Volkshochschulkurs. Nun ja, das macht eben die Erfahrung. Sie werden das kennen, nicht wahr?

Nun gut, die letzte Sitzung also. Ich dachte, es wäre keine schlechte Idee, wenn Claus einmal versuchen würde, etwas aus sich herauszugehen und nicht immer alles in sich hineinzufressen. Er sollte sich einmal ernsthaft mit seinem Lebensentwurf auseinandersetzen.

Ihm war ja selbst noch gar nicht richtig klar, wo die Ursache für diese emotionale Distanz zu Anja lag. Das ist nämlich so, wenn ich das kurz mal erklären darf, Herr Kommissar: weil er sich nie wirklich entschieden hatte, Anja zu lieben, sondern sich von ihr hatte erwählen lassen, war sie für ihn von Anfang an eine überhöhte und entrückte Person, von der er sich abhängig glaubte. Ganz einfach, oder? Jeder Gedanke daran, aus eigener Initiative die Nähe dieser verehrten Person zu suchen, verband sich bei ihm mit der Angst, zurückgewiesen zu werden.

Für Anja war seine Haltung wohl anfangs kein Problem gewesen, sicher hat sie diese Vergötterung auch genossen, aber im Lauf der Ehe hatte sich ihre Position zu Claus verschoben — sie betrachtete ihn nicht mehr als erwähltes Objekt, sondern wünschte sich in ihm einen Lebenspartner. Freilich hat sie das nie thematisiert, sondern es ihm nur nonverbal vermittelt, was Claus wiederum verunsicherte, weil er nicht in der Lage war, ihre Mitteilungen richtig zu deuten. Er spürte nur, daß er nach all den Jahren der Unverbindlichkeit jetzt plötzlich eine Entscheidung treffen mußte. Er stand am Wendepunkt, dem turning point.

Gut, das also war mein Ziel für die letzte Sitzung. Er sollte seinen turning point erleben. Und er hat ihn erlebt. Claus hatte endlich begriffen, daß er sich in bezug auf Anja entscheiden mußte. Ja oder nein. Schwarz oder weiß. Ganz oder gar nicht. Das ist das Geheimnis einer jeden guten Partnerschaftsberatung, Herr Kommissar, daß man die Partner dazu bringt, sich ins richtige Verhältnis zueinander zu setzen.

Wir haben die Sitzung mit ein paar einfachen Übungen begonnen. Ich habe Claus gebeten, einmal genau zu formulieren, wie Anja auf ihn wirkt. Er sagte so Dinge wie: Ich sehe eine attraktive Frau. Sie hat blondes Haar. Sie hat helle, blaue Augen Sie benutzt Lippenstift. Sie hat verwaschene Jeans an.

Kein Wort der Emotionalität, bemerkenswert, nicht wahr? Dann habe ich das Spiel umgedreht.

Anja über Claus: Ich sehe einen Mann, der mich anlächelt. Ich sehe warme braune Augen, ich sehe einen Mund, der gut küßt. Ich sehe ein paar Schuppen auf seinen Schultern. Ich sehe Hände, die ich gern spüren möchte.

Mal abgesehen von der wesentlich besseren sprachlichen Ausformulierung, ist doch die emotionale Komponente bei ihren Äußerungen ganz deutlich, das würden Sie doch auch sagen, Herr Kommissar, nicht wahr?

Ich habe Claus dann gebeten, seiner Frau darauf zu antworten, doch er sagte, er könne damit nicht so viel anfangen. Ich hatte das schon erwartet – Leute wie Claus sind gar nicht so leicht zu öffnen. Ich wollte wissen, was er spüre. Er sagte, er spüre nichts. Als ich ihm sagte, das gebe es nicht, jeder würde in jedem Moment irgendetwas spüren, saß er lange auf seinem Stuhl, starrte seine Frau an und dann mich, dann holte er eins von seinen Bonbons heraus, wickelte es aus, hielt es in der Hand und meinte, ja, er spüre, daß dies seine Frau sei.

Anja sagte darauf, das könne doch nicht alles sein. Er runzelte die Stirn, sah auf das Bonbon in seiner Hand und überlegte, erwiderte aber doch nichts. Ich bat ihn, seine Frau zu berühren.

Er steckte das Bonbon in den Mund und nahm ihre Hand. Das war ganz hervorragend. Er war schon relativ offen, zitterte ein wenig, weil er spürte, daß etwas in ihm vorging, und saugte und lutschte heftig an dem Bonbon. Ich habe ihn gefragt, ob er sich auch vorstellen könne, seine Frau noch an einer anderen Stelle zu berühren. Er sah mich an, schob das Bonbon mit der Zunge in die Backentasche und nickte heftig. Dann faßte er seine Frau an den Unterarm und glitt mit der Hand langsam bis zu ihrem Oberarm hinauf. Das war sehr gut.

Er zitterte jetzt recht stark, und ich mußte seinen psychischen Streß ein bißchen zurücknehmen. Deshalb habe ich erst einmal Anja erzählen lassen, was sie an ihm mochte. Sie sagte, seine Ruhe habe sie früher einmal beeindruckt, aber inzwischen sei ihr klar, daß es eher Trägheit sei. Seine Sanftheit habe ihr imponiert, er sei so gemütlich gewesen, aber das sei ja häufig bei dicken Leuten so. Sicher müsse sie ihre Ehe nach allem, was sie bis jetzt begriffen habe, nochmal genau überdenken.

Klug, nicht wahr, Herr Kommissar? Sie hatte alles begriffen, und ich war sicher, daß sie den Transfer vom Erkennen zum Verändern der Situation bestimmt genauso problemlos hinbekommen würde. Bei Claus sah ich da noch ein paar Probleme. Aber er hat mich dann wirklich überrascht.

Ich habe ihn gebeten, sich seine Frau anzusehen und einmal in sich hineinzuhören. Das ist eine einfache Übung, um emotionale Verspannungen zu lösen. Am Ende sollte dann stehen, daß Claus sich äußert. Daß er sagt, wie er zu seiner Frau steht: Position bezieht. Der turning point. Ich war sicher, daß mit der Entscheidung, dem Punkt, an dem er Klarheit über sich und seine Gefühle gewann, auch seine Scheu vor körperlicher Nähe und Berührung fallen würde.

Das Faszinierende an der Methode, die ich angewandt habe, ist, daß man immer zu einem Ergebnis, der Kandidat immer zu einer Entscheidung kommt. Auch Claus Schröder hat sich entschieden. Ich habe ihn zu seinem Punkt der Entscheidung geführt. Es fing an, daß er sein Bonbon hinunterschluckte und seine Frau anlächelte. Da wußte ich, daß er endlich begriffen hatte, wie er zu ihr stand. Der Sprung vom Objekt zum Subjekt. Er hob die Hände. Legte sie auf ihre Schultern. Langsam, behutsam. Ich hatte es geahnt. Diese ganze Berührungsscheu hing mit seinem Selbstwertgefühl zusammen. Und dann schlossen sich seine Hände um ihren Hals, und er drückte zu, so schnell und so heftig, daß niemand mehr etwas tun konnte, weil Anjas Kehlkopf brach und das Genick und sie sofort tot war …

Ein grandioser turning point, nicht wahr? Claus Schröder hat seine Frau nie geliebt. Und er hat es immer mit sich herumgetragen, als Belastung. Erst in meinem Kurs ist er sich darüber klargeworden, was er wirklich fühlt. Damit muß man immer rechnen bei so einem Angebot. Daß ein Paar sich trennt, weil es entdeckt, daß es gar nicht zueinander paßt. Aber such is life, nicht wahr?

Ihnen macht der ganze Fall doch hoffentlich nicht zuviel Arbeit, Herr Kommissar, oder? Wenn Sie noch irgendwelche Fragen zu diesem ganzen psychologischen Hintergrund haben, können Sie mich jederzeit anrufen. Und beim Prozeß sage ich auch gern als Gutachter aus. Ich werde übrigens einen kleinen Artikel in unserem Volkshochschulblättchen darüber veröffentlichen, denn der Kurs war für mich ja ein außerordentlicher Erfolg. Ich muß ihn im nächsten Semester gleich zweimal geben, weil wir nach all den Zeitungsberichten fast doppelt so viele Anmeldungen wie üblich hatten.

Ja, das wäre alles.

Wollen Sie auch einen Drops?

Jan Flieger

Liebfrauenmorgen

Meine Lateinlehrerin gibt es nicht mehr.

Frau Strenger ist tot.

Sie starb plötzlich und unerwartet.

An einem Herzinfarkt, sagte uns der Direktor.

Sie war eine Qual, diese Lehrerin, eine ständige Qual. Jedenfalls für mich, denn Latein ist das schlimmste aller Fächer. Und bei einer Lehrerin wie der Frau Strenger hätte ich das Abitur nie geschafft. Latein ist eine Hürde, die ich nicht nehmen kann, wenn es der Lehrerin an Nachsicht fehlt.

Und die fehlte Frau Strenger in hohem Maße.

Deshalb bin ich froh über ihren Tod.

Er hat sie ereilt in ihrem kleinen Häuschen mit dem großen Garten, dessen Büsche heranwachsen bis an das Fenster, das immer offen stand, das Fenster des Kellers, in dem auf Regalen die gefüllten Weinflaschen lagen.

Heute sind vierzehn Tage vergangen, seitdem der Tod nach Frau Strenger griff. Und nachmittags kommt der Kommissar, der die Morde aufklärt in unserer Stadt.

Er kommt zum Kaffeetrinken zu meiner Mutter.

Denn er ist ihr Freund seit der Schulzeit. Ein guter Freund. Und sie hört ihm gerne zu, weil er Geschichten kennt, die nicht einmal in der Zeitung stehen, mörderische Geschichten.

Auch ich sitze mit am Tisch, erzählt er doch heute, wie er auf dem Flur schon verkündete, die Geschichte der Frau Strenger.

»Ausgerechnet mir hat man die Aufklärung ihres Todes übertragen, Lisa«, lacht er auf. »Stell dir das mal vor! Der Mordkommission!« Er führt die Kaffeetasse zum Mund. »Dabei war ihr Tod nichts anderes als ein verhängnisvoller Irrtum. Ein Unfall! In einer von ihren Weinflaschen war Gift.«

Ich verschlucke mich und beginne zu husten.

Fürsorglich klopft mir der Kommissar auf den Rücken.

»Er ist so sensibel«, sagt meine Mutter. »Schließlich war sie seine Lehrerin. Er hatte sie in Latein.«

Die Hand des Kommissars streicht über mein Haar. Er mag mich. Er mag mich sogar sehr. Weil ich ein Tennispartner bin, der auch Nachsicht übt, wenn der Gegner schlecht spielt, sogar sehr schlecht. Unser neuer Lateinlehrer mag mich aus dem gleichen Grund. Meine Zensuren in Latein werden schon besser. Auf Nachsicht folgt Nachsicht. So ist das im Leben.

»Aber nun red schon«, drängt meine Mutter den Kommissar. »Wie konnte das geschehn?«

»Sie hat ahnungslos hochkonzentriertes Blattlausgift getrunken.«

Meine Mutter schüttelt erschrocken den Kopf. »Wieso das?« Sie hebt ein großes Stück Erdbeertorte auf seinen Teller.

Der Kommissar strahlt meine Mutter an. »Ich fand die Lösung, Lisa. Ich allein.« Der Kommissar läßt ein Stück Torte im Mund verschwinden. »Weißt du, für die Rosen in ihrem Garten muß sie wohl eine Literflasche Metasystox R gekauft haben. Im Keller füllte sie dann das hellblaue Mittel in eine leere Weinflasche »Liebfrauenmorgen« um und legte sie törichterweise in die Nähe anderer Weinflaschen. An dem Abend, als sie starb, holte sie sich eine Flasche hoch. Versehentlich aber die mit dem Gift.«

Der Kommissar greift nach seiner Tasse und trinkt. »Und das war ihr Verhängnis: Sie nahm einen Schluck direkt aus der Flasche und konnte so die verräterische Farbe nicht sehen und auch nichts riechen, denn der Knoblauchgestank hätte sie stutzig machen müssen.«

»Oh Gott«, entfährt es meiner Mutter, und sie schlägt die Hände vor das Gesicht.

Ich setze eine Miene auf, die der furchtbaren Nachricht angepaßt ist.

Die Hand meiner Mutter, die zur Tasse greift, zittert stark. Sie trinkt nicht. Sie sagt nur: »Wie du das alles herausbekommst, Heiner, sogar die rätselhaftesten Fälle.«

Dann sitzen wir und schweigen.
Wir schweigen lange. Sehr lange.
Und wir denken an die Tote. Meine Mutter voll Mitgefühl.
Heiner voller Stolz.
Und ich erlöst.
Denn die Wahrheit ihres Todes kennt nur einer.
Ich.

A.B.S.

Kaltgestellt

Minuten, nachdem er das dunkelrote Backsteingebäude betreten hatte, schlug ihm vertrauter Fleischgeruch entgegen. Thomas Klett rümpfte die Nase, schüttelte sich kurz und versuchte, so schnell wie möglich in den zweiten Stock des anderen Traktes des Hauses zu gelangen. Bevor er nach sechs Wochen glücklicher Abwesenheit die Tür zum Lehrerzimmer aufschloß, verharrte er einen Augenblick. Dann gab er sich einen Ruck. Mit demselben Fleiße an dieselbe Scheiße, sagte er sich.

Er war nicht der erste. Am runden Tisch vor dem Fenster saßen Peter Steffens und Maren Ziegler. Steffens, seines Zeichens Mentor im Fach Deutsch, braungebrannt und gut erholt, wie es sich für einen Sportlehrer und passionierten Surfer – »Immer hart am Wind« – gehörte. Maren Ziegler, Steffens und Ulf Bergers zehn Jahre jüngere Referendarin im dritten Ausbildungssemester – »Wie bin ich heute besprochen worden?« –, so übernächtigt und aufgeregt, als würde bereits morgen und nicht erst in etlichen Monaten ihre Prüfungslehrprobe stattfinden. Gemeinsam brüteten sie über Marens einstündigem Unterrichtsentwurf, den sie mit Hilfe zweier intelligenter Kolleginnen aus dem Studienseminar und einer Flasche *Batida de coco* zustande gebracht hatte. Peter Steffens stöhnte plötzlich ungehalten. Ihr Macht-mich-jetzt-bloß-glücklich-Gesichtsausdruck verschwand daraufhin augenblicklich. Statt dessen schaute sie – ganz das arme Hascherl – Steffens hilflos an und sich anschließend im Raum hilfesuchend um.

Thomas Klett – Wirtschaftslehre, Politik –, der sich nicht zuständig fühlen wollte, schlenderte grußlos ans schwarze Brett, wo die Stundenpläne fürs nächste Halbjahr aushingen. Der Tag der Wahrheit war gekommen. Er fand in dem Gewirr von Mitteilungen, Anweisungen und Teilplänen trotz seiner Kurzsichtigkeit und ewig verstaubten Brille rasch, was er suchte und schrieb die Daten in seinen neuen roten Lehrerkalender.

»Berger hat wieder den besten«, hörte er nach einer Weile Karsten Wilk – Deutsch, Politik – in luftiger Höhe hinter sich sagen. Karsten war gut zwei Köpfe größer als der kümmerliche Durchschnitt der Menschheit, was ihm in der Regel einen gewissen Überblick und Respekt verschaffte.

»Hallo, wie geht's dir?«

»Schau dir das mal an!« Karsten langte über Thomas' Schulter und zeigte auf Bergers Plan. »Nur Vollzeit, keine Berufsschule, keine Deutsch-Intensivkurse. Und Traumzeiten! Kein Nachmittagsunterricht, keine Springstunden und sogar noch einen Tag frei. Eine dicke Sauerei!« Karstens dröhnender Baß war nicht zu überhören.

Thomas' müder Versuch, Karsten mit ein paar Fakten zu beruhigen, schlug nicht nur fehl, sondern brachte den Riesen erst recht in Fahrt.

»Der und reduziert, so 'n Quatsch! Der baut irgendwo in der Walachei und kratzt jeden Pfennig zusammen! Daß ich nicht lache! Gedreht, gefingert. So wie immer. Eine Unterpflicht, zwei Verwaltungsstunden, eine aus dem Pool und eine Feuerwehr. So kommt man von dreiundzwanzig auf achtzehn Stunden. Gewußt wie, mein Freund! Immer schön mit der Stellvertreterin rummachen, dann klappt's wie geschmiert.«

Für die verhuschte Referendarin taten sich moralische Abgründe und Chancen zugleich auf.

Thomas, der seit Jahren im Sommer nach Dänemark fuhr, wechselte das Thema. »Wo warst du, Karsten?«

»Im Lehrerparadies. Toskana. Dreiwöchige Fahrradtour. Sieht man das nicht?« Karstens Sonnenbrand auf der Stirn konnte als Beweis für diese Tortur durchgehen. »Weißt du, wen ich da getroffen hab? Na?«

Thomas verneinte.

»Komm, laß deine Phantasie ein bißchen spielen.«

»Wahrscheinlich die halbe GEW-Betriebsgruppe beim kreativen Atmen oder positiven Denken.«

»Nein, so schlimm war's nicht«, lachte Karsten, »nur Schubert mit Birgit Doll.«

»Was will der denn mit dieser dummen Kuh?«

»Dumm vögelt gut«, sagte Karsten und grinste ihn an.

»Du mußt es ja wissen.«

»Und wie sieht dein Plan aus?« Karsten konnte nicht von seinem Steckenpferd lassen.

»Beschissen ist geprahlt. Montags die fünfte, sechste in der K2 und die siebte, achte in der K3. Kellner! Die Sippe hab ich gefressen, sag ich dir. Bescheißen und betrügen, wo sie nur können. Dienstags zweimal zur Dependance rüber. Also zweimal fünf Kilometer hin- und hergurken und keine einzige Pause. Kein Kaffee, kein Nichts. Reizend, wirklich reizend!« Thomas verzog das Gesicht. »Alles Scheiße, deine Elli.«

»Bei mir sieht's ähnlich aus. Am Ende der Woche«, klagte Karsten. »Donnerstag und Freitag von der ersten bis zur achten. Dabei drei Freistunden. Und dann zweiunddreißig von diesen Ich-nix-verstehen-Typen, die nur die Patte vom Sozialamt abzocken, in einer Klasse. Da kommt richtig Freude auf.«

Langsam füllte sich das Lehrerzimmer. Einer nach dem anderen trudelte ein. Und richtig: Kai Schubert – Betriebssoziologie, Psychologie – im Schlepptau von Birgit Doll – Französisch, Englisch. Thomas wunderte sich nicht, daß Kai, trotz seiner jungen, zarten Beziehung zu Birgit, noch einen Tick verkniffener als sonst aussah. Kai war der Inbegriff des karrieregeilen, kleinkarierten Typs Oberlehrer, der die Erfüllung seines Lebens einzig und allein darin sah, als Studiendirektor zu sterben. Ein Mann der Pflicht, nicht der Kür. Drei Wochen Bumsurlaub mit Birgit, die zu den wenigen echten Blondinen im Kollegium gehörte, wie Karsten Thomas unter dem Siegel der Verschwiegenheit verraten hatte, konnten ihn bestimmt nicht von seinem selbst-programmierten Weg abbringen. Ganz im Gegenteil. Birgit mußte ihm irgendwie in naher Zukunft nützlich sein können, sonst hätte Kai seine übliche Bettlektüre – das orangefarbene Verwaltungshandbuch – nicht so sträflich vernachlässigt, um sich verstärkt dem Nachhilfeunterricht in Französisch zu widmen.

Vor dem einzigen Kopierer bildete sich eine Schlange. Manche der Kollegen hatten sich zwar bereits am vergangenen Freitag ihren Plan geholt, ihre Fächer aufgeräumt und Unterlagen sortiert, doch die meisten hatten lieber bis zum Montag damit gewartet. Jetzt galt es, sich in letzter Minute auf den Unterricht vorzubereiten.

»Komm«, sagte Thomas zu Karsten, »laß uns nach nebenan gehen.«

Im Raucherraum sah es aus wie Hund. Volle Aschenbecher, dreckige Kaffeetassen, schimmelige Brötchen- und Kuchenreste, alte Zeitungen auf den Tischen. Karsten kramte eine Packung *West* aus der Tasche seines grünen Ein-Mann-Zeltes, das eine entfernte Ähnlichkeit mit einem Jackett der Größe XXXXL hatte. Thomas bediente sich. In der anderen Ecke hatte es sich die Lotto-Crew auf ihren Stammplätzen bequem gemacht und erörterte intensiv die Vor- und Nachteile gegensätzlicher Gewinn-Strategien. Ihr lebhafter Disput endete mit einem lahmen Kompromiß.

Geld wurde hin- und hergeschoben.

Das neue Schuljahr konnte beginnen.

Bereits nach zwei Wochen hatte Thomas Klett das Gefühl, die Ferien wären eine verdammte Ewigkeit her. Dänemark lag am Nordpol. Er steckte tief in dem Routinetrott. Unterricht. Vertretung. Konferenzen. Klassenarbeiten. Dieselben Leute machten in den Pausen dieselben Scherze. Tagaus, tagein. Und dieselben Leute gingen ihm auf die Nerven. In zunehmendem Maße auch Karsten. Es verging wohl kein Tag, wo ihn der Riesenkerl nicht damit belaberte, was für Privilegien Berger nun wieder eingeheimst, welche Schweinereien der Mathe-Pauker jüngst wieder begangen hatte. Ulf Berger entwickelte sich langsam vom Lieblings-Buhmann zum Erzfeind, der für alles und jedes verantwortlich war, was Karsten quer ging. Thomas konnte den Sermon nicht mehr hören. Berger, der reaktionäre Sack, Berger, das Chauvi-Schwein, Berger, der …

»Herrgottnochmal, Karsten«, war Thomas einmal der Kragen

geplatzt, »dann bring das Arsch doch endlich um! Aber laß mich zufrieden, sonst werde *ich* noch zum Würger!«

Zum Würger wurde fast Hartmut Bröcker – Religion, Deutsch –, als sein Auto auf dem Lehrerparkplatz innerhalb von einer Woche das zweite Mal aufgebrochen und demoliert wurde. Ein Kassettenrekorder und ein Velours-Kissen, das Bröcker dringend benötigte, um durch (beileibe nicht über!) das Lenkrad gucken zu können, waren die magere Beute der Raubzüge gewesen. Mitfühlende und gutmeinende Kollegen gaben Bröcker daraufhin den Rat, seinen Unterricht ins Freie zu verlegen mit dem Doppeleffekt, daß er sowohl sein Eigentum präventiv schützen als auch seine Klasse besser im Blick haben könne. Kein Pult würde sein Sichtfeld stören. Als Peter Steffens den Zwerg mit der Bemerkung: »Ich glaub, Hartmut, da ist jemand an deinem Wagen«, auf die Reise schickte und mit der Stoppuhr die Zeit nahm, die Bröcker bis zum Parkplatz und zurück benötigte – »Neuer Rekord, Hartmut. Bravo!« –, rastete der Religionskollege aus. Dank seiner guten Kondition konnte sich Peter Steffens rechtzeitig in Sicherheit bringen, bevor ein Opfer zum Täter und ein Täter zum Opfer wurde.

Eine volle Kaffeetasse landete – ihr Ziel verfehlend – nutzlos an der Wand und hinterließ ein abstraktes Gemälde ungeahnter Intensität. Der Fachbereich Ästhetik war überrascht von Bröckers Fähigkeiten und Fertigkeiten. Man bot ihm Sitz und Stimme bei den Konferenzen der schönen Künste an. Noch Tage später jammerte der Aktions-Künstler Thomas die Ohren voll. Die Tirade gipfelte in dem Spruch: »Wer solche Kollegen hat, der braucht keine Feinde.« Damit bewies er sowohl Weisheit als auch Weitsicht.

Die Betriebsgruppen-Sitzung fand grundsätzlich bei irgendeinem Gewerkschafts-Kollegen abends zu Hause statt. Diesmal war Klaus Zemke, Alt-68er-Freak, Ex-Bagwan-Jünger und Ex-Juso, als Gastgeber an der Reihe. Und dieses Mal durfte gegrillt werden. Der Inhalt der drei vollen Plastiktüten, die auf der Terrasse neben der Holzkohle lagen, konnte bei näherem Hinsehen als Würstchen identifiziert werden. Zemke — Fachpraxis Fleischverarbeitung, Berechnungen — hatte das verunglückte Ergebnis seines Unterrichts abgestaubt. Deshalb brauchte sich auch keiner an dem Abendmahl finanziell zu beteiligen. Ein Umstand, der wiederholt lobend erwähnt wurde. Dafür entfiel aber das sonst übliche begeisterte Händeklatschen, wenn selbstbereiteter Nudelsalat serviert wurde. Bei den Getränken konnte sich Thomas Klett zwischen dem Billig-Blanc de Blanc aus dem 5-l-Pappkarton, warmem Hansa-Pils oder einem Birnen-Bananen-Gebräu entscheiden. Er nahm den Weißen.

Beate Warnke, nicht nur Vertrauensfrau und Busenfreundin von Katrin Dreyer, sondern auch mit jener hauswirtschaftlichen Grundbildung — »Mein Joghurt lebt« — ins Berufsleben entlassen, die Spötter als Puddingabitur klassifizieren, eröffnete mit leiser, piepsiger Stimme die Sitzung: »Wir wollen zuerst Schulinterna besprechen, und dann kann uns Kai aus der LVV berichten.« Sie strich sich ihre blaßblonden Haarsträhnen hinter die Ohren und schaute glupschäugig in die Runde.

Allgemeines Kopfnicken.

»Wie ihr wißt«, fuhr sie fort, »steht die Neubesetzung der A-15-Stelle für die Hotel-Fachschule an.«

Wieder allgemeines Genicke.

»Die gewerkschaftliche ... und natürlich unsere Position ist hier wohl eindeutig. Es sollte eine Frau werden.«

Ehrfurchtsvolles Schweigen.

»Das müssen wir doch nicht diskutieren?« Jeder wurde von ihr nochmal eingehend beglupscht.

Kein Widerspruch.

Die Kirsche schien gegessen zu sein.

Doch dann fragte Karsten mit wurstvollem Mund akustisch halbwegs, ideologisch aber völlig unverständlich: »Wen habt ihr denn ausgeguckt?«

Peinliches Schweigen.

Kaubewegungen kamen ins Stocken, Schlucken wurde zeitweilig eingestellt. Vorsichtiges Stühlerücken, um den Übeltäter ins direkte Blickfeld zu bekommen. Und dann — wie auf Kommando — folgte die verbale Breitseite. »Also, so kannst du das nicht sehen, Karsten«, wurde das vorlaute Großmaul von der Vertrauensfrau noch höflich, aber bestimmt zurechtgewiesen, bevor sich Katrin Dreyer — zuständig für wissenschaftliches Nähen und Putzen — ereiferte: »Wenn ich das schon höre ... es geht doch hier nicht darum, *wer* von den Frauen diese Stelle übernimmt, sondern *daß* ... daß überhaupt eine Frau Abteilungsleiterin wird! Du weißt selbst, es muß endlich damit angefangen werden, daß Frauen solche Aufgaben übertragen werden. Und zwar so lange, bis in allen Führungspersonen genauso viele Frauen wie Männer vertreten sind! Ich versteh dich wirklich nicht ...«

Katrin bekam hektische rote Flecken am Hals.

Das macht sie auch nicht attraktiver, fand Thomas, der die Leier nicht zum ersten Mal hörte. Bei ihm gingen solche und ähnliche Phrasen zum einen Ohr ein und zum anderen sofort wieder raus.

»... du weißt selbst, wie der Stellenkegel aussieht. Frauen sind deutlich unterrepräsentiert. Es geht nicht an, daß in einem Beruf ... in einer Schule, wo überwiegend Frauen ..., ich find deinen Einwand einfach schlichtweg zum Kotzen.«

»Und außerdem«, gab Carola Wolf, leidenschaftliche Leggings-Trägerin der Größe 54 und als Diätköchin ein weiteres ehrenwertes Mitglied der hauswirtschaftlichen Mafia, Katrin Schützenhilfe, »... könnt ihr euch mal die Alternative überlegen. Du auch, Karsten!«

Dichte, schwarze Gewitterwolken zogen am geistigen Horizont auf.

Als Omen des nahenden Untergangs reichte Klaus Zemke die letzten Grillwürstchen. Sie glichen einer Höllenbrut.

Selbst auf die Gefahr hin, morgen mit einem Brummschädel aufzuwachen oder anonym bei der Alkoholiker-Selbsthilfegruppe der Schulbehörde angemeldet zu werden, goß sich Thomas demonstrativ das vierte Glas Blanc de Blanc ein. Dann beobachtete er entspannt und mit dem nötigen Abstand die Szene. Das Drehbuch, fand er, war wirklich perfekt. Ein abgekartetes Spiel von vorne bis hinten. Jeder kannte seinen Text, jeder beherrschte seine ihm zugedachte Rolle. Obwohl er bei den Proben nicht dabei gewesen war, ahnte Thomas jede Frage und jede Antwort, und er wußte, wer sie stellen oder geben würde. Nein, nicht Kai Schubert, der sich unauffällig im Hintergrund hielt und völlig unbeteiligt, so als würde ihn die ganze Angelegenheit nicht die Bohne angehen, an seinem Obst-Drink nippte. Nein, Kai schwieg genauso wie Karsten, dem schon schwante, daß er sehenden Auges in die Falle gelaufen war. Das Stichwort kam von Birgit Doll. »Und die wäre?«

»Berger!« Carolas Stimme klang bei dem Namen scharf wie ein Fallbeil, ihr Mund nur ein Strich.

Aufstöhnen ging durch die Menge. Der Beginn eines zehnminütigen Klagens über alle Taten und Untaten dieses Teufels in Lehrergestalt. Dann kam man (frau) zu Karstens Ausgangsfrage zurück.

»Es ist hier absolut keine ausgeguckt worden«, betonte Beate. »Wir sind völlig offen. Nur sollte …«

»… es eine Frau werden«, fiel Thomas ihr ins Wort und provozierte damit ein erneutes Lamento. »Hauptsache Frau, Karsten. Kannst du das nicht begreifen. Das Kriterium ist Frau, nicht Leistung, nicht Erfahrung.«

Jetzt trafen die giftigen Blicke Thomas, und er wurde von Katrin prompt in die Schranken gewiesen: »Fängst du auch noch an? Ich find das echt Scheiße, was hier abläuft.« Ihr Gesicht glühte.

»Ja, echt Scheiße«, haute Carola in dieselbe Kerbe. Wieder die Fallbeil-Stimme, die ganz und gar nicht zu ihrer barocken Figur passen wollte.

Doch bevor Thomas völlig ins feministische Kreuzfeuer geriet, machte er schnell einen taktischen Rückzieher. »Na, ja. War vielleicht eine vorschnelle Bemerkung … aber ich mein, wir können Kai nicht übergehen. Schließlich hat Kai für unsere Betriebsgruppe viel getan. Und auch sonst. Ich mein eben nur, wir sollten diesen Aspekt mal genauer diskutieren.«

Die Gemüter beruhigten sich.

»Ja, da hast du recht«, piepste Beate und vermied tunlichst, Birgit anzusehen, die bei Kais Namen etwas mehr Oberbein zeigte. »Der einzige Mann, der hier überhaupt in Frage kommen könnte, wäre schon Kai. Da muß ich dir zustimmen«, fügte Beate hinzu.

Thomas war aus der Schußlinie.

»Was meinst du dazu, Kai? Wärst du denn bereit?« ergriff Carola jetzt die Initiative, und Thomas setzte nach: »Bei deiner Kompetenz wärst du doch ein guter Gegenkandidat zu Berger. Eine echte Alternative, wenn wir keine Frau durchbringen können.«

»Nein … eigentlich nicht«, zierte sich Kai und schaute vielsagend in die Runde, »es sollte schon eine Frau sein. Alles andere wäre nicht richtig … wäre der Sache nicht opportun, aber …« Er ließ das Aber im Raum stehen.

Ein bißchen schwanger geht nicht, dachte Thomas.

Die Frucht reifte. Die Pausengespräche verlagerten sich von den Gewinnquoten im Mittwochs-Lotto, vom erfolgreichen Software-Klau aus dem EDV-Seminar des Instituts für Lehrerfortbildung mehr und mehr auf die Besetzung der Abteilungsleiterstelle. Fragen der billigsten Baufinanzierung, der lukrativsten Nebenbeschäftigung, der günstigsten Flugroute zu den Seychellen traten völlig in den Hintergrund. Eine Zeit lang gab es keine dummen Schüler, die von Jahr zu Jahr blöder wurden, keine Drogenprobleme, obwohl wie verrückt in den Toiletten gedealt wurde, und es gab keine Anekdoten aus dem Sport- oder Praxisunterricht unter dem Motto: »Wer hat sich wann, wie, wo selbst verstümmelt?« Das Hauptaugenmerk der Meute richtete sich auf die Kandidaten. Ulf Berger stand wie erwartet auf der Wunschliste der Schulleitung. Die Betriebsgruppe war sich noch nicht einig, ob Beate Warnke, Katrin Dreyer oder Kai Schubert dagegen antreten sollte. Hier war das Gerangel zum Futtertrog noch voll im Gange. Die nächste außerordentliche Sitzung zur endgültigen Kandidatenfindung würde kurzfristig vor der Anhörung durch die Lehrerkonferenz einberufen werden.

Thomas beobachtete verblüfft, von wem er seit kurzem gegrüßt wurde, oder wer sich anbot, ihn zu vertreten, falls er irgendwo zu irgendeiner Zeit einen wichtigen Termin hätte. Aber das ging nicht nur ihm so. Auch anderen Kollegen wurde der Hof gemacht. Die Aspiranten schoben Extraschichten Pausenaufsicht, gaben heißumkämpften knappen Parkraum freiwillig preis und luden zu gemütlichem Beisammensein ein. Dabei überboten sich die Mitstreiter gegenseitig hinsichtlich Quantität und Qualität der gereichten Speisen und Getränke. Thomas Klett, von Natur aus schlank und rank, merkte zu seinem Entsetzen, daß sich ein leichter Bauchansatz bei ihm bildete. Er schwor sich Enthaltsamkeit.

Dann begann aus heiterem Himmel Phase Zwei. Der Kampf mit härteren Bandagen. Eine scheinbar harmlose Frage war der Auslöser, wenn auch nicht die Ursache.

»Sagen Sie, Frau Dreyer … haben Sie eine gute Freundin?«

»Äh, ja.« Katrin Dreyer im Hosenanzug – Design Eigenbau nach *Brigitte* Schnittmuster – ließ Nadel und Faden sinken. »Wieso?« In der Klasse, die den Ruf genoß, mühelos ständig einen Lärmpegel von 120 d (A) produzieren zu können, herrschte plötzlich ungewohnte Stille. Man konnte die berühmte Stecknadel fallen hören. Alle Schüler und Schülerinnen sahen ihre Lehrerin scheel an. Bald fingen die ersten Mädchen an, zu tuscheln und zu albern. Banknachbarn stießen sich mit den Ellbogen in die Seite. Katrin fühlte Hitze in sich aufwallen. »Wie kommst du gerade jetzt darauf, Sigrid? Wir sind doch beim Nähen.«

Sigrid, die kecke sechzehnjährige Klassensprecherin, druckste einen Moment herum, wich Katrins aufforderndem Blick aus und wiegelte schließlich ab: »Nur so. Nichts weiter. War ja nur 'ne Frage.«

»Was ist hier eigentlich los?« wollte Katrin von der Klasse wissen.

Sie bekam keine Antwort.

Während der restlichen Unterrichtszeit fühlte sie sich von allen auf Schritt und Tritt beobachtet. Katrin Dreyer konnte sich keinen Reim auf das Verhalten der Schüler machen. Als sie eine Stunde später in der Parallelklasse mit einer ähnlichen Situation konfrontiert wurde, schwoll der Kloß in ihrem Hals an. Und ein komisches Gefühl machte sich in ihrer Magengegend breit. Sie wußte, daß irgendwas im Busch war, nur nicht was.

Aufklärung bekam sie während ihrer Pausenaufsicht.

»Dreyer, die alte Lespe!« stand unübersehbar in riesigen Lettern auf der Treppenhauswand des Aufganges zu den Fachräumen. Ohne den orthographischen Fauxpas mißbilligend gewürdigt – geschweige denn korrigiert – zu haben, stürmte die Nähfachkraft mit hochrotem Kopf vom Tatort. Im Lehrerzimmer schrie sie Ulf Berger, der nicht wußte, wie ihm geschah, vor versammelter Mannschaft an. »Da stecken Sie doch dahinter! Das kann nur auf Ihrem Mist gewachsen sein. Sowas von perfide! Das ist Rufmord! Das wird Folgen haben!«

Es hatte Folgen. Aber nicht in der Weise, wie die angebliche Frauenliebhaberin es gemeint hatte. Sie ließ sich vorsorglich eine Woche krankschreiben, bis »dieses schreckliche Geschmiere spurlos verschwunden ist.« Der Hausmeister tat zwar mit Schwamm und Bürste sein Bestes, aber es war nicht gut genug. Jeder, der wollte, konnte weiterhin die Schrift an der Wand mühelos entziffern. Und das Bezirksamt, zuständig für die Renovierung der Gebäude, weigerte sich standhaft, deshalb eine Malerkolonne zu schicken. Doch damit nicht genug.

Seit einer Woche erhielt Katrin Dreyer zu nachtschlafender Zeit ständig Telefonanrufe, die auf ihr Liebesleben anspielten. Weil sie mit den Nerven total am Ende war, mußte für sie von der Stellvertreterin ein langfristige Dauervertretung organisiert werden. Beate Warnke und Carola Wolf standen Katrin in diesen schweren Stunden bei. Zeitweilig wurde von ihr psychologischer Rat bei Kai Schubert gesucht, aber Katrins seelischer Zustand verbesserte sich trotzdem nicht spürbar. In diesem Punkt war der Lehramts-Psychologe offenbar keine Hilfe.

Klatsch aus dem Intimbereich ist stets von höchstem Interesse. Insbesondere bei Schülern und Lehrern. Und beide Gruppen sind ideale Multiplikatoren.

Es dauerte keine fünf Tage, da wurde Ulf Berger ins Zimmer des Schulleiters gerufen. »Herr Berger«, begann der Alte, der bei den Kollegen über sechzig uneingeschränkte Autorität und bei den jüngeren nur seine Macht genoß. Er bat, Platz zu nehmen und räusperte sich verlegen. »Mir ist da eine Sache zu Ohren gekommen. Ich weiß, daß sie jedweder Grundlage entbehrt, aber ich hielt es doch für besser, Sie gleich anzusprechen. Man muß der Gerüchteküche unverzüglich den Nährboden entziehen, bevor sich solche Geschichten verselbständigen. Nichts für ungut. Das Ansehen der Schule ... Sie verstehen ... darf nicht ins Zwielicht geraten.«

Ulf Berger, von gelegentlichen Rückenschmerzen geplagt, wechselte die Position in dem verschlissenen blaßroten Besuchersessel und schaute seinen Vorgesetzten fragend an.

Der räusperte sich erneut. »Wie soll ich sagen? Also, die Sache liegt mir sehr am Herzen.«

»Wenn Sie auf den Vorfall mit Frau Dreyer anspielen, Herr Voss«, kam Ulf ihm entgegen, »da bin ich die falsche Adresse. Ich gehör nicht zu denen, die Privates in den Unterricht tragen. Bei mir geht es rein fachlich zu.« Ulf konnte lügen, ohne rot zu werden.

»Davon bin ich überzeugt, Herr Berger«, versicherte ihm sein Gegenüber. »Wenn es nicht so wäre, dann hätte ich Sie nie der Schulaufsicht für die zu besetzende Stelle vorgeschlagen. Ich weiß Ihre Arbeit zu schätzen. Nein, um Frau Dreyer geht es nicht. Ein wirklich peinlicher Vorfall. Bedauerlich.«

»Der künstlich hochgespielt wurde. Und auf den die Kollegin wohl reichlich hysterisch reagiert hat. Mein Gott, ein dummer Schülerscherz, mehr steckt nicht dahinter.« Ulf machte sich gerade und glaubte, die Situation unter Kontrolle zu haben. Am liebsten hätte er sich eine Zigarette angesteckt, aber in den heiligen Hallen herrschte Rauchverbot.

»Ja«, pflichtete Voss ihm bei. »Sie hat da etwas übertrieben. Aber es geht heute um etwas anderes. Es betrifft Sie.« Der Schulleiter stand auf und vergewisserte sich, daß die Tür zum Sekretariat fest geschlossen war. Nach einem kurzen Rundgang blieb er am Fenster stehen. »Sie sollen nicht nur eine Beziehung zu Frau Ziegler, Ihrer Referendarin, unterhalten, sondern auch mit einer Ihrer Schülerinnen aus der Hotel-Fachschule ... aus Ihrer Klasse ... wie soll ich sagen ... fest zusammenleben. Das ist mir zugetragen worden.«

»Von wem?« Ulf Berger konnte nur mit Mühe einen aggressiven Ton in seiner Stimme vermeiden.

»Das ist, glaube ich, sekundär. Ich hoffe, es handelt sich hier um den gewöhnlichen Tratsch. Davor sind wir alle nicht gefeit. Ich erinnere mich noch gut an die Zeit, wo ich täglich vor der Klasse stand. Diese Anspielungen ... diese Verdächtigungen gab es schon damals und trotzdem ... Ich wollte sagen, diese jungen Mädchen, diese jungen Frauen ...« Der Oberstudiendirektor befühlte den Mutterboden der kümmerlichen Grünpflanze, die auf dem Fensterbrett ihr schattiges Dasein fristete. Dann nahm er die kupfergetriebene Kanne und ließ einen spärlichen Wasserstrahl ab.

»Ist das nicht ein bißchen viel? Frau Ziegler und eine Schülerin?« Ulf Berger, dessen Sexappeal eher mit dem von Woody Allen als mit dem von Arnold Schwarzenegger zu vergleichen war (aber was besagt das schon?), sagte verzweifelt: »Ich geh auf die Fünfundvierzig zu.«

»Wie? Äh ... ja. Ich sag Ihnen nur, was mir mitgeteilt wurde. Der Vertrauensausschuß soll auch eingeschaltet werden. Ich mein, wir sollten hier ... quasi im Vorfeld ...«

»Nein!« Ulf nestelte an seiner Hornbrille. »Das will ich jetzt schon wissen! Erst unterstellt man mir Dinge, mit denen ich nicht das Geringste zu tun habe. Und dann diese billige Retourkutsche. Verleumdung. Purer Blödsinn. Nichts Wahres dran.«

»Na, dann bin ich ja beruhigt«, sagte der Schulleiter und dachte an sein zu führendes Telefonat mit dem Oberschulrat. »Übrigens, wie macht sich die Ziegler?«

»Ich bin mit ihr zufrieden«, entgegnete Ulf.

»Fein«, sagte Voss und verabschiedete den Don Juan des Berufsschulwesens mit einem festen Händedruck, »gut, daß wir uns mal gründlich ausgesprochen haben. Dann wird Ihrer Beförderung wohl nichts mehr im Wege stehen. Fein, wie gesagt. Ich kann Sie jetzt nach diesem klärenden Gespräch ohne Wenn und Aber vorschlagen.«

Am Nachmittag hatte Voss seinen Duzfreund in der Behörde endlich am Apparat. »Berger mußt du nicht mehr hospitieren. Wir sollten ihn von der Liste streichen. Bedauerlich, aber wahr. Wir müssen wohl oder übel in den sauren Apfel beißen und die Tante von der GEW nehmen. Diese Warnke. Oder den Schubert. Du kennst ihn aus dem Personalrat. Am besten setzen wir uns noch mal zusammen. Wie wär's beim Essen? Du kommst doch zur Abschlußprüfung der Küchenmeister? Steht diesmal unter dem Motto Schalentiere.«

Der Schulaufsichtsbeamte am anderen Ende nahm die Einladung dankend an und bat, seine Frau zur Feier mitbringen zu dürfen. Sie habe in letzter Zeit so wenig von ihm gehabt.

Das Klauen von silbernen Löffeln ist die zweite Todsünde, die jemand in Anstalten der öffentlichen Bildung niemals begehen sollte. Beziehungsweise sich dabei erwischen lassen. Beate Warnke wurde kalt erwischt. Nicht gerade mit silbernen Löffeln, dafür aber …

Der Dienstagnachmittag war dem Lehrersport vorbehalten. Volleyball. Peter Steffens zeichnete für den reibungslosen Ablauf verantwortlich. Eine kleine Gruppe des Kollegiums traf sich regelmäßig – die Stammtruppe –, andere nahmen ab und zu an der Veranstaltung teil. Obwohl dieses freiwillige Sportereignis unter der Devise ›Fair Play‹ stand, wurde hier auf Teufel komm raus geruppt, gebolzt und gefoult wie in jeder abgehalfterten Alt-Herrenriege der Liga. Dabei spielte es keine Rolle, daß es sich hier zu ungefähr fünfzig Prozent um eine Alt-Weibermannschaft handelte. Jedenfalls nicht auf dem Spielfeld.

Während des Kampfes – kaum Blut, reichlich Schweiß und selten Tränen – waren die Umkleideräume verschlossen gewesen. So konnten die Putzfrauen, die ›bekanntlich wie die Raben klauen‹ – Zitat Karsten –, nicht als Sündenbock herhalten, als

Peter Steffens Mondphasen-Uhr wie vom Erdboden verschluckt blieb, obwohl die ganze Kabine auf den Kopf gestellt worden war. Man dachte nichts Böses.

»Wahrscheinlich hast du sie woanders verloren, Peter«, tröstete Maren Ziegler leise kichernd ihren Mentor auf dem Weg zum Parkplatz. »Vielleicht im Kampfe des Gefechts.«

Sie fuhren zu ihr nach Hause und suchten weiter. Umsonst. Dann suchte die Sportskanone gezielt woanders.

Eine Woche darauf: das gleiche Spiel, ein anderer Ausgang.

Diesmal waren drei Brieftaschen geleert worden. Die Stimmung war – wie man so schön sagt – gründlich im Eimer.

»Das darf doch nicht wahr sein!« Karsten hatte als erster den Diebstahl bemerkt. Er schuldete Thomas zwanzig Mark für eine verlorene Wette. Entgegen seiner sicheren Prognose turtelte Birgit Doll nämlich immer noch wie in den Flitterwochen mit Kai Schubert – der um einen Fünfziger erleichtert worden war – rum. Klaus Zemke fehlten ebenso wie Karsten zwei blaue Scheine. Das Geschrei war groß. Die Empörung noch größer.

»Es muß einer von uns gewesen sein«, schloß Thomas messerscharf, »da beißt keine Maus 'nen Faden ab. Letzte Woche hat's Peter erwischt. Da konnte man noch an Zufall glauben, aber jetzt ...«

»Jetzt reicht's«, sagte Karsten, »jetzt hört der Spaß auf.«

»Ich kann das einfach nicht glauben, daß einer von uns ... nein.« Klaus Zemke wühlte erneut in seiner Sporttasche.

»Da kannst du lange suchen, da wirst du nichts finden«, winkte Kai ab, »zwecklos. Weg ist weg.«

Es wurde zum allgemeinen Aufbruch geblasen. Keiner hatte an diesem Abend Lust, noch auf ein Bier in die Kneipe zu gehen.

»Hier kommt mir keiner raus, bevor ich nicht meine Kohle wiederhab«, sagte plötzlich Karsten. »Wir machen Kassensturz. Jetzt sofort.« Seine Haltung duldete keinen Widerspruch. »Alle zeigen die Marie. Ich weiß nämlich rein zufällig, wie der eine Hunderter von mir ausgesehen hat.«

Auf den Einwand, daß es doch ziemlich entwürdigend sei, hier so eine Art kriminalistische Ermittlungen aufgrund eines vagen Verdachtes durchzuführen, reagierte Karsten nicht. Er flüsterte kurz mit Thomas, dann sagte er: »Nur zur Sicherheit, damit später keiner behauptet, ich spinn.«

Jeder legte – wie befohlen – sein Geld auf die Holzbank der Umkleidekabine. Karsten beäugte Schein für Schein. Dann hielt er einen hoch. »Hier.« Er gab ihn Thomas. Auf dem Hunderter, den er aus dem Baren von Beate Warnke gefischt hatte, war mit Karstens unverkennbarer Handschrift eine Telefonnummer notiert.

Beate schüttelte konsterniert den Kopf und stammelte: »Das … das ist nicht mein Geld. Den … den muß jemand mir in mein Portemonnaie gelegt haben. Ich weiß gar nicht, was … was ich sagen soll.«

»Alles, was Sie sagen, kann gegen Sie vor Gericht verwendet werden«, deklamierte Thomas trocken wie ein Cop in bester US-Serien-Manier.

Beate bekam einen Weinkrampf.

»Zehn kleine Negerlein«, sagte Karsten zu Thomas und inhalierte tief den *West*-Rauch, »und jetzt ist nur noch Kai übrig. Katrin Dreyer ein einziges Nervenbündel, zu nichts zu gebrauchen, Berger auf dem Abstellgleis und Beate weg vom Fenster. Komisch. Hm … nur noch Kai.«

»Ja, nur noch der gute Kai«, stimmte Thomas zu. »Aalglatt, der Hund.«

»Der überlebt alles. Einen Pudding kann man eben nicht an die Wand nageln.«

»So? Wollen wir wetten?«

»Wann ist die Anhörung?« fragte Karsten.

»Nach den Herbstferien. Die Konferenz ist auf den neunzehnten angesetzt.«

»Bis dahin fließt noch viel Wasser.«

»Noch zwei Tage, dann können sie mich alle. Für mich heißt es dann Arschloch-hoch-Amerika«, sagte Thomas und holte sich die zweite Zigarette während dieser Pause aus Karstens Schachtel.

»Wo fährst du hin? In die Staaten?«

»Provence. Traumhaft im Herbst. Ich war da mal vor drei Jahren. Da konntest du mitten im Oktober noch im T-Shirt draußen sitzen. Herrlich.«

Als Thomas am nächsten Tag seine letzte Unterrichtsstunde vor den beginnenden Herbstferien gehalten hatte, wollte er die Schule durch den Fachraumtrakt verlassen. Aus der Fleischerei stank es nach frischem Blut. Ihm wurde schlecht. Die Tür zum Kühlraum stand einen Spalt breit offen. Er gab ihr einen Stoß: sie fiel schwer ins Schloß.

Es blieb im Dunkeln, warum sich Kai Schubert just zu diesem Zeitpunkt in der Kältekammer aufgehalten hatte. Wie der Stuhl unter den äußeren Griff der Tür gekommen war, konnte ebenfalls nie geklärt werden.

Thomas klagte seine gewonnenen zwanzig Mark von Karsten ein und spendete sie schweren Herzens für den Gemeinschaftskranz des Kollegiums.

Der Posten des Abteilungsleiters für die Fachschule blieb unbesetzt.

Nicht etwa, weil der letzte Kandidat für lange Zeit kaltgestellt, sondern weil die Stelle aufgrund rückläufiger Schülerzahlen in dem betroffenen Bereich gestrichen worden war.

Die Schulbehörde ist eben unberechenbar.

Karen Meyer

Bei Bier und Bowle

Sie hat ihren dicken Hintern in eine dieser modernen glänzenden Hosen gezwängt, die Leggings heißen und ihn an Wurstpellen erinnern. Als sie ein paar Meter von ihm entfernt vorbei läuft, pfeift er kurz zwischen den Zähnen. Daran, daß sie zusammenzuckt, erkennt er, daß sie Angst hat. Markus zündet sich eine Zigarette an und fixiert mit zusammengekniffenen Augen Isas prallen Arsch, der die Straße entlang zum Busbahnhof schaukelt. Heute abend wird sie dran sein, denkt er, zieht hörbar laut Rotz hoch und spuckt einen Klumpen auf den Gehsteig.

Sie stellt ihre Tasche auf die zweite Treppenstufe, hängt die kurze Jacke auf einen Bügel und geht in die Küche.

»Tag, Mutti«, ruft sie, »wo steckst du?« Ohne auf eine Antwort zu lauschen, späht sie in den heißen Topf, der auf dem Herd steht und aus dem ein appetitanregender Duft strömt. Ratatouille mit Rindfleisch.

Isas Mutter kommt herein und drückt ihr einen Kuß auf die Wange.

»Hallo, Schatz. Wie war's in der Schule?« fragt sie, während sie am Herd hantiert. »Deckst du den Tisch?«

Markus schlendert an den Schaufenstern vorbei und bleibt manchmal stehen, um sein Spiegelbild zu betrachten. Turnschuhe, 501er Jeans, die locker auf seinen schmalen Hüften sitzen, ein weißes T-Shirt. Er grinst sich an. Du siehst gut aus, denkt er und fährt sich mit den Fingern durch die Haare.

An einer Imbißbude bleibt er stehen, ordert Pommes Rot-Weiß und eine Coke. Die Ellenbogen auf den Stehtisch gestützt, die Frittenpappe vor sich aufgestellt, beobachtet er die vorbeifahrenden Autos. Er leckt die Mayonnaise von den Pommes, bevor er sie ganz in den Mund steckt und zerkaut.

»Habt ihr eine Klausur zurückbekommen?« fragt die Mutter und schaufelt Isa das Gemüse auf den Teller.

Sie schüttelt den Kopf.

»Ihr habt Klassenfest heute abend, nicht?« Sie mustert ihre Tochter, deren gesamte Konzentration sich scheinbar auf das Beladen ihrer Gabel richtet. »Hast du nicht gehört?«

»Ich weiß noch nicht,ob ich gehe. Keine Lust«, gibt Isa miesepetrig zurück.

»Du solltest dich nicht immer so zurückziehen.«

Die Coladose wirft er mit einer eleganten Armbewegung in den Papierkorb. Dann klopft er eine Zigarette aus der Packung und zündet sie sich an. Eine Frau mit drallen Beinen geht vorbei. Isa, denkt er, sie hat es nicht anders verdient. Er stützt die Ellenbogen auf den Tisch und den Kopf auf die Hände. Ich muß sie erst betrunken machen, blau wie einen Weihnachtskarpfen.

»Zieh dir doch mal etwas Hübsches an«, schlägt die Mutter vor und holt die pinkfarbene Bluse aus dem Schrank.

Widerstrebend zieht Isa sie an. Der Stoff spannt über den Brüsten und läßt sie seltsam abgeflacht und dick zugleich scheinen. »Wenn du mit so einer Miene da auftauchst, ist es kein Wunder, wenn niemand mit dir reden will.«

Isa widerspricht nicht. Sie weiß schon, was die Mutter dann noch alles sagen würde.

Er hat sich entschlossen, doch nach Hause zu gehen und das weiße T-Shirt gegen ein gestreiftes Polo-Hemd auszutauschen. In der Wohnung ist er allein.

Markus fährt mit dem Elektrorasierer über sein Gesicht, obwohl er es eigentlich nicht nötig hätte, beklatscht seine Haut mit einem herben Rasierwasser und putzt die Zähne.

Warum ist sie auch so eine Streberin und scheißt andere bei

den Paukern an. Klar, denkt er und drückt einen Mitesser auf der Nase aus, bevor er das Bad verläßt, die sammelt jetzt schon Abi-Punkte. Aber nicht auf meine Kosten.

»Soll ich dich hinfahren?« fragt die Mutter kurz vor acht.

Isa nickt und steigt in den kleinen Renault. Sie hat die pinkfarbene Bluse gegen ein schwarzes T-Shirt vertauscht und trägt eine Jeans statt der Leggings. Die Haare hat sie im Nacken zusammengebunden.

»Besonders fesch siehst du so nicht aus«, meint die Mutter.

Er wirft die Wohnungstür ins Schloß und spurtet, immer zwei Stufen auf einmal nehmend, die Treppe herunter. Wieder läuft der Film vor seinem inneren Auge ab: Wie sie mitten im Unterricht aufgestanden ist. Ausgerechnet in der Stunde von dem alten Rasbach war das. Alle haben sie angeglotzt, als sie es gesagt hat: Der Markus verkauft Haschisch auf dem Schulhof.

Natürlich ist sie eine der ersten. Kein halbwegs ernst zu nehmender Mensch kommt pünktlich zu einer Fete. Je später der Abend ...

Zwei Mädchen sind noch dabei, den tristen Raum im Oberstufenzentrum mit Luftschlangen und Kreppapier zu schmücken. Rote Folien vor die Lampen, das bringt Stimmung.

Isa setzt sich auf einen der Stühle, die entlang der Wand aufgereiht sind.

Atemlose Stille herrschte in der Klasse, nachdem sie es gesagt hatte. Alle Augen richteten sich auf ihn. Er hätte voll in ihr butterweiches Mehlgesicht schlagen können, das den ollen Rasbach siegesgewiß anlächelte.

Markus kickt eine Bierdose in den Rinnstein. An der Bushaltestelle muß er auf den 14er warten. Er sieht auf die Uhr. Kurz nach halb neun. Allmählich dämmert es. Die Luft ist klar, und der Himmel scheint hoch zu hängen.

Die Lehrer haben das Büffet gestiftet. Belegte Brötchen, Kartoffelsalat und Buletten. Die Getränke haben sie aus der Klassenkasse bezahlt. Weil alle über 16 sind, gibt es auch Bowle und Bier. Obwohl niemand tanzt, dröhnt die Musik laut genug, um konzentrierte Gespräche unmöglich zu machen.

Isa beäugt jeden, der neu hereinkommt. Die Jungens sind in ihrer Schule in der Mehrzahl. Allmählich füllt sich der Raum. »Probier mal die Bowle«, spricht Claudia sie an und reicht ihr einen randvollen Plastikbecher.

Die Erdbeer- und Pfirsichstücke fischt Isa mit einem Cocktailspieß heraus und zerkaut sie genüßlich, bevor sie den Rest trinkt.

Markus entdeckt sie sofort, als er den Raum betritt. Niemand sonst sitzt auf den Stuhlreihen an der Wand. Die meisten drängen sich um die Theke, auf der die Getränke aufgebaut sind. Er langt nach einer Flasche Becks und mischt sich unter die anderen. »Hast du wirklich auf dem Schulhof ...?« fragt ihn der lange Klaus.

»Quatsch«, antwortet Markus bestimmt. »Ich bin doch nicht blöd.« Klaus nickt.

Als Markus spürt, daß Isa zu ihm herüberschaut, grinst er sie an und kratzt sich an den Eiern.

Isa dreht ihr Gesicht rasch zur Seite. Unabsichtlich fegt sie dabei ihren leeren Bowlebecher vom Stuhl neben sich. Als sie ihn aufhebt, schießt ihr das Blut in den Kopf, und sie wird rot. Aus den Augenwinkeln kann sie sehen, daß er immer noch grinst.

»Wie kommt sie darauf?« fragt Klaus.

Markus zuckt mit den Schultern.

Als sie sich für einen Augenblick unbeobachtet fühlt, steht Isa auf und stellt sich an der Getränketheke an.

»Schmeckt dir die Bowle?« erkundigt sich Claudia und taucht die Schöpfkelle in den Bottich.

»Prima. Hast du die gemacht?«

»Ja.« Claudia lächelt stolz.

»Machst du mir viel Obst rein?« fragt Isa und reicht ihr den leeren Becher.

Als alle Lehrer da sind, wird das Büffet eröffnet. Sogleich bildet sich eine Traube vor dem Tisch, auf dem die Brötchen und Salate angerichtet sind. Markus rümpft verächtlich die Nase, nutzt die freie Bahn an der Getränketheke und macht sich ein zweites Becks auf. Er rülpst, nachdem er die halbe Flasche auf einen Zug geleert hat.

In dem Gedränge am Büffet hält er nach Isa Ausschau. In der ausgeleierten Jeans sieht sie noch unförmiger aus als in der Wurstpelle vom Vormittag, denkt er. Von hinten tritt Markus an sie heran. Wie die anderen im Gedränge auch, preßt er seinen Körper an den ihren. Als er beginnt, seine Hüften rhythmisch kreisen zu lassen und gegen ihren Hintern zu stoßen, fährt sie erschrocken herum.

Isa gleitet das Brötchen, das sie sich eben erst aufgeladen hat, vom Pappteller, und es fällt vor Markus' Füße. Sie steht wie erstarrt. »Bitte«, sagt Markus lächelnd, der in Windeseile das Brötchen aufgehoben und zurück auf den Teller gelegt hat.

Isa ist kreidebleich im Gesicht und hält den Blick starr auf ihn gerichtet, während sie sich rückwärts auf die Stühle zu tastet.

Als die ersten anfangen zu tanzen, geht Markus zu Claudia und läßt sich eine Bowle geben.

»Sieht gut aus, das Zeug«, lobt er.

»Selbstgemacht. Wußte gar nicht, daß du Bowle trinkst.«

»Mach ich auch nicht.«

Isa versucht so zu tun, als bemerke sie nicht, daß er sich nähert. Als er die Tasche, die neben ihr auf dem Stuhl steht, nimmt und auf den Boden stellt, atmet sie hörbar tief ein. Er setzt sich so dicht neben sie, daß sie seinen Geruch wahrnehmen kann. Schweiß und Rasierwasser. Niemand von den anderen scheint sie zu beachten. Isa dreht den Kopf zur Seite.

Markus greift zu ihrem Kinn und zieht es zu sich herüber. »Du siehst hübsch aus mit den zusammengebundenen Haaren«, sagt er und richtet seine Augen auf die ihren.

Sie kann seinen Atem in ihrem Gesicht spüren.

»Du möchtest sicher noch einen Schluck trinken.« Er reicht ihr den Becher. »Ich bin nicht nachtragend.«

Isa ist wie versteinert.

»Ich bin mir sicher, du möchtest noch einen Schluck trinken.« Sein Tonfall ist fest und duldet keinen Widerspruch.

Isa greift zu dem Becher und setzt ihn an ihre Lippen. Niemand schaut zu den beiden herüber.

»Trink«, sagt er, als sie absetzen möchte.

Isa ist gehorsam.

Sie preßt ihre Beine fest zusammen, als Markus eine Hand auf ihren Oberschenkel legt. Er beugt seinen Oberkörper vor, als wären sie in ein Gespräch vertieft.

Von der Bowle ist ihr ein wenig schwindelig geworden, und in dem roten schummrigen Licht verlaufen die anderen zu einem einzigen großen Körper, der zum Rhythmus der Musik hin und her wogt.

Die Hand wandert an ihrem Bein herauf.

»Ich muß aufs Klo«, hört sie sich plötzlich sagen und springt auf.

Markus läßt sie gehen. Fingert eine Zigarette aus der Packung und bittet Klaus um Feuer, bevor er den Raum verläßt.

Obwohl es hell beleuchtet ist, wirkt das unbelebte Treppenhaus gespenstisch. Von unten dringt Verkehrslärm herauf. Im Vorübergehen schlägt Markus mit der Faust auf das Geländer. Der metallisch-dumpfe Laut hallt durch das ganze Haus.

Vor der Mädchentoilette bleibt er stehen. Sie wird nicht ewig da drin bleiben, denkt er und lehnt sich an die Wand neben der Tür.

Die Sekunden werden lang. Isa steht auf der anderen Seite der Tür und lauscht. Die Spülung hat sie gar nicht erst bedient, um sich nicht durch das Geräusch zu verraten. Draußen scheint alles still zu sein. Ganz langsam öffnet sie die Tür. Niemand ist zu sehen.

Plötzlich steht er grinsend vor ihr. Er steht still, nur den rechten Arm leise auf und ab bewegend. Die rechte Hand hat er zu einer Art Faust geballt, den Daumen zwischen Mittel- und Ringfinger durchgesteckt.

Isa geht einen Schritt rückwärts zur Treppe hin, unten, unten sind die anderen. Markus läßt den Daumen ein wenig zucken. Sie weicht weiter zurück, während er einen langsamen Schritt auf sie hin macht. Sie kann die Augen nicht von ihm lösen. Die Musik der anderen scheint ewig weit entfernt.

Das Blut dröhnt ihr in den Ohren.

Markus' Hände gleiten hinunter zu seinem Gürtel. Die Schnalle klirrt.

Sie will schreien. Die Kehle ist gelähmt, ist wie vereist. Nur ein leises Fiepen entweicht.

Markus grinst. Sein Mund reicht von einem Ohr zum anderen. Wird breiter, immer breiter.

Isas Gesicht ist weiß wie Kalk.

Er macht einen Schritt auf sie zu. Sein grienender Mund, ein rosaroter Fleck, eine Qualle. Die Zunge leckt heraus, ein obszöner feuchter Fleischberg. Bäche von Speichel.

Sie will zurück. Weg. Weg von diesem Grinsen, diesem Rosa, diesen wasserblauen Augen. Warum macht er den Gürtel auf? Sie will zurück, kann sich nicht regen.

Eine Hand streckt sich nach ihr, berührt ihren Arm, greift die Bluse, zerrt am Stoff.

Sie reißt sich los. Wirft sich herum.

Isa rennt zu den Stufen. Spürt ihn folgen.

Sie stolpert. Ein Knöchel knackst auf der Stufenkante. Isa fällt. Ihr Schrei ist zu spät und jäh unterbrochen.

»Das habe ich nicht gewollt«, sagt Markus später.

Arthur Gordon Wolf

Korallenblau

Es war ein angenehm warmer und verheißungsvoller Junimorgen. Das Thermometer würde bis zum Mittag auf höchstens 79° Fahrenheit klettern, »die richtige Temperatur für den Einstieg ins Wochenende«, wie es Clark Hoyle im Lokalfunk beteuert hatte. Auch die Sperlinge und Rotkehlchen schienen diese Ansicht zu teilen, schon seit die ersten Sonnenstrahlen über den Rand von *Cleary's Neck* geblinzelt und sich dann hinunter ins Tal ergossen hatten, waren die unermüdlichen Vögel dabei, ihr fröhliches und lautstarkes Konzert anzustimmen. Als Versammlungsort für ihre Chorprobe diente ihnen dabei unter anderem auch der Weißdornbusch hinter Theresa Lithgows Haus.

An diesem Tag bedurfte es allerdings nicht erst des Gezwitschers und Getschilpes, um die Hausherrin aus ihren Träumen erwachen zu lassen. Theresa, die über so etwas wie eine ›innere Uhr‹ verfügte, war in den letzten 34 Jahren stets ohne Wecker ausgekommen. Exakt um 6 Uhr 15 beendete sie für gewöhnlich ihren Schlaf. Es war dies weit mehr als eine reine Angewohnheit; Disziplin und Pünktlichkeit bildeten wichtige Eckpfeiler in ihrem privaten, aber auch beruflichen Leben. Theresa Lithgow war Lehrerin an der *St. Joseph's Elementary School* von New Blossom, einer kleinen Gemeinde mit etwas weniger als 400 Seelen. Schüler, Eltern und Kollegen kannten sie als eine resolute, fröhliche, vor Energie strotzende, leicht untersetzte, mittelgroße Frau, die ihren Beruf als Berufung verstand.

›Miss Lithgow‹ war eine Institution, die sich auch um viele außerschulische Belange kümmerte, doch vor allem und zu allererst war sie Lehrerin.

An jenem besagten Freitag hatte Theresa daher ihre ›innere Uhr‹ ein wenig zurückgestellt und war schon um kurz vor sechs aus den Federn geschlüpft. Ihr erster Weg führte sie in die Küche, am gestrigen Abend hatte sie einen Kuchen gebacken und ihn zum Abkühlen über Nacht in die angrenzende Speisekammer gestellt. ›Gedeckter Apfelkuchen à la Lithgow‹. Genüßlich sog sie den wunderbar süßlich-sauren Duft in sich ein. Er war ihr erstklassig gelungen.

»Ein Meisterwerk«, lobte sie sich. »Gerade gut genug für den letzten Schultag.« Sie würde aufpassen müssen, daß auch wirklich jedes der Kinder ein Stück erhielt. Wenn sie da an Jonny Peterson oder Belinda McTiernan dachte, so wäre es den beiden Schleckermäulern sicher ein leichtes, die Delikatesse ohne Mithilfe der anderen in ihren unersättlichen Mägen verschwinden zu lassen.

»Nun aber genug der Selbstbeweihräucherung und der Lästereien«, ermahnte Theresa sich schließlich. »Wenn du noch in aller Ruhe frühstücken willst, dann hebe gefälligst deine dicken Krampfader-Beine und spute dich!«

Das Fenster mit dem Ausblick zum Hinterhof bremste ihren Schwung jedoch schon nach wenigen Metern. Das Haus lag auf einer kleinen Anhöhe, wenige hundert Meter hinter Theresas Garten fiel das Land sanft zum Talkessel von New Blossom ab. Durch das Fenster sah man daher nur schmale, eng zusammengepreßte Wiesen und Felder, eine weit entfernte Hügelkette und einen alles beherrschenden Himmel. An diesem Morgen zogen dort nur kleine, unscheinbare Wolkenbündel träge nach Osten. Schönwetterwolken. Wie weiße Kaninchen auf einem riesigen, blauen Teppich. Und *was* für ein Blau dies war. Ganz versunken, blieb Theresa im schmalen Flur stehen und beobachtete stumm die klare Weite. Ihr Gesichtsausdruck spiegelte eine Ergriffenheit wider, als habe sie noch nie zuvor in ihrem Leben einen derartigen Junihimmel erblickt. ›Korallenblau‹, kam es ihr in den Sinn. So hatte es ihre Großmutter immer genannt. »So blau wie die See über'm *Großen Riff*.« Abigail (›Abi‹) Lithgow stammte ursprünglich aus Nord-Queensland und war erst über einige Umwege nach Illinois gekommen. Das einzige, was sie hier an ihre alte Heimat erinnere, sagte sie einmal, sei das unergründlich tiefe Blau des Himmels.

Es ist doch immer wieder erstaunlich, welche Wunder unser Herrgott uns schauen läßt, dachte Theresa. Sie liebte das Land, frühmorgens, wenn das Gras noch feucht war vom Tau der Nacht, wenn noch eine beinahe unwirkliche Stille über dem Dorf lag. Kein hupendes Auto und kein röhrender Traktor unterbrachen die Andacht. Nur das leise Rascheln der Weißdornbüsche und das Zwitschern der Vögel waren zu hören. In diesen wenigen, kostbaren Minuten war ihr, als habe sich die Zeit seit Hunderten von Jahren nicht mehr weitergedreht. Und über allem lag dieses unglaubliche, göttliche Blau. Ihr verträumter Ausdruck wurde plötzlich ernst. Gott zeigte den Menschen aber nicht nur Licht, sondern auch Schatten. Schatten, hinter denen sich Unheil und Schrecken verbargen. Ohne Vorwarnung warfen diese düsteren Gedanken einen frostigen, grauen Schleier über die morgendliche Idylle. Idylle? Theresas Mund formte ein schmales, blaßrosa ›n‹. Existierte in dieser Welt überhaupt noch so etwas wie eine Idylle? Was war es denn tatsächlich, was sie hier so naiv bewunderte: eine mit allen erdenklichen Schwermetallen belastete Luft, deren Einatmen Allergien und Keuchhusten verursachte, eine langsam absterbende Atmosphäre, die krebserregende Sonnenstrahlen durchließ, einen künstlich überdüngten Boden, dessen mit Pestiziden verseuchte Nahrungsmittel ständig neue Krankheiten erschufen. Und was war mit den zahllosen Kriegen, den Morden, den unglaublichen Verbrechen, von denen man tagein, tagaus in der Zeitung las?

Tatsächlich war die Welt nichts als ein faulig stinkender Sumpf, auf dem einige schöne Blumen den Betrachter Glauben machten, es handele sich um eine blühende Wiese. Ein gelungenes Täuschungsmanöver. ›Gelungen‹ daher, weil kaum jemand den Schwindel zu durchschauen schien oder es offenbar einfach nicht wollte. Niemand ergriff Partei. Man stahl, betrog und verleumdete, man unterdrückte, log und quälte. Man versetzte ›Mutter Natur‹ einen Tritt, ließ Gott (wenn überhaupt) einen ›guten Mann‹ sein und kümmerte sich für keine zwei Cent um seinen Nächsten.

»Stop, Tessie!« ermahnte sie sich erneut. »Stop, halt. Du hast zwar vollkommen recht, aber heute ist nicht der Tag, um über derartige Dinge zu grübeln. Was sollen die Kinder denn von dir denken, wenn du ausgerechnet heute das Klassenzimmer mit einer griesgrämigen Miene betrittst? Verdirb ihnen bloß nicht ihren großen Tag.«

Tief seufzend schüttelte sie den Kopf. Manchmal ging es wirklich mit ihr durch, gerade noch vor Glück sprachlos und schon wenige Minuten später in düsterster Melancholie versunken.

»Das, was dir fehlt, ist ein Mann«, hatte eine Freundin einmal haarscharf kombiniert. »Noch bist du nicht zu alt zum Heiraten, Tessie. Du bist blitzgescheit und nicht gerade häßlich. Mit ein wenig Make-up und etwas vorteilhafterer Kleidung wäre es doch gelacht, wenn wir keinen passenden Göttergatten für dich fänden.«

Seit diesem Ratschlag waren mittlerweile 14 Jahre vergangen. Männer! Sie hatte schließlich ihre Erfahrungen gemacht, oh ja. Mit 20 war sie sogar so dumm gewesen, sich in einen braungebrannten, schlanken, jungen Mann zu verlieben. Samuel. Damals, als auch sie noch jung und schlank war und noch keine 35 Pfund Übergewicht hatte. Samuel war nur ein einfacher Feldarbeiter gewesen und daher von dem Clan der Lithgows als völlig unakzeptabel für sie betrachtet worden. Theresas Mutter hatte die Sache dann auch schnell mit Geld und wohlgemeinten Drohungen ›bereinigt‹. Anfangs hatte Theresa sehr über das plötzliche Verschwinden ihres Geliebten getrauert, aber schon wenig später – auch nachdem sie die wahren Hintergründe erfahren hatte – billigte sie die Entscheidung ihrer Familie. Sie war richtiggehend froh und erleichtert, nicht in dem düsteren Kerker einer Ehe eingeschlossen worden zu sein. Sie war frei – frei, zu tun, was sie wollte. Von nun an hatte sie ihre gebündelte Energie in die akademische Ausbildung zur Lehrerin gesteckt. Schon immer hatte sie davon geträumt, Kindern die komplizierten Wunder dieser Welt nahezubringen.

So war es gekommen, daß sich Theresa schon in jungen Jahren nur auf ihren Beruf konzentriert hatte; die Frage, ob ihr Privatleben sinnvoll ausgefüllt war, stellte sie sich erst gar nicht mehr. Sie hatte auch kaum Gelegenheit dazu, war doch jede Minute ihrer Freizeit minuziös verplant. Wenn sie nicht gerade bei Anti-Kriegs- oder Anti-Rassismus-Demonstrationen mitmarschierte, besuchte sie Kundgebungen von *Greenpeace* oder dem *WWF*. Auch als Theresa schließlich ihre neue Stelle in New Blossom angetreten hatte, veränderte sich ihr Lebensrhythmus nur unmerklich. Da in der kleinen Gemeinde die Weltpolitik keine tragende Rolle spielte, beschäftigte sie sich von nun an mehr mit den kommunalen Bedürfnissen der Menschen. Vor allem aber machten ihr die Schüler viel Freude. Es erfüllte sie mit Stolz und Zufriedenheit, wenn sie beobachten konnte, wie aus schreienden, nichtsahnenden Kleinkindern nach und nach kluge und kritische Jugendliche wurden.

Während der Jahre, die Theresa sie in der Schule begleitete, lernte sie manche der Zöglinge oft besser kennen und verstehen als deren eigene Eltern. Einige der Kleinen waren ihr so ans Herz gewachsen, daß sie auch noch viele Jahre nach deren Wechsel zur Highschool wehmütig an sie denken mußte. Sie fühlte sich ihren Kindern verpflichtet, und diese Bürde wog schwer. Das Leben war nicht nur kompliziert, es war ein Dschungel. In der Schule sollten die Kinder daher Werkzeuge erhalten – ›Macheten‹ –, um sich erfolgreich durchschlagen zu können. Oft, leider viel zu oft, waren diese ›Macheten‹ allerdings stumpf. Doch was konnte sie schon tun, sie war nur eine kleine Volksschullehrerin, die Schreiben, Rechnen, Heimatkunde und Musik unterrichtete. Es gab so viel zu tun, und es blieb nur so wenig Zeit.

Dieser Gedanke holte sie endgültig in die Gegenwart zurück. Da stand sie doch tatsächlich immer noch vor dem Flurfenster, mit zerzausten Haaren und einem dünnen Morgenmantel und gaffte in den strahlenden Himmel. »Tessie, Tessie, Tessie«, schalt sie sich selbst, »hör endlich damit auf. In knapp einer Stunde beginnt die Schule, und du siehst noch aus wie ein gerupftes Huhn.« Nach einem letzten Blick hinaus riß sie sich endlich los und sauste ohne jede Unterbrechung unter die Dusche.

Korallenblau, dachte sie, während heißes Wasser ihre Haut rötete. Korallenbau. Es wirkte wie ein beruhigendes, sanftes Streicheln, physisch wie auch psychisch.

Als Theresa endlich, erfrischt und ordentlich frisiert, in einer neuen, leicht gestärkten, hellblauen Bluse ihren Kaffee aufbrühte, bemerkte sie nicht, wie sie Großmutter Abigails Lieblingswort leise vor sich hinsummte. Immer und immer wieder.

Nachdem sie zwei leichtgebutterte Toasts mit Johannisbeermarmelade (aus eigener Herstellung) verzehrt hatte, nahm sie den großen, dampfenden Teekessel vom Ofen und füllte den Inhalt in zwei bereitstehende Thermoskannen. Lächelnd verschraubte sie die Kannen und verstaute sie neben dem mit einer Plastikhaube geschützten Kuchen in einer geräumigen Ledertasche. Sie zog eine leichte Sommerjacke über, balancierte die Tasche vorsichtig zum Ausgang und überzeugte sich zweimal, ob sie die Tür hinter sich gut verschlossen hatte. Aus dem baufälligen Schuppen neben dem Haus bugsierte sie daraufhin ihr altes Fahrrad, ein rosaweißes Damenrad mit dickem Rahmen und einem knallroten Metallkorb auf dem Gepäckträger. Eigentlich hatte sie sich damals eine dezentere Farbe gewünscht, aber Mr. Conerry, der Eisenwaren und gelegentlich auch Fahrradzubehör verkaufte, konnte ihr nur Rot und Grau anbieten. Und Grau war für Theresa einfach völlig undenkbar gewesen, denn wenn auch so einiges dafür sprach, eine ›graue Maus‹ war sie nicht.

Mittlerweile hatte sie sich an den leuchtenden ›Feuerwehrkasten‹ gewöhnt und sogar noch ein keckes, zitronengelbes Fähnchen einer Basketballmannschaft an ihrem Lenker befestigt. Die Farben entsprachen ihrem Gemüt, sie waren frisch und lebendig.

Die Schule lag etwas abseits vom Dorf, am Südrand des breiten Talkessels; da es von Theresas Haus bis dorthin ständig leicht bergab ging, bereitete ihr der Hinweg für gewöhnlich keine Mühe. Lautlos und ohne große Pedalbewegungen rollte das Rad seinem Ziel entgegen. Da ›Roß und Reiter‹ den Weg im Schlaf kannten, blieb Theresa genügend Zeit, die frische Luft in ihren Haaren zu genießen, das Rauschen der Bäume, das sanfte Wiegen der Maisstauden. Tief einatmend warf sie den Kopf in den Nacken. Kein Wölkchen war mehr am Himmel zu entdecken. Nun schien es perfekt. Korallenblau, dachte sie, und in ihren Gedanken klang es wie ›Dein Reich komme!‹.

Theresa bog links vom Hauptweg ab, und vor ihr tauchte ein weiteres Fahrrad auf. Energisch trat sie einige Male in die Pedale, wodurch sich der Abstand schnell verringerte. Erst als sie bis auf knapp drei Meter aufgeholt hatte, ließ Theresa schrill ihre Klingel ertönen.

»Einen wunderschönen, guten Morgen, Mrs. Shadwell«, grüßte sie die verdutzt dreinschauende Dame. »Einen besseren Beginn für die Großen Ferien hätte man sich kaum erträumen können, nicht wahr?«

Die Angesprochene hatte Mühe, ihr Fahrrad wieder völlig unter Kontrolle zu bekommen, wie bei einem störrischen Maulesel folgten zuerst ein paar Wackler und Hüpfer, bevor das Gefährt wieder seinen alten Trott gefunden hatte. Mrs. Shadwell schien im gleichen Alter wie Theresa zu sein. Vor allem die dicke Hornbrille auf ihrer Nase ließ ihr Gesicht wie das eines in Ehren ergrauten Uhus mit Riesenaugen erscheinen. Als sie endlich wieder genügend Luft gesammelt hatte, warf sie ihrer neuen Begleiterin einen drohenden Raubvogel-Blick zu. »Theresa!« rief sie tadelnd. Allein die besondere Art der Betonung zeigte, wie geübt sie in derartigen Unterredungen war. »Eines Tages werde ich mir noch deinetwegen den Hals brechen. Oder ich bekomme einen Herzschlag. Ich bin schließlich nicht mehr die Jüngste. Und du – das solltest du bedenken, beste Theresa – bist es auch nicht mehr.« Der Ton war nun immer wärmer geworden, neckend. Mrs. Shadwell verdrehte abschließend, gespielt resignierend die Augen, seufzte und grinste dann still vor sich hin.

Auch Theresa grinste. »Aber, aber, liebste Bev«, flötete sie unschuldig, »wie kann man nur so schreckhaft sein. In Gedanken warst du wohl schon im Urlaub, gib's zu.«

Beverly Shadwell rückte sich demonstrativ mit dem Mittelfinger die Brille zurecht, strich sich eine schwarzgraue Haarsträhne aus der Stirn und nahm eine kerzengerade Haltung ein. »Meine liebe Theresa«, begann sie leicht pikiert, »wenn du es genau wissen willst, so dachte ich gerade darüber nach, wie schnell doch die Zeit vergeht. Schon wieder ein Schuljahr vorüber. Die Jahre fliegen nur so an uns vorbei, findest du nicht auch?«

Seit nun schon über 30 Jahren fuhren beide gemeinsam diesen Weg zur Schule; weder Wind noch Regen konnten sie bremsen. Nur im Winter verzichteten sie gezwungenermaßen auf die Räder; mit dicken Schals vermummt, marschierten sie dann zu Fuß über die einzig geräumte Straße von New Blossom.

»Magst ja recht haben, Bev«, sagte Theresa schließlich, »das einzige, was jedoch momentan an uns vorbeifliegt, sind Lloyd Takkleberrys Felder. Genieß doch einfach die Natur; heute ist kein Tag zum Trübsal blasen.« Ohne weitere Worte hob sie sich plötzlich aus dem Sattel und strampelte mit nach vorn gebeugtem Oberkörper ein Stück voraus.

Vor einer steil abfallenden Rechtskurve stieg Theresa ab und wartete im Schatten einer knorrigen Lärche auf ihre Begleiterin.

»Hast du heute morgen etwas im Kaffee gehabt?« fragte Beverly kurzatmig, als sie die andere schließlich erreicht hatte. »Du benimmst dich ja wie ein liebestoller Backfisch.«

»Na und«, gab Theresa zurück, »ist das ein Wunder an solch einem Tag? Man ist stets nur so alt, wie man sich fühlt. Und außerdem tut ein gelegentlicher Sprint meinen Krampfadern ganz gut. Du solltest es auch mal probieren.«

»Ich?« Beverly lachte laut auf. »Nein, danke, die Zeiten sind lange vorbei. Zudem beabsichtige ich, meinen Kuchen heil in der Schule anzubringen.«

Schulterzuckend stieg Theresa wieder aufs Rad, mit leichtem Rücktritt blieb sie genau auf Beverlys Höhe. »Mit welcher Leckerei verwöhnst du denn die Kids in diesem Jahr?« wollte sie wissen.

»Mit einer riesengroßen Rharbarbertorte. Und du?«

»Gedeckter Apfelkuchen mit Mandeln.«

Auf dem Rest ihres Weges tauschten die beiden Lehrerinnen Dutzende von neuen Backrezepten aus, besprachen die drohende Schließung der Düngemittelfabrik im Nachbarort und hielten natürlich auch ihre Meinungen über den gerade kursierenden Klatsch im Dorf nicht zurück. Gutgelaunt erreichten sie das Schulgebäude. Schon jetzt hatten sich die meisten Kinder auf dem Hof eingefunden. Braungrüne Baseballmützen, helle Shorts, leuchtende Röcke und weiße Kniestrümpfe an erst leicht gebräunten Beinchen bestimmten das Bild. Von allen Seiten strömten Lachen, Kreischen und fröhliche Grüße auf sie ein. Theresa und Beverly durchschritten die Reihen wie grinsende Politiker auf einer Wahlkampfveranstaltung. Kaum hatten sie ihre großen Taschen vom Gepäckträger genommen, als auch schon eine Traube von Neugierigen herbeieilte.

»Was gibt's«, schrien sie durcheinander. »Schoko-Plätzchen? Donuts? Was ist drin? Sahnetorte? Krapfen? Was ist's? Was haben sie für uns?«

»Wartet doch die Zeit ab, ihr Racker!« riefen die Lehrerinnen der hungrigen Meute zu. »Ihr erfahrt's noch früh genug.«

Nur mühsam – die Speisen eng an den Körper gedrückt – bahnten sich die Frauen ihren Weg zum Haupteingang.

Als die schwere Eichentür dröhnend hinter ihnen ins Schloß fiel, atmete Beverly erleichtert auf. »Du meine Güte«, stöhnte sie, »es scheint, als müßten wir uns heute gegen eine Horde von wilden Kannibalen behaupten.«

»Ist halt unser Schicksal«, bemerkte Theresa schmunzelnd.

In der einzügig unterrichteten Schule waren außer Beverly und Theresa noch zwei weitere Lehrerinnen tätig: Nellie Arkinson für die erste Klasse und Roberta O'Donnell für die zweite. Beide waren ›erst‹ seit etwas mehr als 10 Jahren in *St. Joseph's*, eine Tatsache, die sie in den Augen der beiden anderen immer noch als ›Grünes Gemüse‹ erscheinen ließ. Obwohl zwischen den Paaren mehr als eine Generation lag und zuweilen kontroverse pädagogische Ansichten vertreten wurden, herrschte die meiste Zeit über doch eine freundschaftlich angenehme Atmosphäre.

Beverly schloß gerade ihr Klassenzimmer auf, als sich die Eingangspforte erneut öffnete. Laut prustend stolperten ihre jüngeren Kolleginnen herein. Nellie trug so viele Taschen, als beabsichtige sie, einen Kindergeburtstag mit 200 Teilnehmern auszurüsten. »Hi, Bev«, grüßte sie vergnügt. »Nächstes Jahr laß ich mir den ganzen Krempel mit einem Tieflader anliefern.«

Theresa, deren Klassenzimmer im ersten Stockwerk lag, war unterdessen in die kleine Lehrerbibliothek gegangen, um ein geeignetes Vorlesebuch auszuwählen. Ihr Zeigefinger wanderte über die Einbände von *Tom Sawyer, Robinson Crusoe, Die Schatzinsel, Winnie Pooh* und blieb schließlich auf *Alice im Wunderland* ruhen. »Fein«, sagte sie zu sich selbst, »laden wir halt diesmal die kleine Alice zu unserer Feier ein.« Sie nahm das Buch aus dem Regal und kehrte in das noch leere Klassenzimmer zurück. Alles war bereit. Vor ihr auf dem Pult, neben einem Stapel dunkelblauer Papierservietten, warteten Kuchen und Tee darauf, endlich verzehrt zu werden. Die Stunde konnte beginnen.

Die dumpf dröhnende Pausenschelle belebte die ehrfurchtsvolle Stille von *St. Joseph's* zusammen mit einer wahren Flut aus schrillem Gekreisch, Gesang und ausgelassenem Jauchzen. »Die Kinder sind das junge Blut in ›St. Joseph's‹ alten Adern«, hatte Nellie Arkinson einmal festgestellt. Als Theresa ihren herannahenden Zöglingen lauschte, fand sie diesen Vergleich sehr treffend. Die Kleinen weckten das alte Gemäuer nochmals kräftig auf, bevor es in einen langen Sommerschlaf verfallen würde.

Plappernd und lachend wirbelten die Schüler ins Klassenzimmer. Nachdem sie ihre Zimtplätzchen oder Kannen mit heißem Kakao bei ihrer Lehrerin am Pult abgegeben hatten, warteten sie, vor Ungeduld fast platzend, was nun geschehen würde. Erst als auch das letzte Flüstern und Zischen verklungen war, begann Theresa ihre Begrüßung.

»Guten Morgen, liebe Kinder«, rief sie fröhlich, worauf ihr ein hell klingender Chor ein »GUTEN MORGEN, MISS LITHGOW!!!« entgegenschmetterte. 17 strahlende Augenpaare blickten sie an, zehn Jungen und sieben Mädchen. Ihre Klasse war auch für die bescheidenen Verhältnisse von New Blossom recht klein, aber gottlob stiegen die Geburtenzahlen wieder.

»Wie ich sehe«, fuhr Theresa fort, »habt ihr heute morgen alle gute Laune mitgebracht. Seltsam. Woran das wohl liegen mag?«

Vor ihr in der ersten Reihe prustete Tipi Laws, ein rothaariges Mädchen mit lustigen Sommersprossen auf der Stupsnase, laut in ihre vorgehaltenen Hände. Die Lehrerin tat so, als habe sie es nicht bemerkt.

»Hat etwa jemand Geburtstag, oder ist der Zirkus nach Lincoln gekommen?«

»Nein, nein!!« riefen jetzt mehrere Kinder gleichzeitig. »Es gibt Ferien. Große Ferien!!«

Theresa spielte noch immer die Unwissende. »Ferien? Heute? Sollte ich etwa deshalb diesen riesengroßen, zuckersüßen Apfelkuchen hier gebacken haben?«

»JAAAAAA!!!« schrien nun alle voller Vorfreude. Das brach den Bann, mit einem langen Aluminium-Lineal ritzte Theresa gekonnt 20 gleichgroße Segmente auf die Kuchenoberfläche und schnitt dann die schmalen Scheiben mit einem Messer heraus. Diejenigen, die keine Papp- oder Plastikteller mitgebracht hatten, erhielten ihr Stück auf einer Serviette. Binnen weniger Minuten waren 17/20 ihres Meisterwerks verschwunden.

Als schließlich jedes Kind mit Kuchen, Tee oder Kakao versorgt war, setzte sich die Lehrerin bequem neben das Pult und schlug ihr Buch auf. Nach einem kurzen Blick in die Runde begann sie: »Ich möchte euch heute von einem kleinen Mädchen erzählen, dessen Name manch einer von euch vielleicht schon einmal gehört hat. Ihr Name ist Alice.«

Augenblicklich rückten ihre Schüler näher zusammen, gespannt und mit großen Augen lauschten sie ihren Worten. Theresa hatte eine angenehm tiefe Erzählstimme, und wenn immer sie erklang, wurde es still im Klassenzimmer. Dies war alles andere als selbstverständlich, wenn sie da an Berichte über die Schulen in den Großstädten dachte.

»Alice langweilte es allmählich, neben ihrer Schwester am Bach zu sitzen und nichts zu tun ...« fing die Geschichte an. Als Theresa an die Stelle »... und fand darin einen kleinen Kuchen, worauf in Schönschrift mit Korinthen die Worte Iß MICH geschrieben waren ...« kam, deutete sie nur stumm auf einen dicken, flachsblonden Jungen, auf dessen Sweatshirt noch ein großer Teil seines Apfelkuchens verstreut lag. Rosa vor Scham anlaufend, stopfte sich Jonny Peterson die Krümel hastig in den Mund. Allgemeines Gelächter war die Folge.

Theresa mochte wohl schon über eine halbe Stunde vorgelesen haben, als sie plötzlich mitten im Satz abbrach und das Buch zuklappte. Erstaunt starrten sie ihre Zuhörer an. »Paßt jetzt einmal genau auf, was ich euch zu sagen habe«, forderte sie die Kinder auf, angesichts der atemlosen Stille war dies eine eher überflüssige Bitte. Theresas Stirn zog sich in ernste, nachdenkliche Falten. »Alice ist nur ein Kindermärchen«, sagte sie, »es ist aber an der Zeit, daß ich euch erzähle, wie die *Wirklichkeit* aussieht. Manches davon ist so unglaublich wie ein Märchen, mit nur einem kleinen Unterschied: Es ist *wahr.*« Theresa betonte jede einzelne Silbe, als stehe sie als Anwalt vor einem Geschworenengericht. »Ihr habt ein Recht zu erfahren, wie trügerisch und böse die Welt ist. Und in welch großer Gefahr ihr alle schwebt!«

Die trügerische Welt. Bis vor wenigen Monaten hatte auch Theresa keine Ahnung von den grauenvollen Vorgängen um sie herum gehabt. Sie hatte zwar schon immer von Kriegen, Umweltverschmutzung, Naturkatastrophen und Verbrechen gewußt, doch nie – niemals – hätte sie im Traum daran gedacht, daß hinter alledem eine Absicht verborgen lag. Eine weltweite Verschwörung. Erst Samuel hatte ihr die Augen geöffnet.

Vor etwas mehr als einem halben Jahr war er ihr erstmals wieder begegnet. Theresa hatte gerade wieder einmal das unglaubliche Blau des Himmels bewundert, als er plötzlich vor ihr im Garten gestanden hatte. Samuel. Er hatte noch genauso ausgesehen, wie sie ihn in Erinnerung gehabt hatte: hochgewachsen, breite Schultern, schlank, braungebrannt, und er schien um kein Jahr gealtert. Ihre erste, ihre einzige wahre Liebe. Sie hatte ihren Augen nicht getraut, aber er war da gewesen, hatte sie angelächelt, mit ihr gesprochen. Er hatte ihr erklärt, daß sie schon damals, vor vielen Jahren, dazu auserwählt worden sei, von ihm die Wahrheit über die Welt zu erfahren.

»Bedauerlicherweise war auch deine eigene Familie vom Bösen durchsetzt und vereitelte so meine Aufgabe«, hatte er mit trauriger Stimme gesagt. »Sie haben dich verwirrt und belogen, solange, bis auch du glaubtest, froh über mein Verschwinden zu sein. Doch tief in deinem Herzen empfandest du anders, nicht wahr?«

Noch bevor Theresa gewußt hatte, wie ihr geschah, war es aus ihr herausgebrochen. »Ja!« hatte sie unter Tränen geschrien. »Du hast recht. Es war eine Lüge. Alles war eine Lüge. Mein ganzes Leben, mein ganzes, einsames, so verdammt glückliches Leben ist eine einzige Lüge!« Mitten auf dem gefrorenen Rasen war sie auf die Knie gefallen und hatte lange geweint. Samuel hatte sie nicht berührt, aber seine leise Stimme hatte ihr Trost gespendet.

»Steh auf und sieh mich an«, hatte er gesagt. »Es gibt viel Böses in dieser Welt, aber du, meine liebe Tessie, kannst deinen Teil dazu beitragen, die finsteren Mächte zu bekämpfen.«

Als sich Theresa endlich die Tränen aus den Augen gewischt hatte, hatte sie feststellen müssen, daß sie allein im Garten war. Ihr Geliebter war so plötzlich verschwunden, wie er aufgetaucht war.

Doch Samuel war wieder gekommen. Von diesem Tag an hatte er sie in regelmäßigen Abständen besucht; mal war sie ihm beim Spaziergang begegnet, mal hatte er einfach auf der Couch im Wohnzimmer gesessen oder vor dem Fenster gestanden. Nie hörte sie ihn kommen oder gehen. Doch Theresa hatte sich nicht beschwert, die Freude über sein unerwartetes Erscheinen hatte jede Angst und jeden Zweifel überstrahlt. Was er ihr allerdings über die Pläne des Bösen berichtete, ließ ihren Atem stocken. Fast alle Menschen um sie herum seien Handlanger des Teufels, selbst ihre engsten Freundinnen. Hinter ihrem Rücken würden sie heimlich Intrigen und Verbrechen planen. Selbst der Bürgermeister und die Polizei seien nichts weiter als heimliche Befehlsempfänger teuflischer Dämonen. Alles sei verseucht. Ganz New Blossom sei in Wirklichkeit ein Vorposten der Hölle.

Nur die Kinder seien noch unschuldig. Sie seien die einzigen Wesen, die noch vor der ewigen Verdammnis bewahrt werden könnten. Und darum würden auch alle Schergen nach ihren Seelen trachten. Theresas Aufgabe sollte es sein, zumindest ihre Klasse dem Zugriff des Bösen zu entziehen.

Der Auftrag war nicht einfach. Und gefährlich.

Am schwierigsten war es für Theresa gewesen, sich den anderen gegenüber nichts anmerken zu lassen. Niemand durfte auch nur den geringsten Verdacht schöpfen. »Sie sind schlau«, hatte Samuel sie gewarnt. »Wenn sie erfahren, was du weißt, sind nicht nur die Kinder, sondern auch du selbst verloren. Verhalte dich unauffällig, aber vertraue niemandem.« Er hatte ihr Hinweise und genaue Ratschläge gegeben, welche Vorbereitungen zu treffen waren. Als Tag X hatte ihr Samuel den letzten Schultag genannt.

Theresa hatte anfangs geglaubt, die ihr zugedachte Rolle nicht bewältigen zu können. Wie konnte sie nahezu ein halbes Jahr lang mit Beverly zur Schule fahren und dabei über gebackene Forellen plaudern, wenn sie genau wußte, daß neben ihr das Böse fuhr. Wie sollte es ihr nur gelingen, den vielen Leuten in den Nähkreisen und Wanderclubs freundliche ›Hallos‹ zuzurufen, wenn doch alle nur darauf lauerten, ihre Kinder zu verderben. Doch dann, nach einer Zeit schwerer innerer Kämpfe, hatte sie die Herausforderung angenommen. Wenn es all ihren sogenannten Freunden jahrelang gelungen war, *sie* derart zu täuschen, dann mußte sie es doch schaffen, dieses Spiel wenigstens sechs Monate durchzuhalten. Und sie hatte durchgehalten. Eisern und willensstark hatte sie ihre lächelnde Maske getragen.

»Bis heute«, rief sie ins Klassenzimmer, »bis heute hat niemand von ›ihnen‹ unseren Plan durchschaut. Aber nun ist es zu spät, denn jetzt seid ihr in Sicherheit. Hört ihr, euch kann nun nichts mehr geschehen, hier bei mir. ›Sie‹ warten unten auf euch, aber ihr werdet ihnen nicht in die Arme laufen, nicht wahr? Jetzt, wo ihr die Wahrheit kennt. Es ist wichtig, daß wir nun zusammenbleiben, hört ihr. Wenn es jetzt gleich schellt, tun wir einfach so, als hätten wir nichts gehört. Und nichts und niemand kann uns hier heraus locken. Sie werden kommen und mit allen Mitteln versuchen, hier einzudringen, aber ich werde euch beschützen. Wir werden ihnen beweisen, wie leicht sie zu durchschauen waren. Bleibt einfach hier und vertraut mir.«

Wenige Sekunden später ertönte das Pausensignal. Türen flogen auf, und alle Schüler von *St. Joseph's* rannten, sprangen, hüpften unter infernalischem Lärm und mit weißen Zeugnissen wedelnd so schnell es eben ging ins Freie. Nur Theresas Klasse blieb, wo sie war – ihre eindringlichen Worte hatten ihre Wirkung also nicht verfehlt.

»So ist es brav«, lobte sie die Kinder. »Bleibt sitzen und verhaltet euch ruhig. Das gilt auch für dich, Tom!«

Der spitznasige Junge mit der obligatorischen Baseball-Mütze legte sofort seine Kopfbedeckung neben sich auf den Tisch und verstummte.

Zufrieden ging Theresa zur Fensterseite und lugte vorsichtig hinaus. Nur noch drei oder vier Schüler waren auf dem Schulhof zu sehen. Gerade betrat Beverly das Feld, sie sah kurz auf ihre Uhr, beschattete mit ihrer Hand die Augen und blickte dann fragend hinauf zum ersten Stock. Theresa verbarg sich geschickt hinter einem Wandpfeiler. »Ja, jetzt kommst du ins Grübeln, alte Hexe«, murmelte sie kichernd vor sich hin.

Jemand klopfte an die Tür. »Theresa? Bist du noch da?« Es war Roberta O'Donnells Stimme. »Ist jemand da drin?«

Theresa hielt warnend ihren Zeigefinger vor die Lippen, damit kein Schüler auf diesen Trick hereinfiele. Eine ganze Weile geschah nichts, dann: »Theresa?« Diesmal wurde die Klinke heruntergedrückt, die Tür bewegte sich jedoch um keinen Millimeter. Theresa lächelte. Samuel hatte ihr klugerweise empfohlen, zweimal abzuschließen und den Schlüssel anschließend im Schloß abzubrechen. Die Tür war sehr robust, so leicht würden sie hier keinen unerwünschten Besuch erhalten.

Nach einem zweiten erfolglosen Klopfen hörte sie Schritte auf der Treppe. Erstes Gefecht gewonnen, dachte Theresa. Sie wechselte wieder hinüber zu den Fenstern und sah, wie sich mittlerweile alle drei Lehrerinnen auf dem Hof versammelt hatten. Roberta gestikulierte wild mit den Händen und zeigte immer wieder in ihre Richtung. Theresa blieb hinter ihrer Dekkung. Wie gern hätte sie verstanden, was dort unten gerade über sie erzählt wurde; das leicht geöffnete Fenster ließ allerdings nur einen Schwall von hohen, abgehackt und nervös klingenden Stimmfetzen zu ihr hinein.

Zwei Minuten später klopfte es erneut. Lauter. Fordernder. »Theresa! Hörst du mich?« Beverlys Stimme. »Ist alles in Ordnung da drin? Die Tür ist … irgendwie blockiert, wir bekommen sie nicht auf. Kannst du es bitte einmal von innen versuchen. Theresa? … Was ist mit den Kindern? Es ist so … still.« Verstärktes Klopfen. Poltern. »Theresa? Ist alles okay mit den Kindern?«

Theresa drehte sich halb zu ihrer Klasse um. »Seht ihr«, flüsterte sie, »jetzt geht's los. Wie ich es euch gesagt habe.« Keines der Kinder wagte zu sprechen, allen war die Angst deutlich im Gesicht abzulesen. Um sie herum sah Theresa nur stummes Kopfnicken.

»Fürchtet euch nicht«, beruhigte sie sie. Zärtlich fuhr sie einem besorgt dreinschauenden Mädchen übers Haar. »Samuel wird jeden Augenblick zu Hilfe eilen, und bis dahin beschütze ich euch.«

»Theresa, so antworte doch endlich!« schallte es von draußen. Diesmal versuchte Nellie Arkinson ihr Glück. Ihre Stimme klang unsicherer als sonst, beinahe weinerlich. »Verdammt, sprich mit mir. Ich weiß, daß du da drin bist. Warum machst du nicht auf? Was ist denn … um Himmels willen geschehen?«

Theresa blieb auch weiterhin stumm. Um Himmels willen, dachte sie, wie konnte es dieses gottlose Geschöpf überhaupt wagen, derartige Worte in den Mund zu nehmen. Sie legte ihr Ohr an die Tür, aber außer dem hastigen Klappern von Schuhabsätzen auf der Treppe gab es keine weiteren Geräusche. Der

Feind schien sich zur Beratung einer neuen Strategie von den vordersten Linien zurückzuziehen. War dies etwa schon der Sieg? Nein, dachte Theresa, so schnell würden die Mächte des Bösen nicht kapitulieren.

Theresa war beinahe am Pult eingenickt, als sie von einem leisen Kratzen geweckt wurde. Verwirrt blickte sie sich um; sie fand den Urheber der Störung schließlich an der sonnendurchfluteten Seite des Raumes. Draußen auf dem Fenstersims stand – lässig die Hände in die Hüften gestemmt – ihr Geliebter und blinzelte ihr zu.

»Samuel!« rief sie erleichtert. »Endlich bist du da.« Noch bevor sie ihm das Fenster öffnen konnte, war es ihm irgendwie gelungen, galant ins Klassenzimmer zu springen. »Warum so aufgeregt?« fragte er. »Hast du etwa gezweifelt, daß ich kommen würde?«

»Nein, nein, Liebster«, beteuerte Theresa. »Ich habe alles genauso getan, wie du es wolltest. Die Tür ist sicher verschlossen, doch ich frage mich nun, wie wir die Kinder retten wollen. Sie können doch kaum zum Fenster hinausfliegen.«

»Wohl kaum, du Kleingläubige«, lächelte Samuel, »wir werden einfach alle zusammen den Hinterausgang nehmen.«

»Den Hinterausgang? … Aber …« Staunend beobachtete Theresa, wie ihr jugendlicher Freund zur Hinterseite des Zimmers schritt und vor einer breiten Holztür stehen blieb, vor einer Tür, die sie noch niemals zuvor gesehen hatte. Es genügte ein leichtes Antippen, und schon schwang sie weit nach außen auf. Gleißendes Sonnenlicht floß in den Raum, tausendmal heller als das, welches durch die Fenster drang. Alle Konturen verschwammen, winzige Elmsfeuer tanzten auf ihnen.

»So«, sagte Samuel, »uns bleibt nicht mehr viel Zeit, schon sammelt der Feind neue Kräfte für einen weiteren Angriff. Theresa, sag den Kindern, daß sie jetzt ruhig, aber zügig durch die Tür gehen sollen.«

Vom Licht geblendet, nickte die Lehrerin ihrer Klasse nur aufmunternd zu; stolz sah sie mit an, wie die Schüler ohne jede Panik ihre Plätze verließen und paarweise durch die Öffnung schritten. Eine perfekte Alarmübung. Alarm? Irgendwo heulten Sirenen, quietschten Reifen. Dröhnende Schläge ließen den ganzen Raum erzittern. Die Heere der Finsternis bliesen zum letzten Gefecht. Als endlich auch Theresa die Tür durchschreiten wollte, spürte sie einen starken Widerstand.

»Du hast es vergessen!« entfuhr es Samuel. »Das Pulver. Du hast vergessen, mein Pulver zu nehmen. Ohne seine Kräfte kannst du den Hinterausgang nicht betreten!«

Theresa spürte, wie ihr ein eiskalter Schrecken die Kehle zuschnürte. Draußen prasselten die Schläge wie Dampfhämmer gegen die Wände. Der Feind rückte immer näher. Sie schloß die Augen und preßte ihre Hände gegen die Ohren, ihr ganzer Körper zitterte. War bereits alles verloren, würde sie am Ende schließlich doch in die Hände des Bösen fallen? An alles hatte sie gedacht, nur daran nicht.

»Nein!!« heulte sie auf, vielleicht war es noch nicht zu spät. Ängstlich wimmernd rannte sie hinüber zum Pult, wo noch drei Stücke ihres Apfelkuchens auf dem Tablett lagen. Hastig griff sie zu. Obwohl sie den Rest — ganz gegen ihre Gewohnheit — wie wild herunterschlang, gelang es ihr doch, den Geschmack zu würdigen. Sie hatte sich tatsächlich selbst übertroffen. Es *war* ein Meisterwerk. Selbst sie konnte Samuels weißes Pulver nicht herausschmecken.

Noch immer stand ihr Geliebter abwartend in der Tür. »Geh«, rief sie ihm zu, »kümmere dich um die Kinder. Sie brauchen jemanden, der sie an die Hand nimmt. Geh schon voraus, ich werde dir folgen. Schon bald.«

Lange blickte Samuel in ihre Augen, schließlich, nach einer kurzen Abschiedsgeste, verschwand er im Licht.

Mit jedem ihrer Herzschläge wuchs der Kriegslärm an. Besorgt wandte sich Theresa zum Ort des ohrenbetäubenden Spektakels. Noch hielt der Schutzwall dem Ansturm der Angreifer stand, aber schon rieselten kleine Holzstücke wie braune Schneeflocken träge zu Boden.

»Es ist zu spät, hört ihr!« versuchte sie das Dröhnen der Äxte zu übertönen. »Die Kinder sind längst in Sicherheit, ihr habt verloren!« Ihr rechtes Bein knickte plötzlich weg, und so ließ sie sich langsam an der Wand hinuntergleiten. Ein leichter Schwindel zwang sie dazu, für einen Moment die Augen zu schließen. Das Hämmern und Schlagen schien jetzt auch in ihrem Kopf zu sein. Holz splitterte. Als sie wieder aufblickte, konnte sie erstmals scharfes Metall in der Türfüllung aufblitzen sehen. Ein sinnloser Kampf.

»Hört auf! Der Krieg ist verloren!« wollte sie den Äxten zubrüllen, aber die Stimme versagte ihr den Dienst. Das weiße Pulver, dachte sie erleichtert. Sehnsüchtig blickte sie hinüber auf die weitgeöffnete Sonnenpforte. Nicht mehr lange, frohlockte sie. Ein Schriftzug über der Tür ließ sie lächeln: *WUNDERLAND* – Welcher Name wäre geeigneter gewesen!

Die Pforte war jetzt sehr nah, nur wenige Handbreit entfernt. Schließlich erhellte ein strahlendes Lachen ihre Züge, denn das Letzte, was Theresa Lithgow in dieser Welt sah, war ein unendlich weiter Himmel, dessen Farbe so blau war, wie die See über dem *Großen Riff*. Korallenblau.

Helga Anderle

Verlierer

Der Lokalchef war gerade mitten in seiner Ansage, als die Tür aufging und Frau Gerlos auf Zehenspitzen hereintrippelte. Sie sah sich suchend um und steuerte dann auf Karin zu. Über ihre Schulter gebeugt, flüsterte sie ihr ins Ohr: »Ein Gespräch für Sie, Frau Erhard. Scheint was Dringendes zu sein.«

Karin Erhard fing den tadelnden Blick des Chefredakteurs auf und hörte, wie die Kollegen rund um den Tisch mit den Stühlen scharrten und nervös hüstelten. Die 11-Uhr-Konferenz zu stören, galt als Sakrileg. Ihr Gesicht begann vor Verlegenheit zu glühen, sie stand rasch auf, murmelte eine Entschuldigung und ging hinter der Chefsekretärin hinaus. Sie war fest entschlossen, den Anrufer, wer immer es war, rasch abzuwimmeln und auf später zu vertrösten. Der Blick vom Alten war eine eindeutige Warnung gewesen, sie konnte keinen unnötigen Ärger gebrauchen.

Am anderen Ende der Leitung war die Direx von der Schule ihrer Tochter. Was würde es diesmal sein, fragte sich Karin verdrossen. Bestimmt nichts Erfreuliches, sonst würde die Novacek nicht persönlich .. Obwohl noch relativ jung, war sie eine Pädagogin des alten Schlages. Streng wie ein Feldwebel, geradezu fanatisch auf Disziplin und Ordnung bedacht. Eine, die besser in die Ahnengalerie der ehemaligen Schulleiterinnen gepaßt hätte, dachte Karin jedesmal, wenn sie an den finster dreinblickenden, schwarzgekleideten Damen vorüberging, deren lebensgroße Porträts die Aula schmückten.

Die Schule war während der Monarchie ein exklusives Internat für Höhere Töchter gewesen. Etwas von dem muffigen Internatsgeruch schien noch heute in den Mauern und Winkeln des labyrinthartigen Gebäudes zu nisten.

Karin nahm sich vor, der Direx auch diesmal die Stirn zu bieten, egal, was ihr liebes Töchterlein schon wieder ausgefressen haben mochte. »Ja, um was geht's denn?« fragte sie salopp und hoffte, die Novacek würde gleich auf den Punkt kommen.

»Tja, Frau Erhard, ich habe leider keine guten Neuigkeiten. Ihre Tochter steckt in Schwierigkeiten, wenn sie so weitermacht, ist es fraglich, ob sie die Matura …«

Karin seufzte. Das war ihr alles längst bekannt. Ebenso wie der vorwurfslose Ton, den die Direx ihr gegenüber anschlug, um ihr klarzumachen, wie wenig sie von alleinerziehenden, berufstätigen Müttern hielt. Für diese Art von Geplänkel war jetzt keine Zeit. »Entschuldigen Sie, ich möchte nicht unhöflich sein, aber im Augenblick bin ich gerade in einer wichtigen Konferenz. Kann ich Sie vielleicht später …« sagte Karin.

»Oh, tut mir leid, Sie zu stören«, fuhr die Novacek noch eine Spur frostiger fort, »ich dachte nur, es würde Sie interessieren, daß Ihre Tochter in diesem Monat bereits 35 Fehlstunden hat … und daß sie seit drei Tagen überhaupt nicht erschienen ist.«

Es kam völlig unvorbereitet; Karin spürte, wie sich ihr Magen augenblicklich zusammenkrampfte. Seit drei Tagen nicht in der Schule … Das war doch nicht möglich. Heute morgen war Nicole kurz vor acht mit ihrer Schultasche aus dem Haus gestürmt. Die Tage zuvor auch … Wo zum Teufel, trieb sich dieses verlogene Miststück von Tochter herum, wenn sie nicht in die Schule ging?

»Danke, daß Sie mich angerufen haben, Frau Direktor. Ich werde der Sache auf den Grund gehen«, sagte Karin mit gespielter Nonchalance, ehe die Direx ihr anmerken konnte, wie sehr sie die Nachricht getroffen hatte. Noch heute würde sie sich ihre Tochter vorknöpfen. Das hatte sie nun davon, daß sie dem Mädel vertraute und ihr so viel Freiheit ließ. Karin gab sich einen Ruck. Jetzt war nicht die Zeit für Fragen und Selbstvorwürfe, sie mußte in die Konferenz zurück.

Auf private Probleme wurde in diesem Laden keine Rücksicht genommen, dafür hatten die Herren Redakteure ja ihre teuren Gattinnen, Nur-Hausfrauen, die ihnen den Rücken freihielten, damit sie sich ungestört ihrer Arbeit widmen konnten. Die wenigen Frauen in der Redaktion waren alle unverheiratet, keine, außer ihr, hatte Kinder. Die Konkurrenz im Zeitungsgeschäft war hart; Mitarbeiter, die nicht voll auf dem Posten waren, flogen umgehend raus. Karin hatte sich ihre Position mühsam erkämpfen müssen, endlich wurde sie akzeptiert, und das konnte und wollte sie nicht aufs Spiel setzen.

Solange das Kind noch klein war, hatte sie nur freiberuflich arbeiten können. Miese Geschichten für noch miesere Honorare. Aber anders war es nicht gegangen, ständig hatte es Probleme gegeben: Mit den Tagesmüttern, den heimwehkranken und unzuverlässigen Au-pair-Mädchen, dazwischen Termine beim Zahnarzt, dreimal die Woche zur Rückengymnastik und die Musikschule. Es hatte nicht viel geholfen, sich vorzustellen, daß es anderen Müttern auch nicht besser ging. Karin hatte gehofft, daß es leichter für sie werden würde, je älter und vernünftiger Nicole wurde, aber das Gegenteil war der Fall. Nach der Unterstufe im Gymnasium war kaum noch ein Tag vergangen, an dem es nicht Krach zwischen Mutter und Tochter gab. Aus dem lieben, fröhlichen Kind von einst war ein fremdes, vor sich hinmuffelndes Wesen geworden, das auf Schritt und Tritt nur Chaos verbreitete. Das Kinderzimmer glich einer Müllhalde, selbst das Bad war kaum noch benutzbar, weil überall das grün-rot-lila Zeug klebte, mit dem sich ihre Tochter abwechselnd die Haare färbte. All die hübschen Sachen, die sie ihr kaufte, waren Nicole zu spießig, sie lief lieber in den abgefuckten, löcherigen Klamotten vom Flohmarkt herum. Von dem ständigen Ärger mit der Schule ganz zu schweigen, zweimal schon hatte das Mädel die Klasse wiederholen müssen.

Aber all das wäre nur halb so schlimm gewesen, hätte sie wenigstens ab und zu vernünftig mit ihrer Tochter reden können. Nicole blieb abends kaum jemals zu Hause, und wenn, dann igelte sie sich in ihrem Zimmer ein und dröhnte sich voll mit dem hysterischen Gekreische der Toten Hosen oder Sex Pistols. Nicht einmal anfassen ließ sie sich, geschweige denn, in die Arme nehmen. Manchmal, wenn Karin in die schmalen, haßerfüllten Augen ihrer Tochter sah, hatte sie den Eindruck, daß Nicole sie am liebsten vernichten wollte. Sie fragte sich oft, ob es ihre Schuld war, daß sich Nicole so feindselig verhielt. Forderte sie zu viel von dem Mädel, war sie zu dominierend, erstickte sie ihre Tochter mit ihrer Tüchtigkeit, schreckte sie sie ab mit ihrem eigenen Ehrgeiz? War nicht auch ihre Ehe daran gescheitert, daß sie die Stärkere gewesen war?

Karin hatte nicht den Eindruck, daß Nicole ihren Vater vermißte. Das Verhältnis zwischen Vater und Tochter war nie besonders innig gewesen. Erwin hatte sich von Anfang an stur ihren Bitten und Appellen widersetzt, seinen Teil der Verantwortung für das Kind zu übernehmen. »Laß mich gefälligst mit dem Kinderkram in Ruhe, ich hab genug um die Ohren!« hatte er jedesmal geschrien, und irgendwann hatte sie es aufgegeben.

Um die Mittagszeit, als der Essensgeruch aus der Kantine durchs Haus zog, wurde Karin bewußt, daß sie noch immer vor dem leeren Computerbildschirm saß. Zum Glück eilte der Bericht nicht, sie würde sich im Waschraum frisch machen und etwas essen gehen, vielleicht ging es danach besser mit dem Schreiben. Übers Waschbecken gebeugt, spritzte sie sich Wasser ins Gesicht, und beim Abtrocknen warf sie einen kritischen Blick auf ihr Spiegelbild. Nein, sie sah nicht übel aus für ihre 43 Jahre, viel entspannter als früher. Abgesehen von den Reibereien mit Nicole, konnte sie recht zufrieden sein mit ihrem Leben. Und eigentlich war ihre Tochter – seit sie fest mit Michael ging – ohnehin viel erträglicher geworden.

Es war nicht ihr erster Freund. Vor ihm hatte es eine ganze Parade schlaksiger, pickelgesichtiger Jünglinge gegeben, so nichtssagend und austauschbar, daß sich Karin nicht einmal ihre Namen merken konnte. Mit Michael war es offenbar etwas Ernsteres, und Karin war von Anfang an fest entschlossen gewesen, ihn zu mögen. Erstaunlicherweise war es ihr nicht einmal schwergefallen. Michaels Aufmachung – die schwarzgefärbten, hochtoupierten Haare, die in stacheligen Spitzen vom Kopf abstanden, das weißgeschminkte Gesicht, aus dem die kohlegeschwärzten Augen umso makaberer hervorstachen — störte sie nicht im mindesten. Hinter der Fassade des Bürgerschrecks, das hatte sie bald erkannt, steckte ein sensibler, liebenswerter Junge, den das Leben schon ziemlich arg gebeutelt hatte. Seine Eltern hatten sich scheiden lassen, als er sieben war, und kurz darauf hatte die Mutter wieder geheiratet und mit dem neuen Mann zwei Töchter bekommen. Der Junge hatte es nur schwer verkraftet, seine Mutter nicht mehr ausschließlich für sich zu haben, und fühlte sich von ihr verraten und in Stich gelassen. In der neuen Familie war er das fünfte Rad am Wagen und kam sich überflüssig und ungeliebt vor.

Natürlich war Michaels Mutter keineswegs das kaltherzige, egoistische Monster, als das er sie beschrieben hatte. Schon beim ersten Mal, als sie miteinander telefonierten, hatte Karin ihre vorgefaßte Meinung über sie gründlich revidieren müssen. Michaels Mutter liebte ihren Sohn und war genauso besorgt um ihn wie sie um Nicole. »Ich find's rührend, wie lieb die beiden miteinander umgehen. Nicole hat den Michi ganz verändert, sie ist ja ein so reizendes, feinfühliges Kind ... Ich wünschte, sie würden zusammenbleiben!« hatte Michaels Mutter gesagt, und Karin hatte ihr von Herzen zugestimmt.

Nicole war tatsächlich viel umgänglicher geworden, fast schon normal, und Michael war ihr mit der Zeit so ans Herz gewachsen wie ein eigener Sohn. Nur mit dem gemeinsamen Lernen klappte es nicht so, wie Karin gehofft hatte. Das Erlebnis der ersten Liebe schien die Kinder so auszufüllen, daß für alles andere — insbesondere für die Schule — kein Platz mehr war. Wann immer Karin sie darauf hinwies, daß Prüfungen bevorstanden und sie ihre Köpfe tunlichst in die Schulbücher stecken sollten, stieß sie nur auf taube Ohren. Und jetzt, um die Sache auf den Gipfel zu treiben, der Anruf von heute morgen. Sie mußte sich unbedingt mit Doris treffen und sie um Rat fragen.

Doris war etwa in ihrem Alter, geschieden und arbeitete beim Rundfunk. Sie hatte zwei Söhne und kannte die Reibereien zwischen Müttern und ihren heranwachsenden Kindern zur Genüge. Mit ihrem pragmatischen Erziehungsstil war sie Karin immer ein Vorbild gewesen.

Sie wissen nichts davon ... Nicole ist nicht wie sonst mit Michael gekommen, sondern mit einem Neuen. Michi muß etwas

»Also, das bist wieder einmal typisch du, immer gleich in Panik«, sagte Doris kopfschüttelnd, als Karin ausgeredet hatte. »Du weißt doch, daß die Direx wegen jeder Lappalie gleich Terror macht. Oder hast du das Theater wegen der Gitarrestunden

geahnt haben … jedenfalls kreuzte er plötzlich hier auf, und es kam zu einer Schlägerei zwischen den beiden Burschen. Michi ist noch bei mir, der Kerl hat ihn ganz schön zugerichtet!«

»Und Nicole?«

»Nicole ist mit dem anderen gegangen, etwa vor einer halben Stunde. Sie hat mir versprochen, daß sie direkt nach Hause …« Die Frau wollte offenbar noch etwas loswerden. »Nehmen Sie es mir nicht übel, wenn ich mich da einmische, aber dieser Neue scheint mir kein rechter Umgang für Nicole zu sein. Wissen Sie, ich mag das Mädel und mach' mir Sorgen um sie. Deshalb hab ich ja auch …«

Was war das nur wieder für eine Geschichte, fragte sich Karin fassungslos, als sie aufgelegt hatte. Ihre Vermutung, daß ein neuer Freund hinter Nicoles merkwürdigem Verhalten steckte, war also doch richtig gewesen. Aber wer war dieser Bursche? Mit wem hatte sich Nicole da nur eingelassen? Karin konnte sich gut vorstellen, wie Michael jetzt zumute war. Zuerst auf die denkbar mieseste Tour abserviert, und dann auch noch vom Rivalen verprügelt! Der arme Junge! Wie würde er das nur verkraften, wo er doch so sensibel und verletzlich war. Wenn er sich nur nichts antat …

Alle paar Minuten sah Karin auf die Uhr. Wo blieb Nicole nur, sie müßte längst da sein.

Karin atmete erleichtert auf, als sie endlich die Tür hörte und Nicole hereinkam. Kleid und Strümpfe zerfetzt, mit blutigen Kratzern an Armen und Beinen, das Gesicht verheult, noch blasser als sonst. Mit der verlaufenen Schminke sah es wie die groteske Maske eines tragischen Clowns aus. Allem Anschein nach stand sie unter Schock, heulend und laut schreiend lief sie in ihr Zimmer.

Karins Zorn verflog auf der Stelle, eine Welle von Mitleid erfaßte sie, alles, was sie wollte, war, ihr kleines Mädchen in die Arme zu nehmen und zu trösten.

»Mein armer Schatz, was ist denn passiert?« fragte sie leise.

Nicoles ganzer Körper zitterte vor Empörung, als erlebte sie alles noch einmal. »Der Gerd hat den Michi zusammengeschlagen … ich hab mich dazwischen … er ist doch viel stärker, der Gerd. Aber das wird ihm noch leid tun. Ich mach Schluß mit dem brutalen Schwein!«

Nicoles Schluchzen wurde langsam leiser. Karin blieb noch eine Weile bei ihr sitzen, streichelte sie und murmelte beruhigend auf sie ein. Sie fühlte sich, als sei plötzlich ein tonnenschweres Gewicht von ihr abgefallen. Bevor sie einschlief, war ihr letzter Gedanke, daß jetzt alles wieder gut werden würde …

Sie hatte das schrille Geräusch zunächst für das Rasseln des Weckers gehalten, aber als es nicht aufhörte, begriff Karin, daß jemand an der Tür war. Es war bereits hell draußen. Auf der Uhr war es elf, sie hatte verschlafen. Benommen warf sie sich den Bademantel über und schlurfte zur Tür.

Der Mann war von der Kripo, und Karin sah in seinen Augen, daß ihr etwas Schlimmes bevorstand. Von dem, was er sagte, verstand sie nur Wortfetzen. Blutverlust … Krankenhaus … zu spät.

»Nicole … was ist denn … ein Unfall?«

Der Mann schüttelte den Kopf. »Es ist im Schulhof passiert, während der großen Pause. Die Kinder sagen, daß Ihre Tochter und der Bursche miteinander stritten, sich wüst beschimpften und prügelten … Das Mädel lief weg, aber er ist ihr nach. Mit einem Messer …«

Karin versuchte sich die Szene vorzustellen. Etwas stimmte nicht. Wieso in der Schule? Wie war der Kerl überhaupt reingekommen?

»Der Bursche sagt, er wollte das nicht. Er wollte nur, daß sie bei ihm bleibt«, hörte sie den Mann sagen. »Michael Kerbler heißt er, kennen Sie ihn?«

Wieso Michael, dachte Karin verstört. Doch nicht Michael, der magere Bub mit dem schüchternen Lächeln, den sanften Augen … Der arme Junge … Ein Verlierer, der keiner mehr sein wollte … und doch alles verlor. So wie sie.

Reinhard Junge

Die Schlange

1.

Das Foto kam Mittwoch mittag mit der Post: Technisch einwandfrei, zeigte es in Schwarz-Weiß einen hochgewachsenen Mann Ende Vierzig, der den Kragen seines Trenchcoats hochschlug. Die dunklen Augen schienen genau in die Kamera zu blicken, und auf der Stirnglatze spiegelte sich das Licht der Neonreklame über seinem Kopf: *Girls live – Peep Show.*

Geschockt starrte Oberstudienrat Beckmann auf die Abbildung. Er kannte den Ort, er kannte den Mann. Und es gefiel ihm gar nicht, beide auf einem Foto zu sehen.

Endlich nahm er den Umschlag zur Hand. DIN A 5, Recycling-Papier, graublau. Name und Adresse waren korrekt und sauber mit einem 24-Nadel-Drucker auf das Couvert geschrieben. Kein Absender. Poststempel vom Vortag, Absendeort identisch mit seinem Wohnort. Beckmann steckte zwei Finger in den Umschlag und spreizte sie, spähte hinein. Nichts. Er hatte nur das Foto bekommen. Eine gute Minute überlegte er. Dann nahm er seine Büroschere, zerschnitt Foto und Couvert in daumennagelgroße Quadrate, warf die Schnipsel ins Toilettenbecken und drückte die Spültaste.

2.

Der nächste Brief kam am Freitag. Beckmann erkannte ihn im selben Augenblick, als er ihn im Flur auf den Fliesen fand: Papier, Format, Beschriftung – alles wie gehabt.

Zusammen mit der anderen Post klaubte er das Couvert auf. Die Briefe an Frau und Tochter legte er wie üblich auf den Eßtisch, dann stieg er zu seinem Arbeitszimmer hoch. Lauschte noch einmal in die Tiefe, aber er schien wirklich allein im Haus zu sein. Hielt sich die zitternden Hände vor die Augen und begann unhörbar zu zählen. Bei neun waren sie ruhig.

Er nahm die Schere, zögerte die Dauer eines Herzschlags und zwang sich, zuerst die Post vom Landesamt zu öffnen. Die monatliche Gehaltsmitteilung, der übliche Betrag. Zuzüglich Urlaubsgeld, abzüglich Steuern für das Urlaubsgeld.

Beckmann warf die Nachricht auf die Ablage und faßte den graublauen Umschlag mit der Computerschrift ins Auge. Als er sich der Aufgabe gewachsen fühlte, schlitzte er ihn auf.

Zwei Fotos.

Das erste kannte er: Mann mit Stirnglatze vor Peep-Show. Dieselbe Aufnahme, ein neuer Abzug. Dann griff er zur nächsten Aufnahme. Derselbe Mann, diesmal am Steuer eines Autos. Durch die geöffnete Scheibe fixierte er eine Frau, die sich zu ihm hinabbeugte. Während er selbst zweifelsfrei identifizierbar war, sah man sie nur von hinten: schmal und schlank, mit T-Shirt und Shorts, Stiefelchen und Schultertasche. Beckmann wußte, wer sie war.

Er stand auf und öffnete die Vitrine neben der Tür. Griff sich die gute Flasche, goß ein. Trank, zögerte, stellte den Cognac weg. Kehrte zum Schreibtisch zurück.

Die Baby-Prossi. Straffe Haut und glatte Routine. Angeblich achtzehn, vermutlich fünfzehn. Hundertmal schärfer, als seine Frau es jemals war …

Unten im Haus ging eine Tür.

Beckmann schob die Fotos ins Couvert zurück, sah sich um. Dann kniete er sich neben die Stereoanlage. Zwischen den Geräten und der Wand hatte er Platz für die Kabel gelassen. Er schob den Brief von hinten unter den Sockel. Prüfte, ob nichts zu sehen war. Schaute von vorn: Die Sichtblende schloß mit dem Teppich ab. Bestens.

»Seit wann trinkst du vor dem Mittagessen?« fragte seine Frau, als er sie küßte. Er zog die Schultern hoch: »Man gönnt sich ja sonst nichts.«

3.

Samstag war frei, und Beckmann lauerte auf die Post. Stand ab zehn im Vorgarten, zupfte Unkraut. Gattin Brigitte staunte, und die Tochter war besorgt: »Stimmt was nicht?«

»Alles bestens, Nadja, alles okay ...«

Halb elf. Die Briefträgerin mit ihrer Karre. Beckmann rieb sich das schmerzende Kreuz, lächelte ihr entgegen.

»Morgen, Herr Beckmann«, sagte sie und kramte nach der Post. »Auch mal wieder im Garten?«

»Ja, ja«, murmelte er und musterte die pralle Tasche. Zwei Ansichtskarten, ein länglicher Brief mit aufgemalten Herzchen, die Zeitung – sonst nichts.

»Warten Sie auf was Bestimmtes?« fragte die Frau.

Beckmann schrak auf: »Nein, nein, alles in Ordnung ...«

Er wandte sich um, prüfte den Brief mit den Herzchen. Ging an Nadja. Der Absender fehlte ...

»Von wem ist der denn?« fragte er die Tochter. »Etwa wieder von ...«

»Nein«, sagte sie und versuchte, ihm das Couvert aus der Hand zu fischen. Doch an seinen in die Luft gestreckten Arm kam sie nicht heran.

»Schwöre«, sagte er, »daß er nicht von diesem Anarchisten ist!«

»Mein Gott, bist du blöd«, sagte sie. »Sebastian ist out. Ich gebe mich doch nicht mehr mit solchen Jüngelchen ab!«

»Schwörst du?«

»Ich schwöre!«

Zweifelnd sah er ihr ins Gesicht.

»Wirklich«, gab sie plötzlich nach. »Du kannst ja die Handschrift kontrollieren!«

»Quatsch«, sagte er, endlich überzeugt. »Schließlich bist du kein Kind mehr!«

»Gut, daß du es merkst«, sagte sie und hatte nur noch Augen für ihre Beute.

»Sorgen?« fragte Brigitte, als es abends auch im dritten Anlauf nicht geklappt hatte.

»Unsinn«, sagte er und schaffte sogar noch ein Lächeln. »Muß an der Gartenarbeit liegen.«

Sie sah ihn spöttisch an.

4.

Montag morgen, sieben Uhr. Beckmann und Brigitte beim Frühstück. Wie immer. Aber dann schlug der Türgong an. Beckmanns Brötchen klatschte in die Tasse, Kaffee kleckerte auf sein Hemd.

»Mist, verfluchter!«

Er riß die Flurtür auf, lief zum Eingang, sah den Schatten hinter dem geriffelten Glas. Wußte plötzlich, was kam.

»Eilbrief«, sagte der Mann auf dem Treppchen, drückte ihm ein Couvert in die Hand und verschwand. Beckmann stand wie gelähmt: DIN A 5, Recycling-Papier, graublau. Name und Adresse korrekt und sauber. 24-Nadel-Drucker. Kein Absender. Poststempel vom Sonntag ...

»Was ist denn, Schatz?« rief seine Frau, während sie den Kaffeeteich trockenlegte. »Jemand gestorben?«

»Keine Ahnung«, log er. Suchte eine Erklärung. Verfluchte das Zittern in den Knien. Spürte den Schweiß unter den Achseln. Fieberte. Bezwang die Lähmung in der Kehle: »Ich muß erst nachsehen ...«

Hastig bohrte er den kleinen Finger in die winzige Lücke an der Klebeseite und riß das Papier auf. Blickte hinein. Zwei Fotos. Aber was zeigten sie? Er wagte es nicht, mitten im Flur nachzusehen.

»Klett-Verlag«, sagte er dann, gelassenes Erstaunen mimend. »Die Korrekturen. Für das neue Mathebuch. Hätten sie auch mit der normalen Post schicken können ...«

Er atmete durch, legte Unbekümmertheit in die Stimme: »Ich gehe mal das Hemd wechseln ...«

Er kämpfte sich die Treppe hoch. In der Kurve stolperte er, spürte die nächste Hitzewelle im Gesicht. Und oben wartete die Tochter: »Ist was, Paps?«

»Hemd bekleckert«, sagte er und versuchte gar nicht erst, den Umschlag zu verbergen. »Los, Nadja, wir fahren gleich!«

Er verschwand im Arbeitszimmer. Wartete ab, bis die Tochter zum Frühstück polterte. Schüttelte die Fotos heraus.

Nummer eins zeigte ihn im Auto, die Hure auf dem Pflaster. Er fegte es beiseite und musterte Nummer zwei. Die Kleine im Wagen, seine Hand in ihrem Gesicht …

Auch ohne Spiegel wußte er, daß er rot anlief. Das Biest hatte versucht, ihn zu betuppen: den Pariser in der hohlen Hand gehalten, bevor sie ihm einen blies. Aber nicht geschickt genug, um ihn zu täuschen. Eine Ohrfeige, und sie hatte es ohne Gummi gemacht. Ihm anschließend alles ins Gesicht gespuckt: »Komm bloß nicht wieder!«

Ob sie dahintersteckte? Sich bei der Arbeit fotografieren ließ, um anschließend nochmal zu kassieren? Unwillkürlich schüttelte Beckmann den Kopf: Dann hätte sie nicht das Foto von der Peep-Show gehabt. Irgend jemand anders steckte dahinter. Aber wer?

Er schob den Umschlag zu dem anderen.

5.

»Na, wie geht's?« fragte Kollege Keller, als Beckmann das Lehrerzimmer betrat und sich mit leichtem Stöhnen in seinen Sessel sinken ließ.

»Urlaubsreif«, antwortete Beckmann und deutete auf die Tasche mit den Heften.

»Das sind wir alle«, meinte Wilke, der dritte Mann am Mathematikertisch. »Und jedes Jahr ein bißchen mehr.«

Beckmann wußte es besser. Aber er hütete sich, diesen verkalkten Idioten etwas zu sagen. Rieb statt dessen mit den Fingerspitzen die pochenden Schläfen. Aspirin hielt auch nicht mehr, was die Werbung versprach.

Nebeneinander zogen sie durch die Pausenhalle. Hielter den Mathematikerschritt: Scheinbar zielstrebig, aber so gemessen, daß mindestens drei Minuten der Unterrichtszeit verstrichen, bis sie die Klasse erreichten. Da der Minister ihre Arbeitszeit nicht verkürzte, mußten sie es selber tun …

Beckmann fiel es schwer, den Kollegen nicht vorauszueilen. Die innere Ruhe, von der die perfekte Beherrschung dieser Art zu gehen abhing, war weg.

Während er die Hefte auspackte, musterte er die Gesichter jenseits des Pults. Sebastian Bombe in seinem schmuddeligen Anarchistenlook. Manuela Madonnengesicht. Der müde Andreas. Heike mit dem Kamm. Markus Mir-ist-alles-scheißegal. Ein paar Nullen, die er in diesem Kontext vergessen konnte. Aber ganz hinten Amelie Schlange, die Frau mit der Schleimspur. Sollte er bei einem dieser Schätzchen auf der Abschußliste stehen?

Beckmann verabschiedete den Gedanken so schnell, wie er in seinen Kopf eingedrungen war. Absurd! Sie hätten ihm tagelang auflauern, ihm ganze Abende folgen müssen. Die meisten besaßen nicht mal einen Führerschein … Aber irgendwo gab es jemanden, der genau das getan hatte.

»Also«, sagte er und legte die Hand auf die Hefte. »Ihr habt euch mal wieder angestellt, als hätte euch jemand das Gehirn geklaut …«

Empörung auf den Gesichtern, Protest auf den Stirnen. Markus und Andreas tuschelten. Manuela biß sich auf die Unterlippe. Heike glättete ihre Haare. Sebastians Hand reckte sich lässig in die Höhe.

Jetzt den Prellbock servieren, dachte Beckmann und wandte sich der Schlange zu: »Den größten Schwachsinn haben wieder einmal Sie fabriziert, Amelie. Gehen Sie statt zur Schule zum Film: Gute Zeiten – schlechte Zeiten. Bewerben Sie sich für den zweiten Teil …«

Die grünen Augen des Mädchens zersiebten sein Gesicht: »Meinen Sie nicht auch, daß Sie Ihren Zynismus etwas mäßigen könnten?«

»Weshalb sollte ich?«

»Nun«, sagte sie zögernd, drückte dann aber entschlossen den Rücken durch und ihre Brust heraus: »Ich wüßte einen guten Grund ...«

»Ach ja? Und welchen?«

Sie holte so tief Luft, daß ihr fast das T-Shirt platzte: »Sie haben einfach zuviele Schwächen!«

Beckmann starrte sie an. Er hätte schwören können, daß sein Herz einen Schlag ausließ. Die ist es, durchzuckte es ihn dann, die steckt dahinter! Sekunden später fiel alle Spannung von ihm ab: Feind erkannt, Gefahr gebannt! Er lehnte sich zurück, atmete durch, suchte ihre Augen und zwang sich zu lächeln: »Bitte, verraten Sie's mir: Welche Schwächen meinen Sie?«

Sie reckte das Kinn hoch und sah ihn an. Aber schwieg.

»Sehen Sie?« sagte Beckmann zu den anderen, als seine Augen sich von ihren Pupillen gelöst hatten. »Worte, nichts als Worte ...«

Er winkte ab und rief Sebastian zum Vorrechnen an die Tafel. Verzichtete ausnahmsweise auf einen Kommentar über das Outfit des Knaben und zog die Besprechung der Klausuraufgaben durch, daß es nur so rauchte. Dreißig Sekunden vor dem Schlußgong schmiß er die Hefte auf die Tische, packte seine Tasche und traf die beiden anderen Mathematiker genau beim Abpfiff auf dem Treppenabsatz. In gewohntem Schritt trieben sie dem Lehrerzimmer entgegen.

»Herr Beckmann, Herr Beckmann!« keuchte die Schlange hinter ihm her. »Ich muß ...«

»Keine Zeit«, sagte er, ohne sie auch nur anzusehen.

»Aber es ist ...«

»Amelie«, schaltete sich Keller ein. »Wir haben jetzt Pause!«

»Aber ...«

»Ab!« herrschte der Kollege sie an, und die Frau verschwand aus Beckmanns Gesichtskreis. Keller grinste: »Gut, daß die jetzt in deinem Kurs sitzt. Die schleimt ja noch immer!«

»Kann man sagen«, bestätigte Beckmann. Und dachte: Warte ab, Schlange Amelie. Noch ist das Zeugnis nicht geschrieben ...

6.

»Du bist dran«, sagte Keller, als Beckmann sich auf seinem Stammplatz niederlassen wollte. »Ich? Ich habe doch letzten Montag …«

Keller schlug den Lehrerkalender auf: »Ungerade Woche. Los!«

Achselzuckend stand Beckmann auf, nahm seinen Kaffee, schlenderte zur Tür. Pausenaufsicht im Verwaltungstrakt war die leichteste Übung – einer reichte, auch wenn der Boss zwei Namen auf die Liste gesetzt hatte …

Beckmann stieß die Tür zum Treppenhaus auf, horchte. Oben war alles still, dort schien niemand zu sein. Einen Augenblick schwankte er, doch dann trank er einen Schluck von der Tasse ab und kletterte hinauf, um sich persönlich zu überzeugen. Fand alles wie gewünscht und hörte unten eine Tür. Stieg wieder treppab, den Kaffee noch immer auf Armlänge vor sich. Nach dem Vorfall beim Frühstück …

Vor dem Musiksaal saßen zwei Kids aus der Siebten und schrieben Hausaufgaben ab. Ein Blick reichte, und sie packten ein. Standen auf und schoben sich demütig an ihm vorbei. So liebte Beckmann es.

Hinter der nächsten Ecke warteten Lehrküche und Speiseraum. Helle Räume mit Souterrainfenstern. Beckmann schloß auf, ließ die Tür geöffnet, blickte flüchtig durch die breite Glasfront in die unbenutzte Küche, nahm Platz. Schlürfte vom Kaffee, streckte sich zufrieden. So ließ es sich aushalten …

Die Tür zum Treppenhaus ging, leichte Schritte näherten sich. Dann eine Frauenstimme, halblaut: »Herr Beckmann?«

Die Schlange! Nicht mal hier hatte er Ruhe vor ihr!

Er war auf den Beinen, bevor sie um die Ecke bog, setzte sich auf die Tischkante und verschränkte die Arme: »Ja?«

Amelie kam heran, ging fast auf Tuchfühlung: »Ich wollte mich bei Ihnen entschuldigen!«

»Fein!« sagte er. »Und wie kommen wir zu dieser Einsicht?«

Sie ließ ihre Augen glühen und packte noch eine Ladung

Kreide in die Stimme: »Es ist doch nur – ich halte es nicht aus, daß Sie mich nicht leiden können …«

Er starrte sie an. Kam mit ihrer Taktik nicht klar. Wußte nicht, was sie wirklich wollte. Hatte aber eine Frage, die ihm wichtig war: »Was haben Sie eigentlich mit diesem Stuß gemeint: Ich hätte zuviele Schwächen und so weiter?«

Sie zuckte die Achseln, seufzte: »Schwer zu sagen. Ist so'n Gerede. Irgend etwas braut sich zusammen …«

»Interessant«, sagte er. »Und warum verraten Sie mir das?«

Sie sah ihn von unten an, zögerte, klebte plötzlich schluchzend an seiner Brust: »Ich – liebe Sie doch!«

Beckmann zuckte, als hätte ihn eine Kreuzotter angefallen. Riß den Kopf zurück und pflückte ihre Krallen von seinem Hals. Drückte ihre schweren Brüste weg und brachte sie mit ausgestrecktem Zeigefinger auf Abstand: »Du spinnst wohl! Ab! Und sei froh, wenn ich das nicht dem Chef melde!«

Die Schlange senkte den Kopf und glitt davon, Beckmann atmete auf. Er trank seinen Kaffee aus und kehrte ins Lehrerzimmer zurück, bevor es zur nächsten Stunde schellte. Ließ sich nieder und fürchtete, man könne ihm ansehen, was passiert war. Äugte in die Runde, ganz auf Abwehr und Gegenangriff eingestellt. Aber niemand zeigte Interesse an ihm, keiner sprach ihn an. Bis auf Keller. Der Kollege kam, sich die Hände mit einem Papierhandtuch trocknend, herein. Als er Beckmann sah, blickte er demonstrativ auf die Uhr: »Fünf Minuten zu früh. Hoffentlich bricht sich nicht gerade jetzt jemand den Hals.«

»Wird schon nicht«, versicherte Beckmann und machte die Beine lang.

7.

Halb drei. Beckmann lag mit dem Gesicht zur Wand. Die Augen geschlossen, ohne abzuschalten. Sah die Schlange Amelie, als ob sie noch vor ihm stünde. Spürte ihre Lippen an seinem Hals, die Brüste in seiner Hand. Wurde den Duft ihres Parfüms nicht los. War überzeugt, daß sie nur heuchelte. Und doch …

»Was ist mit dir, Schatz?« fragte seine Frau.

Beckmann zuckte die Achseln.

»Du schläfst doch sonst wie ...«

Er sah sie an. Fältchen unter den Augen, Kerben neben den Mundwinkeln, im Ausschnitt schlaffe Haut. Spürte nichts von dem, was er früher gespürt hatte. Sagte: »Keine Ahnung. Muß das Alter sein. Kann nicht mehr so gut abschalten. Brauche dringend ...«

Ihre Augen wurden eng: »Wenn du Sorgen hast, Schatz – du kannst mir alles sagen. Alles ...«

»Weiß ich«, flüsterte er und küßte ihre Fingerspitzen. Wo kamen diese Runzeln her? »Darum liebe ich dich doch so ...«

»Hast du heute Stammtisch?«

Beckmann nickte.

Nadja verzog den Mund: »Hättest mir was erklären können.«

»Dein Mathelehrer heißt Keller!«

»Der Hohlkopf! Kannst du ihm nicht mal ...«

Er schüttelte den Kopf: »Ungeschriebenes Gesetz. Man macht einem Kollegen keine Vorschriften ...«

»Warum hast du mich nur an derselben Schule angemeldet?«

»Tut mir leid. War wohl ein Fehler ...«

Sie nickte, hängte sich an seinen Hals: »Dein Fehler?«

»Ja«, gab er zu. Die Tochter lächelte: »Dann mach keine weiteren!«

Halb acht saß er im Wagen. Ließ sich in die Stadt rollen, zum Stammlokal. Wie jeden Montag seit zwanzig Jahren.

Beckmann grinste, als er Luigis Restaurant enterte. Anfangs hatten sie wirklich bis Mitternacht Doppelkopf gespielt. Dann war immer öfter jemand aus der Runde früher aufgebrochen. Hatte den anderen zugezwinkert: »Wenn meine Frau fragt ...«

Inzwischen war das abendfüllende Programm zu einem knappen Alibitreffen verkümmert: Anwesenheitskontrolle, Äsung im Rudel bis um neun, danach zog jeder allein auf die Pirsch. Das zu suchen, was zu Hause nicht geboten wurde. Und der Wirt bekam einen Hunderter extra, damit er bei Kontrollanrufen log: »Sorry, die Herren haben gerade bezahlt ...«

Luigi, durchzuckte es Beckmann. Wenn der Italiener nicht mehr mit einem zusätzlichen Blauen zufrieden war, sondern richtig abzocken wollte? Zwei Lehrer, zwei Ärzte, ein Rechtsanwalt – gut zu melken. Ob die anderen auch ...

Eine Stunde wartete er auf ein Stichwort, um die Sache testen zu können. Es fiel erst beim Dessert, als sie absprachen, wohin sie von Luigi aus gegangen waren – angeblich. »Wundert mich«, sagte er betont harmlos, »daß dieser Trick noch nicht aufgeflogen ist ...«

Acht Augen fixierten ihn.

»Stellt euch vor, jemand käme dahinter. Wollte uns alle ein bißchen ausnehmen ...«

»Warum sollten wir denn zahlen?« widersprach der Jurist. »Das Schlimmste, was dir passieren könnte, wäre ein Ehekrach. Eine Woche Zoff – dann hast du's überstanden.«

»Beckmann nicht«, sagte der andere Lehrer, »du weißt doch, wie Brigitte schon in der Schule hieß: die Gnadenlose!«

Wiehernd zogen sie los zu ihren Hobbies, die sie sorgsam voreinander verbargen. Doch Beckmann grübelte, als er seinen Wagen startete. Möglich, daß er wirklich der einzige war, von dem man etwas wollte. Aber vielleicht heuchelten die anderen genauso gut wie er. Dann aber war Luigi noch im Rennen. Hatte schließlich genug Verwandte, um jedem von ihnen einen Verfolger hinterherzujagen ...

Auf dem Weg zur Autobahn studierte Beckmann mehrfach das Bild im Rückspiegel. Irgendein Fahrzeug, das er kannte? Nichts. Als er den Blinker setzte, prüfte er wieder, was sich hinter ihm tat. Zog hoch, klemmte sich auf die Einfädelspur. Zwei potentielle Verfolger blieben übrig. Einer von ihnen war blond. Sebastian, der Anarcho?

Er gab Gas, beschleunigte auf 130, riskierte eine Anzeige. Bremste dann ab und klemmte sich zwischen zwei Lastzüge. Sah die beiden Verdächtigen vorbeidüsen. Kein Italiener und kein Anarchist. Und beide blickten stur nach vorn.

Beckmann atmete auf. Schob seine Lieblingscassette ein. Konzentrierte sich auf das, was er vorhatte. Überlegte, wo eine lief, die der Schlange ähnelte. Stellte sich vor, wie er es sich von ihr besorgen ließ. Spürte tief unten, daß er noch nicht tot war.

8.

Dienstag. Kaum hatten sie seine Frau abgesetzt, kletterte Nadja auf den Beifahrersitz, musterte ihn von der Seite: »Warum geht ihr nicht öfter zusammen weg?«

»Wieso?« fragte er. »Brauchst du eine sturmfreie Bude?«

»Du kapierst auch gar nichts!« sagte sie. »Es geht mir gar nicht um mich.«

»Sondern?«

»Darum, daß Mama nicht glücklich ist!«

»Unsinn«, behauptete er. »Mama geht es blendend ...«

»Das glaubst du doch selber nicht!« widersprach sie heftig. »Zwischen euch läuft doch schon lange nichts mehr!«

»Mit den Jahren, Mädchen, läßt alles ein wenig nach!«

Nadja gab es auf und stellte die Stereoanlage an, suchte sich ihren eigenen Sender und ließ die Bässe dröhnen.

Die Stunden wälzten sich so träge dahin wie ein Fluß ins Meer. Kein Gefälle mehr, die Energie war verbraucht. Die Noten standen fest, der Rest war Routine.

In der vierten Stunde hatte Beckmann frei. Trank einen Kaffee und ging, sein Postfach zu leeren. Wie üblich jede Menge Reklame: Sprachreisen, Schulbücher, Lehrerverband. Flog alles sofort in den Papierkorb. Bis auf den letzten Brief: DIN A 5, Recycling-Papier, graublau. Name und Adresse waren korrekt und sauber mit einem 24-Nadel-Drucker auf das Couvert geschrieben. Kein Absender. Keine Briefmarke. Kein Stempel. Irgendwer hatte den Umschlag an der Tür des Lehrerzimmers abgegeben ...

Schweiß. Puls. Atemnot.

Beckmann sank auf den nächsten Stuhl, lockerte die Krawatte, sah sich um. Niemand. Checkte das Fenster — die Gardine war geschlossen. Riß den Umschlag auf. Steckte das Foto Nr. 1 mit seiner Hand und dem Gesicht der Baby-Prossi zurück. Zog das neue Bild heraus und erstarrte: Er — und Amelie. Minutenlang stierte er auf die Szene. Erlebte noch einmal, wie sich die Schlange an seinen Hals schmiß. Betrachtete seine Hand, die das Weib bereits wegstieß. Doch auf dem Foto sah das anders aus: Er, schien es, grapschte die Schlange an ...

»Herr im Himmel«, stöhnte er. Fräste seine Erinnerung durch. Prüfte den Schußwinkel. Von wo aus war es aufgenommen?

Sekunden später war es ihm klar. Jemand hatte in der Küche gewartet. Hatte gewußt, daß er nebenan die Aufsicht absaß. Und daß Amelie kommen würde. Eine Falle. Und er war blind hineingelatscht ...

Beckmann roch den Schweiß an seinem Körper. Ekelte sich. Fühlte sich hilflos. Was tun? Sich krankmelden und nach Hause fahren? Der Pausengong. Lärm auf dem Flur, im Lehrerzimmer, am Tisch. Kollege Keller kam, ließ sich mit einem zufriedenen Seufzer auf seinen Sessel sinken. Musterte Beckmann. Lächelte. Öffnete schließlich die Lippen: »Was ist mit dir?«

»Was soll schon sein?«

»Hast schon mal frischer ausgesehen ...«

»Sicher«, sagte Beckmann. »Vor zwanzig Jahren. Als wir hier anfingen ...«

Er stemmte sich hoch und verzog sich auf die Lehrertoilette. Drehte das Wasser auf. Guckte lange in den Spiegel. Dachte an Kellers Worte. Prüfte ihren Wortlaut. Versuchte, sich an den Blick zu erinnern, an den Tonfall. Fand nichts, was den Kollegen verdächtig machte. Doch Kellers Selbstsicherheit ging ihm plötzlich auf die Nerven. Ob er ihn nochmal zur Sommerfete in seinen Garten einladen sollte?

Der nächste Gongschlag beendete die Grübelei. Also los, dachte Beckmann. Bring es hinter dich!

Er lief los, viel schneller als sonst. Landete irgendwie in der richtigen Klasse, kontrollierte die Hausaufgaben, ließ irgendwen irgend etwas vorrechnen. Wartete auf den Schlag, der ihn von den Beinen fegen sollte. Analysierte jedes Flüstern hinter seinem Rücken, ob es von dem üblichen Tonfall abwich. Aber nichts geschah.

Er beendete die Stunde eine Minute vor der Zeit und eilte über den Flur, bevor die Meute ihre Sachen gepackt hatte. Flog die Treppe hinab, ehe sich die anderen Klassentüren öffneten, und hastete in Richtung Parkplatz. Warf sich ins Auto wie in eine Rüstung. Floh, als ginge es um sein Leben.

9.

Beckmann wankte in sein Arbeitszimmer. Versteckte den neuen Umschlag und stürzte einen Doppelten hinab. Wollte weiter ins Schlafzimmer und ins Bad, das Hemd wechseln und den Schweiß loswerden. Witterte plötzlich, daß etwas nicht stimmte.

Er stoppte ab, suchte. Und brauchte exakt zwei Sekunden, bis er es sah: An seinem Drucker brannten die Kontrollampen! Und das Display zeigte Einzelblatteinzug. DIN A 5. Ein Format, das er selbst nie benutzte …

Er sank in seinen Sessel, stöhnte auf und wartete, bis das Flimmern vor den Augen verschwand. Dann graste er, noch immer blinzelnd, den Raum ab. Die Teppichmarkierungen am Stereoturm stimmten. Die Ordner schienen unberührt. Die Schubladen waren korrekt in den Schreibtisch geschoben – bis zum letzten Millimeter vor dem Anschlag. Was war anders?

Er sah den Aschenbecher im selben Augenblick, als er den kalten Rauch roch. Zwei Kippen, weiße Filter. Nadja …

Seine Tochter?

Er rief sich alles ins Gedächtnis, was sie in den letzten Tagen gesagt hatte. Anspielungen, Doppeldeutigkeiten. Aber dennoch: Unmöglich. Nadja wußte bestenfalls, wie man die Computerspiele abrief. Keine Ahnung davon, wie man das Schreibprogramm lud, Formate änderte, den Drucker bediente. Und überhaupt …

Beckmann stand auf und leerte den Aschenbecher. Ließ ihn im Bad stehen und kehrte an den Schreibtisch zurück. Dachte immer noch nach.

Wenn es Nadja nicht war, blieb nur noch seine Frau. Warum eigentlich nicht? All die besorgten Blicke in der letzten Zeit. Die sanfte Stimme mit dem Du-kannst-mir-doch-alles-sagen-Touch. Ihre Ja-aber-jetzt-nicht-Taktik, wenn er es mal wieder wollte. Sie?

Ausgeschlossen, dachte Beckmann. Drückte aber dennoch den Power-Schalter und wartete ab, bis der Computer startklar war. Ein paar Tasten, dann hatte er seine eigenen Dateien nach der Bearbeitungszeit sortiert. Ganz oben stand die Klassenarbeit, die er selbst zuletzt eingegeben hatte.

Er nahm die Befehle zurück, um seine Dateien wieder alphabetisch zu sortieren. Fuhr die Maus zögernd auf das Verzeichnis »Gitte« und sortierte es. Der zuletzt benutzte Text hieß »Brief22.txt«.

Irgend jemand bohrte einen dünnen Gegenstand in Beckmanns Brustbein: »Brief22.txt« war entstanden, als er am Vorabend einer abgebrannten Fixerin seine Lieblingsbotschaft in den Hals schoß. Was stand in dem Text?

Sekunden später wußte er es: »Liebe Klassenkameradinnen! Unser nächstes Jahrestreffen rückt näher ...«

Beckmann atmete durch und starrte auf den Monitor. Ertappte sich dabei, enttäuscht zu sein: Die Suche ging weiter, der Psychoterror auch. Und war gleichzeitig erleichtert, weil seine Frau nichts damit zu tun hatte. Vermutlich ...

Er wuchtete sich hoch und stieg, die Faust am Handlauf, langsam nach unten. Hörte, wie sich die Haustür öffnete. Sah, wie seine Tochter hereinkam.

»Was ist denn mit dir los?« fragte sie. »Warum hast du nicht auf mich gewartet?«

»Wußte doch gar nicht«, murmelte er und zog es vor, den Satz nicht zu beenden. »Sag Mama, ich esse heute nichts ...«

Drückte die Tür ins Schloß und verschwand. Verkroch sich unter der Decke. Wollte nichts als seine Ruhe. Doch Minuten später kam Brigitte, setzte sich zu ihm, fühlte nach seiner Stirn.

»Ach Gott«, sagte sie, holte ein Glas Wasser und löste eine Tablette auf. Hob seinen Kopf an: »Komm, trink das!«

Er trank gehorsam und fiel in die Kissen zurück. Spürte, wie sie ihm den Schweiß aus der Stirn tupfte. Ließ es geschehen, daß sie ihn bemutterte. War zu schwach, sich zu wehren. Und spürte zugleich, daß diese Geste Trost spendete. Ausgerechnet sie.

»Sag mal«, fragte er mühsam. »Schnüffelst du mir nach?«

Schmerz überzog ihr Maria-Hilf-Gesicht: »Wie lange sind wir verheiratet?«

»Neunzehn Jahre, zwei Monate und drei Tage«, sagte er und lächelte matt. Zahlen vergaß er nicht. »Siehst du«, sagte sie, ließ den Rock fallen und kroch zu ihm ins Bett, als er gerade die nächste Frage loswerden wollte. Berührte ihn wie schon lange nicht mehr. Bemühte sich länger als je zuvor. Gab erst auf, als er sich von selber wegdrehte. Um ihr nicht zu zeigen, was mit seinen Augen nicht stimmte.

10.

Hitze draußen, Hitze drinnen. Beckmann grübelte den ganzen Nachmittag. Kannte nur eine Frage: Wer? Aber nicht die Antwort.

Nach dem Abendessen verschwanden Frau und Tochter. Die eine zu ihrer Bridge-Runde, die andere irgendwohin. Nadja sagte schon längst nicht mehr, wo sie ihre Abende verbrachte. Verbriet ihr Taschengeld in irgendeiner Szenekneipe oder lag bei irgendeinem Kerl im Bett, der solch ein Mädchen gar nicht verdient hatte. Beckmann spürte einen Hauch von Eifersucht. Er griff nach der Fernbedienung, schaltete sich durch die Programme. Nichts, was ihn interessiert hätte. Was ihn hätte ablenken können.

Bridge!

Er schoß hoch. Wer bürgte dafür, daß seine Frau wirklich zum Bridge ging? Vielleicht machte die Weiberrunde dienstags das Gleiche wie der Herrenclub am Montag. Alle um die vierzig, waren sie noch längst nicht aus dem Rennen. Hatten bestimmt ihre eigene Piste …

Der Verdacht weckte seine Kräfte. Er kam hoch, befragte den Kalender über dem Telefon. Grüne Schrift – das waren die Termine seiner Frau. Dienstag. Diese Woche bei …

Schon wählte er die Nummer, schwankte zwischen Höhenflug und Tiefschlag. Seine Frau zu ertappen – das würde ihn aufmöbeln. Aber zugleich würde er feststellen, daß sie ihn leimte. Und das vielleicht schon seit langem …

Nach dem dritten Klingeln nahm jemand ab: »Ja?«

Der Sohn. »Beckmann«, sagte er. »Ist meine Frau …«

»Die sind essen gegangen. Zu irgendeinem Griechen …«

Sanft legte er auf. Wußte nicht, ob er zufrieden sein sollte. Dachte erneut nach.

Nach dem zweiten Cognac schlich er ins Schlafzimmer. Schloß die Vorhänge, ging an den Schreibtisch seiner Frau. Zog die Schubladen auf, ließ den Anblick auf sich wirken. Steckte vorsichtig seine Finger hinein.

Briefe, Postkarten. Von Freundinnen, Kolleginnen und den Schwiegereltern, von ihm selbst und von der Tochter. Aus der Kur oder dem Urlaub. Nichts von Belang.

Er wühlte weiter. Fand jede Menge Fotos: Brigitte, Nadja und er. Verwandte und Freunde, Kinder und Kollegen. New York und Neustrelitz. Gletscher und Dünen. Alle aus den letzten acht, neun Jahren – irgendwann hatte seine Frau es aufgegeben, die Bilder einzukleben und zu kommentieren …

Dann kam der Kleinkram: leere Kugelschreiber, vertrocknete Lippenstifte, ungeöffnete Probefläschchen. Das bekannte Bündelchen Briefe von jenem Lover, den Beckmann damals ausgebootet hatte. Nichts sonst. Vor allem nichts, was einen Verdacht gestützt hätte. Als seine Frau abends wiederkam, lag er noch wach. Streckte die Hand aus, sobald sie unter die Decke glitt. Spürte ihre Haut und wollte es wissen. War sicher, daß es diesmal klappte. Kroch näher. Und wurde abgeschüttelt wie ein Hund: »Laß!«

Also doch, dachte er. Triumphierte fast. Aber dann folgte die Wut. So konnte Brigitte ihn doch nicht behandeln! Gierig warf er sich über sie, hielt sie fest, bis sie aufgab und ihn gewähren ließ.

Als er fertig war, nahm sie wortlos ihr Bettzeug und ging.

11.

Mittwoch. Fünf Stunden Unterricht. Keller hatte seinen freien Tag und konnte ihn nicht nerven. Doch Beckmann lag auf der Lauer. Irgendwann mußte doch wieder etwas passieren ...

Aber nichts geschah. Gar nichts. Und diese Ereignislosigkeit machte ihn fast noch mehr fertig als ein neuer Angriff.

Erst als er mit Nadja im Wagen saß, fiel die Spannung von ihm ab. Er drehte das Radio auf und das Fenster herunter. Fühlte sich fast schon beschwingt und summte einen alten Conny-Francis-Song mit. Nadja sah ihn kopfschüttelnd an.

In der Stadt gabelten sie seine Frau auf und fuhren zu dritt nach Hause. Eine ganz gewöhnliche, nette Familie ...

»Ich hole uns was Tiefgekühltes aus dem Keller«, sagte seine Frau, als er vor der Garage anhielt. Beckmann nickte und begriff erst dann: Gitte hatte gar nicht ihn, sondern die Tochter angesehen. Die Post, dachte er plötzlich und schaute seiner Frau argwöhnisch nach. Heute kommt was mit der Post ...

»Darf ich reinfahren?« fragte Nadja.

»Tu das«, sagte Beckmann fast erleichtert. Packte seine Tasche, öffnete der Tochter das Garagentor und ging los, ohne Nadja zuzuschauen. Beschleunigte. War direkt hinter seiner Frau an der Haustür, sammelte die Post auf, bevor sie es tun konnte, und wartete, bis Brigitte im Keller verschwunden war. Wühlte den Stapel durch und war erleichtert. Alles ganz normal. Bis auf ein neues Exemplar von diesen Herzchenbriefen — wie üblich ohne Absender ...

Argwöhnisch musterte er den Umschlag, bis Nadja hereinkam.

»Gib her, das ist meiner«, sagte sie und versuchte, ihm den Brief zu entwinden. Doch gegen die Kraft seiner Finger kam sie nicht an.

»Mach schon«, bettelte sie schließlich, aber ihr Lachen klang eine Spur zu übertrieben. Grinsend hielt er das Couvert in die Luft und tastete den Inhalt ab: »Mal sehen, was da drin ist!«

»Alter!« warnte sie ihn, ganz plötzlich ernst. »Das geht dich überhaupt nichts an!«

Wer weiß, dachte er, hielt sie mit dem freien Arm auf Distanz und fingerte weiter. Hart. Wesentlich härter als gewöhnliches Papier. Und dicker. »Gib mir meine Post!« rief sie, Ärger in der Stimme, und sprang an seinem Arm hoch. Da kapierte er: Fotos. Und eine Sekunde später hatte er keinen Zweifel mehr: Sie hatten dasselbe Format wie …

»Laß!« schrie die Tochter, als er das Couvert zerfledderte. Ein Foto fiel heraus und segelte auf den Boden. Nadja bückte sich, doch er war schneller. Hielt das Ding hoch und erstarrte. Zwei junge Frauen. Am Strand. Braungebrannt, ohne Oberteil. Seine eigene Tochter – und Nadjas Freundin aus Rostock.

Verwundert schüttelte Beckmann den Kopf. Daß die Mädchen solche Fotos von sich machen ließen! Atmete tief durch. Wußte plötzlich, daß es falscher Alarm war. Aber seine Augen klebten fasziniert an den schlanken Körpern. Bis Nadja ihm das Bild aus der Hand riß und losschluchzte: »Du Mistkerl!«

»Kind«, sagte Beckmann. »Ich wußte doch nicht …«

»Laß mich«, brüllte sie. »Halt die Schnauze!«

Beckmann zuckte zusammen. Galt das ihm? Sprach so Nadja?

»Scheiß-Männer«, kreischte sie und schmiß ihm das Foto an den Kopf. »Hier. Kannst dich ja daran aufgeilen, alter Spanner!«

Sie stürzte davon, aufgelöst, hysterisch. Oben knallten ein paar Türen. Beckmann stand da und war ratlos.

»Was ist los?« fragte seine Frau, während sie die Treppe heraufkam. »Was hast du mit dem Kind gemacht?«

Er reichte ihr das Foto: »Da ist dein Kind. Wußtest du, daß sie sich so knipsen läßt?«

Die Frau starrte erst ihn, dann die Aufnahme an, suchte erneut sein Gesicht: »Drehst du jetzt völlig durch? Wie konntest du nur ihre Post …«

In der ersten Etage splitterte etwas Gläsernes, dann heulte die Tochter auf: »Solch ein Scheißkerl! Kein Vertrauen zur eigenen Tochter. Ich bin's leid. Ich schneide mir die Pulsadern auf!«

»Ach Gott, das Kind …«

Die Frau ließ das Foto und die Tiefkühlerbsen fallen und rannte los. Beckmann zuckte die Achseln. Seine Tochter und Selbstmord? Nie!

12.

Donnerstag, sechs Uhr. Das Übliche. Frühstück, Schulweg. Alles ohne Zwischenfälle. Nadja sah ihn nicht an und sprach kein einziges Wort. Aber als ihr Lieblingssänger sein zehntes »Please, forgive me!« durch den Wagen schluchzte, atmete sie tief durch und lehnte sich entspannt zurück.

Na also, dachte Beckmann, kein Grund mehr zur Sorge. Er hakte den Vorfall ab und widmete sich dem wichtigeren Problem: Wer wollte *ihn* zur Schnecke machen?

»Erzähl was du willst«, sagte Kollege Keller, als Beckmann mit leichtem Stöhnen Platz nahm. »Aber mit dir stimmt was nicht. Irgendwas macht dich fertig!«

»Du siehst Gespenster. Ich bin fit wie …«

»Mensch, Beckmann«, beharrte Keller und legte die Stirn in Falten. »Hör auf meinen Rat! Laß dich durchchecken, hol dir 'ne Kur. Mußt du sowieso bald mit anfangen, wenn du mit achtundfünfzig auf Rente …«

»Ich brauche keine Kur!«

»Aber …«

»Kümmer dich um deinen eigenen Kram«, ging Beckmann hoch.

»Um was denn zum Beispiel?« erkundigte sich Keller.

»Zum Beispiel: Wie eine gut korrigierte Klausur aussieht. Wie man Stunden vorbereitet. Und wie man die Vektorrechnung so erklärt, daß die Kids sie auch kapieren können. Wenn du da mal einen guten Ratschlag brauchst ...«

Schweigen am Tisch. Aber Blicke wie Blitze. Jeder Atemzug ein Donnergrollen. Der Gongschlag ein Gewitter. Beckmann hatte sich soeben selbst ins Weltall geschossen.

Allgemeiner Aufbruch in die Klassen, die Naturwissenschaftler wie immer zuletzt. Aber Beckmann den anderen voraus. Klappte nicht mehr, der Mathematikerschritt. Brauchte ihn auch nicht. Er und angeschlagen?

Stundenweise kämpfte er sich die einzelnen Jahrgänge hoch. Die Sieben folterte er mit einem Zusatztest, in der Zehn inszenierte er die Nummer mit dem An-der-Tafel-heulen-lassen, zuletzt schockte er, das Zensurenheft in der Hand, seinen Leistungskurs: Heike vergaß ihren Kamm, Sebastian Bombe verstummte, Markus Mir-ist-alles-scheißegal wurde blaß. Als sich auch die Schlange hinter dem Rücken ihres Vordermanns verkroch, war Beckmann befriedigt: Er hatte es allen gezeigt. Daß die Ferien noch nicht begonnen hatten. Daß er noch nicht reif war für eine Kur. Und keinen Gedanken übrig hatte für so etwas Lächerliches wie die Rente ...

Zwanzig nach eins. Der Leistungskurs brach schneller auf als je zuvor, nur Amelie Schlange brauchte mit dem Einpacken auffällig lange. Kaum hatten die anderen den Raum verlassen, sagte sie: »Das war aber nicht fair, Herr Beckmann!«

»Fair?« fragte er. »Sie reden von fair? Ausgerechnet Sie?«

»Ja, ich«, bestätigte sie und gönnte ihm einen verschleierten Blick. »Aber Sie sind ja viel zu blind ...«

»Fangen Sie nicht damit an«, unterbrach er sie, scheuchte sie mit einer Kopfbewegung hinaus und folgte ihr in ziemendem Abstand. Schwenkte sogar, lässig schlendernd, die Tasche und registrierte die Veränderung: Er konnte wieder den Mathematikerschritt. Die Pausenhalle war fast leer. Sebastian Bombe drückte sich im Eingang herum und fing die Schlange ab. Sagte etwas, was Beckmann nicht verstand, hielt sie sogar am Arm fest, aber sie schüttelte heftig den Kopf, riß sich los und lief davon. Seltsam, welch ein Interesse der Anarcho an Amelie hatte. War selbst unter seinem Niveau …

Ohne Hast steuerte Beckmann den Verwaltungstrakt an. Kurz vor dem Lehrerzimmer holte ihn die Tochter ein.

»Paps!« keuchte sie und strahlte ihn an. Als wäre alles wieder ganz in Ordnung.

»Ja?«

»Wartest du? Ich habe noch eine Stunde Sport und will heute nachmittag …«

»In Ordnung«, sagte er. Sah sie weglaufen. Fand sie hübsch. Fand sie stark. Fühlte plötzlich so etwas wie Vaterstolz.
Er stieß die Tür zum Lehrerzimmer auf und öffnete das Fenster zum Vorplatz. Sah, wie die Tochter aus dem Eingang kam und loslief. Freute sich über ihre sportliche Art. Und stutzte: Zur Turnhalle ging es in die andere Richtung …

Beckmann stopfte seine Tasche in den Schrank und verließ das Gebäude – eilig, aber ohne zu rennen. Überquerte den Vorhof und spähte die Straße entlang. Sah gerade noch, wie die Tochter weit hinten jemandem um den Hals fiel und sich herumwirbeln ließ. Beckmann kniff die Augen zusammen. Ein Oberstufenschüler. Lang und blond und trotz der Sommersonne im schwarzen Outfit der Anarchisten. Sebastian.

Zwei, drei Sekunden lang stand Beckmann still. Sah, wie die beiden an der Ecke im Schatten der Eisdiele verschwanden. Erinnerte sich an ihren Eid, diesen Kerl zu meiden: »Ich schwöre es …«

Welch eine Heuchelei! Aber wozu?

Die Neugier trieb ihn vorwärts. Und kaum war Beckmann zwanzig Schritte weiter, erlebte er die nächste Überraschung: Vor der Eisdiele fuhr, aus der Gegenrichtung kommend, ein tiefergelegter schwarzer Benz vor. Solch eine Kiste fuhr an der Schule nur einer: Keller.

Der Kollege stieg aus und knallte lässig die Tür zu, ohne sie zu verschließen. Joggte auf das Eiscafé zu. In einem Tempo, das für alle Mathelehrer der Stadt gereicht hätte. Ein Zufall?

Beckmann wechselte die Straßenseite, um sich im Schatten der langen Häuserfront anpirschen zu können. Und wagte sich gerade so weit vor, daß er die Szene vor dem Café beobachten konnte. Dort saßen sie: alle drei – am selben Tisch. Und lachten.

13.

Bald zwei. Und Beckmann wartete.

Das Kollegium war verschwunden, die großen Fenster standen weit auf, laue Luft wehte herein. Sonst hatte Beckmann solche Mußestunden genossen: mit einem frischen Kaffee und einer guten Zeitschrift, die Füße bequem auf Kellers Sessel.

Aber diesmal kam keine Feierabendstimmung auf. Beckmann saß nur da und grübelte. Dachte an seine Tochter, an Sebastian Bombe und an die Ratte namens Keller …

Aber nichts paßte völlig. Entweder kamen die Kandidaten nicht unbehelligt in die Schule und an sein Postfach, oder sie hatte keine Möglichkeit, ihn so lückenlos zu überwachen …

Der Kaffee wurde kalt, die Fingernägel kürzer. Widerlich. Beckmann riß sich zusammen und nahm die Füße von Kellers Platz.

Keller!

Kollege Keller war der einzige, der alles hätte einfädeln können. Der alle Beteiligten kannte und überall sein konnte. Aber warum sollte Keller das tun? Wo war sein Motiv?

Beckmann sah sich um. Der große Raum war leer. Matt schimmerte das Resopal der Lehrerschränke. Hinter jeder Tür persönlicher Kram, den man nicht jeden Tag nach Hause oder zur Schule schleppen wollte …

Kram!

Er schoß los, suchte Kellers Schrank. Sah sich noch einmal um und öffnete. Fingerte die Fächer ab: Ein Stapel Mathebücher. Zeichengeräte für den Geometrieunterricht. Eine Kiste mit Büromaterial und zwei flache Matritzenkartons, die übliche

Sammlung von Entschuldigungen und Rundbriefen, zwei leere Colaflaschen. Resigniert starrte Beckmann auf den geöffneten Schrank. Offenbar verwahrte Keller die Beweise woanders. Beckmann ertappte sich bei der Vorstellung, in die Wohnung des Kollegen einzubrechen, alles auf den Kopf zu stellen und ihm zum Abschied auf die Ledercouch zu pinkeln. Lächelte sogar, als er sich die Szene bildlich vorstellte. Und wußte sofort, daß er so etwas nie tun würde. Weil er es einfach nicht konnte.

Beckmann umklammerte die Drehklinke, wollte den Schrank wieder schließen. Warf einen letzten, verzweifelten Blick hinein. Und wußte plötzlich, was nicht paßte. Hastig zerrte er die beiden flachen Kartons heraus und fummelte an den Klebestreifen herum. Keller war der erste gewesen, der seine Unterrichtsvorbereitungen auf Computer umgestellt hatte. Es war mindestens zehn Jahre her, daß er zum letztenmal an der Kurbelmaschine gestanden, Matritzen abgenudelt und sich die Hände an dem Sprit blau gefärbt hatte. Warum sollte er jetzt noch Matritzen aufbewahren?

Beckmann riß den Deckel hoch, spähte in den Karton und stöhnte auf: Fotopapier. Ohne jeden Zweifel. Und obendrein noch Eigentum der Schule – für die Arbeitsgemeinschaft bestimmt, die nach dem Sommer aufgemacht werden sollte.

Na warte, dachte Beckmann, und machte sich über den zweiten Karton her. Riß so heftig an dem Isolierband, daß die oberste Schicht Pappe daran haften blieb. Egal – Keller würde das Zeug nicht wiedersehen ...

Fertige Fotos! Ein ganzer Stapel!

Beckmann fischte sie heraus und erkannte alle wieder: Die Peepshow. Die Babynutte. Sich und die Schlange. Sogar ein Schnappschuß vom letzten Montag war dabei: Wie die Fixerin zu ihm ins Auto stieg ...

Ein Pochen an der Tür. Beckmann stand still.

14.

Ein zweites Pochen.

Er schmiß die Fotos in den Schrank und knallte ihn zu. Hörte, wie sich die Tür zum Lehrerzimmer öffnete. Jagte seine Augen hinüber. Sah die Schlange!

Das Mädchen blickte noch einmal zurück in die Vorhalle und ließ die schwere Tür ins Schloß sinken. Glitt näher, lautlos, aber zielstrebig: »Herr Beckmann! Jetzt müssen Sie mit mir reden!«

»Gar nichts muß ich. Raus!«

»Schauen Sie doch ...«

Sie kam näher, streckte den Arm aus, Beckmann schaute. Weder auf ihr hochgerecktes Kinn noch auf ihr T-Shirt. Sondern nur auf ihre rechte Hand. Mit einem Stapel Fotos.

»Kennen Sie das Zeug?« fragte sie und hielt es ihm unter die Nase.

Beckmann schluckte. Ganz oben lag der Schnappschuß aus dem Tiefgeschoß. Seine Hand an ihrer Brust. Scheinbar zupackend, in Wirklichkeit wegstoßend. Aber niemand würde ihm das glauben.

»Na und?« sagte Beckmann. »Was beweist das schon?«

»Ich will doch gar nichts beweisen«, sagte sie und sah ihn ernst an. »Ich will Sie!«

»Gib's auf!« empfahl er. »Du spinnst. Ich mach mir nichts aus Teenies ...«

»Vor drei Tagen hätte ich das noch geglaubt«, sagte Amelie und lächelte. »Nicht zu kriegen, dachte ich. Aber jetzt ...«

Mit dem Daumen fächerte sie die Fotos auseinander, so daß die nächste Aufnahme sichtbar wurde. Technisch einwandfrei, zeigte sie in Schwarz-Weiß einen hochgewachsenen Mann Ende Vierzig, der den Kragen seines Trenchcoats hochschlug. Die dunklen Augen schienen genau in die Kamera zu blicken, und auf der Stirnglatze spiegelte sich das Licht der Neonreklame über seinem Kopf: *Girls live – Peep Show.*

Beckmann spürte, wie ihm der Schweiß ausbrach: auf der Stirn, unter den Achseln, im Nacken. Jetzt war er geliefert!

»Woher hast du die Fotos?« flüsterte er und fand sofort, daß die Frage überflüssig war. Er kannte nur eine Antwort. Aber Amelie hatte eine bessere.

»Die lagen heute mittag bei uns im Briefkasten!«

»Wie bitte?«

»Ja«, nickte sie. »In einem grauen Umschlag. Ohne Absender!«

»Das kannst du deiner Großmutter erzählen«, sagte er und sah ihr in die Augen. »Du steckst mit drin. Hast unten im Keller den Lockvogel gespielt.«

»Quatsch«, sagte sie. »Nadja hat mir erzählt, wo ich Sie finden konnte. Und als Sie gerade wieder oben waren, kam ein Lehrer von unten: Keller.«

»Und nach Keller der Weihnachtsmann«, nickte er. »Gib her!« Amelie schoß einen Schritt zurück und versteckte die Hand mit den Fotos hinter ihrem Rücken.

»Ach Gott, spielen wir jetzt Ballabjagen?«

Er trat zwei, drei Schritte zur Seite und hatte ihr den Fluchtweg zur Tür abgeschnitten. Doch als er sich näher an sie heranschob, wich das Mädchen abermals zurück. Manövrierte sich aber dabei tiefer in die Ecke, an der sich die Fensterfront und die Schrankwand trafen. Wo es kein Entkommen gab.

»So, Mädchen«, sagte Beckmann. »Jetzt gibst du mir das Zeug und verziehst dich. Hausaufgaben machen.«

Sie schüttelte den Kopf, musterte ihn mit glitzernden Augen: »Kriegen Sie nicht.«

»So?«

»Nein«, sagte sie und kam selbst auf ihn zu. Reckte das Kinn, damit sie ihm in die Augen sehen konnte, und drückte ihm die Füllung ihres T-Shirts gegen die Brust: »Du weißt, daß ich dich liebe. Und jetzt kriege ich dich auch ...«

Eine Sekunde lang genoß er die Berührung. Spürte die Hitze. Hätte fast nachgegeben. Aber dann entdeckte er das Glitzern in ihren Augen und hörte den Triumph in ihrer Stimme: »Du hast keine Wahl!«

Denkst du, dachte er, plötzlich die Schnauze voll von dem Spiel. Wollte es beenden. Und packte zu.

Erstaunt blickte sie zu ihm hoch, und er sah es in ihren Augen: Wie die Überraschung dem Schmerz wich, die Angst der Panik. Fühlte sich allmächtig und fand es geil: »So, du Schlange!«

Daß seine Hände stark waren, hatte er immer gewußt. Aber nicht, daß es so schnell ging. Als ihr Körper erschlaffte, klatschte etwas auf den Boden. Er riskierte einen Blick, ohne sie loszulassen. Sah: Die Fotos. Und dazwischen graublaues Recycling-Papier, das sich langsam entfaltete. Ein Umschlag, DIN A 5. Amelies Name und die Adresse waren korrekt und sauber mit einem 24-Nadel-Drucker auf das Couvert geschrieben. Kein Absender, aber Briefmarke und Poststempel.

Sie hatte nicht gelogen.

15.

Metall klapperte gegen Metall, die Tür flog auf: »Beckmann?«

»Hier!«

»Post!«

Ein Umschlag flog heran, die Tür schlug hart ins Schloß, der Schlüssel rasselte. Widerlich, dieses Geräusch ...

Beckmann verließ seinen Platz an der Heizung und bückte sich. Kam hoch, hielt das Couvert in das Licht der Wintersonne. Erstarrte.

DIN A 5, Recycling-Papier, graublau.

Name und Adresse waren korrekt und sauber mit einem 24-Nadel-Drucker geschrieben.

Vor einer Woche abgestempelt, von der Anstaltsleitung geöffnet und zensiert. Beckmann atmete durch und spürte den Schweiß auf der Stirn. Seine Finger tauchten in den Umschlag, fischten den Inhalt heraus. So sehr er auch suchte – es war nur *ein* Foto. Wie beim erstenmal.

Das Ambiente war neu. Ein deutsches Wohnzimmer – *sein* Wohnzimmer. Der Kamin. Auf jeder Seite zwei Sessel. In jedem Sessel ein Mensch. Zwei Paare. Die Frauen erkannte er sofort: Brigitte und Nadja. Ihre Augen strahlten. Beckmann seufzte und sah den Männern ins Gesicht. Neben der Tochter saß Sebastian. Und neben Brigitte: Kollege Keller …

Hilflos blickte Beckmann auf das Foto. Drehte es schließlich, einem Impuls folgend, um. Fand die Widmung und hielt sie ins Licht. Die Unterschriften kannte er: Nadja und Brigitte. Und dann entzifferte Beckmann die Widmung: *All unser Glück kommt aus Deiner starken Hand.*

Niklaus Schmid

Einer fehlt für immer

Unruhe, die beiden würden Unruhe in mein Leben bringen. Das war mir von Anfang an klar.

Ich glaube, die beiden ahnten selber, daß sie störten. Wie sie da in der Tür standen und verlegen lächelnd ihre Blicke über die Gesichter der Anwesenden gleiten ließen! Man konnte ihnen die Gedanken regelrecht von der Stirn ablesen: Der mit der Glatze ist zu alt, und der in der Kordhose zu klein. Da blieb von uns drei Männern ja nur noch ich übrig. Und prompt kamen sie auf mich zu, taten so, als hätten sie nie den leisesten Zweifel gehabt.

»Hallo, Engelbert«, sagten die beiden fast gleichzeitig und mit ausgestreckten Händen. Sie lächelten ziemlich verkrampft und nannten ihre Namen: Bernd Lohsen und Lena Tackenberg. Dreißig Jahre hätten wir uns nicht gesehen, sagten sie.

»In der Schule hieß ich noch Lena Wagner.« Sie stellte eine Tüte vom Drogeriemarkt auf den Tisch. »Seife, ein Deo, Papiertaschentücher«, sie räusperte sich, »ich hatte vorher die Schwester gefragt, und sie meinte ...«

Ich bedankte mich. Solche Sachen könne man ja immer gebrauchen, sagte ich, als sie die Tüte wie etwas Peinliches vom Tisch nahm und neben meinen Stuhl stellte. Wenn sie das mit Rücksicht auf die beiden Mitbewohner unseres schönen Heims tat, dann war das wirklich unnötig. Opa Römer spielte mal wieder mit sich selbst Schach und stierte auf den gekachelten Boden, wo er in Gedanken seine Figuren aufstellte, und Egon hatte seit dem Eintreffen der beiden noch nicht ein einziges Mal seinen Blick von der Mattscheibe genommen. Ab und zu drückte er die Tasten der Fernbedienung und stach mit ihr, als wäre sie ein Dolch, in Richtung des Fernsehapparats.

»Morgen abend kommt ein Fußballspiel«, sagte Bernd, wohl

um zunächst einmal über ein unverfängliches Thema das Gespräch in Gang zu bringen.

Sollte ich ihm sagen, daß der Fernsehapparat um Punkt neun, ob das Spiel dann zu Ende war oder nicht, abgestellt wurde? Unwichtig! Doch ja, ganz am Anfang hatte ich mich über solche Dinge noch aufgeregt. Aber das war lange her. Sechs Wochen, sechs Monate, oder waren es schon Jahre?

Egal! Früher hatte ich mich noch mit derartigen Fragen gequält, hatte lange Zeit im Bett gelegen und über Nichtigkeiten wie einen Namen, der mir nicht einfallen wollte, gegrübelt. Manchmal wollte ich mich unbedingt an irgend etwas außerhalb des Heims erinnern, an den Weg zur letzten Arbeitsstelle beispielsweise, an die Wohnung, die ich mit meiner Frau bewohnt hatte.

Wenn dann die Frage auftauchte, wie viele Stühle im Wohnzimmer gestanden hatten, und mir die Antwort nicht einfallen wollte, hatte ich mich geärgert. Natürlich ist so etwas unsinnig; jetzt weiß ich das. Die Schwestern und der Arzt haben mir dabei geholfen, das zu erkennen.

Auch die Sache mit dem Weinglas haben sie mir erklärt. Lange Zeit hatte ich mich nämlich mit der Frage herumgeschlagen, warum es mir damals nicht gelungen war, das Glas, das vor mir auf dem Tisch stand, zu ergreifen und zum Mund zu führen.

Alles andere aus meiner Vergangenheit, der Zeit da draußen, erscheint mir verschwommen. Aber ein Bild sehe ich sehr klar: Da ist dieses Glas mit Glühwein, es steht auf einem blankgescheuerten Tisch in einer Gaststätte auf Sylt. Draußen ist es naßkalt, drinnen warm vom offenen Kamin. Wir sitzen gemütlich beisammen, einer, dessen Namen mir nicht einfällt, sagt: Auf unser Geburtstagskind Engelbert! Alle greifen zu ihren Gläsern mit dem dampfenden, würzig duftenden Wein, nur mir will es nicht gelingen, obwohl meine Hand schon ganz dicht dran ist.

Komisch! Aber, wiederum auch nicht so wichtig, um sich darüber den Kopf zu zerbrechen. War ja auch eine einmalige

Sache. Heute packe ich Gläser, Tassen, ach, alle Gegenstände mit vollkommener Sicherheit.

Mit Leichtigkeit hätte ich mir zum Beispiel die Brotscheibe, die ich jetzt im Beisein der beiden aß, selbst abschneiden können. Aber die Schwestern sagen immer, Herr Tupps, das machen wir doch schon für Sie. So nett sind sie zu mir.

Nachdem ich das Butterbrot gegessen hatte, drückte Bernd mir eine Papiertüte in die Hand. »Vielleicht als Nachtisch«, sagte er. »Obst – und unten liegt noch was anderes drin.«

Mit einer raschen Bewegung zum Mund deutete er das Ziehen an einer Zigarette an, als wären wir noch die zwölfjährigen Jungen, die sich zum heimlichen Rauchen auf der Schultoilette verabredeten.

Ich bedankte mich für das Obst. Vitamine sind immer gut. Alkohol hingegen ist schlecht, das haben mir der Arzt und die Schwestern gesagt. Schon ein einziges Glas kann zu Kopf steigen, haben sie mich gewarnt. Zigaretten sind auch nicht gut. Aber ich sah keinen Grund, Bernd zu sagen, daß ich mit dem Rauchen längst aufgehört hatte.

»Tja, und sonst, Engelbert?«

Ich nickte. Es war alles in Ordnung, ich konnte mich wirklich nicht beklagen. Mir fehlte absolut gar nichts.

Nachdem die beiden eine Weile über das Wetter gesprochen hatten, packte Lena die Fotos aus. Es waren alte Schwarzweißaufnahmen. Sie zeigte auf die Jungen, die dort in einer Reihe standen, nannte Namen. Bernd gab seine Kommentare dazu, lachte laut auf, kniff mir ein Auge, stupste mich in die Seite.

»Schulli nannten wir ihn. Und das ist Wolfgang oder Wolle. Hansi Buschmann hatte rote Haare, deshalb nannten wir ihn Blaue. Der da, Pancho, wohnte in dem Fachwerkhäuschen gegenüber der Huckinger Kirche. Dietz Rubicki, hier der Schmale, mußte deinen Tornister tragen.«

Einige Namen kamen mir bekannt vor, aber ich fühlte nichts, absolut nichts. Mit derselben Wirkung hätte Bernd ein Telefonbuch vorlesen können. All das war Vergangenheit und interessierte mich nicht. Na ja, weil er sich solche Mühe gab, deutete ich schließlich auf eine der drei erwachsenen Personen auf dem Foto.

Darüber freute sich Bernd. »Das ist Lehrer Norbereit, der gute alte Hühnergreifer.«

Ich zuckte die Achseln.

»Mensch, Engelbert, du erinnerst dich doch sicher.«

Mit verstellter Stimme sprach er weiter: »Wie Hühner greife ich die faulen Schüler von der Stange. Engelbert Tupps, was habe ich gerade gefragt? Na, na?«

Plötzlich, vielleicht weil er die Stimme so gut nachmachte, sah ich den Lehrer vor mir, wie er einen blonden Jungen aus der Schulbank zieht, wie er ihn mit einer drehenden Bewegung an den kurzen Härchen im Nacken regelrecht in die Höhe schraubt. Die Erinnerung war so lebhaft, daß ich einen Schmerz verspürte und sogar, in dem Glauben, Bernd hätte mich tatsächlich angefaßt, abwehrend einen Arm hob.

Tupps, hast du dich auch gut präpariert? Na, wie heißen sie denn, die wichtigsten Anführer der Französischen Revolution? Ich wußte es nicht. Und bei jedem Namen, den ich nicht wußte und den Norbereit dann selber nannte, drehte er an den Härchen in meinem Nacken, bis ich, aufrecht und schließlich auf den äußersten Zehenspitzen stehend, den Schmerz schier nicht mehr aushalten konnte.

»Robespierre! Danton! Und … und …«

Entgeistert sahen mich die beiden an. »Ach ja, richtig, genau danach hat er immer gefragt«, lachte Bernd. »Der alte Hühnergreifer und die Französische Revolution, weiter sind wir bei ihm im Geschichtsunterricht ja nie gekommen.«

Lena schob die Fotos zusammen, steckte sie ein. »Dann laß uns mal gehn«, schlug sie vor und erklärte: »Wir dachten, es wäre nicht schlecht, bei den ersten zu sein. Das hat den Vorteil, daß sich die anderen vorstellen müssen. Denn«, sie warf Bernd einen schnellen Blick zu, »natürlich werden auch wir die alten Klassenkameraden nicht auf Anhieb erkennen.«

Ich suchte nach einem Ausweg, führte an, daß ich abends pünktlich meine Medizin nehmen müsse.

»Mit der Schwester haben wir bereits gesprochen. Sie ist einverstanden. Komm, ein paar Stunden nur!« lockte Lena.

Draußen nahm sie meinen Arm in sehr vertrauter Form und führte mich zu dem Wagen, einer großen silbergrauen Limousine. Wir nahmen auf dem Rücksitz Platz. Bernd zwinkerte in den Rückspiegel, startete und fuhr los.

Zum erstenmal seit Wochen, ja Monaten war ich draußen. Ich fühlte mich schutzlos, und am liebsten hätte ich Bernd gebeten, wieder umzukehren.

»Wittlaer«, sagte er, indem er mit dem Kopf zu den Häusern auf der linken Straßenseite deutete. Rechts erstreckten sich Felder, Wiesen, mittendrin eine Großgärtnerei. In den Plastikplanen der Blumenbeete spiegelte sich die Sonne. Ich schloß die Augen.

In einer Kurve, die Bernd mit zuviel Schwung nahm, rutschte Lena an meine Seite. Bestimmt kein Zufall, denn danach, auf gerader Strecke, blieb sie eng an mich gelehnt. Es war mir nicht direkt unangenehm, aber es machte mich unruhig. Ich versuchte, von ihr abzurücken. Doch die kleinen Berührungen blieben, auch roch ich ihr Parfüm.

Alle Jungs in der Klasse waren hinter Lenchen her gewesen. An sonnigen Tagen strampelten wir auf den Rädern zu Lenchens Haustür, wo wir so lange auf und ab fuhren und unsere Faxen machten, bis sie herauskam, sich ihr Fahrrad schnappte und hinter uns her radelte, hin zu dem Wäldchen hinter den Schlackenbergen. Dort ließen wir, Absprachen waren da nicht nötig, die Räder fallen, gruppierten uns um Lenchen, bedrängten sie, grapschten nach ihren Brüsten, fummelten zwischen ihren Beinen oder sogen einfach nur ihren Duft ein. Wie junge Hunde benahmen wir uns.

Wenn es nieselte oder kalt war, fuhren wir oft zu einem Neubau, der zweistöckig, nahezu fertig, aber ohne Fenster und Türen war. Wir stellten die Fahrräder in den Flur, rauchten heimlich eine gemeinsame Zigarette, blödelten so herum, spuckten, wenn es uns zu langweilig wurde, um die Wette, warfen mit Steinen auf Spatzen und fuhren nach ein paar Stunden wieder weg.

Doch manche Nachmittage dort waren auch anders verlaufen.

Das war dann, wenn Lenchen dabei gewesen war. An das erste Mal erinnerte ich mich jetzt, da ich neben ihr saß, wieder sehr genau. Das war, als sie auf einmal, ohne ein Wort zu sagen, in einen der oberen Räume verschwand. Sie müsse pinkeln, dachten wir und machten unsere Witzchen, bis wir ihr Rufen hörten. Bernd! rief sie in einem seltsam kehligen Tonfall, den wir vorher nie bei ihr bemerkt hatten. Doch dann kapierten wir.

So wie wir sonst einem Kumpel zugrinsten, der auf dem Fünfmeterbrett stand und sich nicht traute, so grinsten wir Bernd zu. Nach Lenchens zweitem Rufen stolzierte er los, die Hände in den Hosentaschen, mit wiegenden Schritten die Treppe hoch.

Und genauso, mit ruckenden Schultern, breit grinsend, kam er nach zehn Minuten wieder die Treppe herunter. Er stellte sich in die Gruppe, strich über sein hochrotes Gesicht, spuckte geräuschvoll aus und sagte endlich, als wir alle vor Neugier beinahe geplatzt wären, nur ganze zwei Wörter: Nicht schlecht.

An jenem Nachmittag rief Lenchen noch einen weiteren Namen. Mit mulmigem Gefühl ging ich die Treppe hoch. Sie stand in einer Ecke, und ich wußte gar nicht, was ich nun machen sollte. Doch Lenchen half mir. Sie nahm mich bei den Ohren, so wie man den Kopf eines Spaniels nimmt, und drückte ihren Mund auf meinen. Mit ihrer Zunge schob sie meine Lippen auseinander — mein erster richtiger Kuß.

»Froschenteich, Verloherhof!« Bernd rief die Orte wie früher die Straßenbahnschaffner.

Am Horizont, hinter Feldern und niedrigen Häusern waren jetzt die Schornsteine der Hüttenwerke zu sehen. Vor uns die Huckinger Kirche, rechts davon die Gleise der Straßenbahn, die Duisburg mit Düsseldorf verbindet.

»Der Bauernhof da drüben, erinnerst du dich, Engelbert? Die ganze Bande im Heu! Tja, die Scheune hat der Bauer abgerissen, Kühe und Kappes sind verschwunden, ein schnieker Freizeithof ist es jetzt.« Bernd schnaufte verächtlich.

Er setzte den Blinker.

Als er sich zum Linksabbiegen einordnete, kam Lenas Arm zu mir herüber. »Schau, Engelbert, das ist sie.«

Ihre Hand wies auf einen alten Backsteinbau. Ja, ich erinnerte mich: Drinnen, irgendwo im zweiten Stock, hatten die verhaßten Schulbänke gestanden.

In der großen Pause waren wir einfach abgehauen, rüber zum Bauernhof, wo wir auf gefrorener Jauche eine herrliche Schlinderbahn anlegten. Die Schelle läutete, ein letzter Anlauf und noch einer – als wir in den Klassenraum kamen, stand der Lehrer schon bereit. Probeweise hieb er den Rohrstock in seine Handfläche. Und dann mußten wir uns aufstellen, mit ausgestreckter Hand, um je einen dieser fürchterlichen Schläge zu empfangen.

Na, Engelbert Bengelbär, mal wieder ganz vorne an der Spritze? Kriegst zwei.

Schon der erste Schlag ließ mich aufjaulen. Meine Hand flog nur so nach hinten, zuckte dann, um den Schmerz zu stillen, zum Mund. Komm, hol dir noch einen ab, befahl unerbittlich die Lehrerstimme. Ich versuchte es, aber die Hand wollte einfach nicht gehorchen; bleischwer waren die Fingerspitzen. Beim zweiten Schlag schoß mir das Wasser in die Augen. Und weil ich die Hand leicht weggezuckt hatte, erwischte mich der Stock auch noch an den nackten Beinen.

»Engelbert, was ist los mit dir?« fragte Lena.

Ich brauchte nicht zu antworten. Denn Bernd rief: »Ah, da sind wir ja!« und parkte den Wagen vor einer Gaststätte.

Wir gingen hinein, an der Theke vorbei in einen Raum, in dem die Tische in Hufeisenform aufgestellt waren.

Kaum hatten wir Platz genommen, lösten sich zwei Männer von der Theke. Sie reichten Bernd und Lena die Hand, mich schienen sie überhaupt nicht wahrzunehmen.

»Engelbert, das sind Dietz Rubicki und Wolfgang Roßkothen.« Während Dietz und Wolfgang sich nun als alte Bekannte erweisen wollten und sich bei diesem Bemühen beinahe überschlugen, blieb Lena in meiner Nähe.

Danach stellte sie mir zwei Frauen vor, deren Namen mir gar nichts sagten. Erst durch mehrfaches Wiederholen ihres Mädchennamens gelang es ihnen, in mein Gedächtnis vorzudringen. Dann kam ein Mann, der betonte, daß er von weit angereist sei, und ein weiterer, der mir zusicherte, daß er mich sofort erkannt habe.

Der Raum füllte sich, es wurde sehr laut, Fotos machten die Runde, und immer wieder fragte mich jemand, ob es mir gutgehe und ob ich nicht ein Glas Bier mit ihm trinken wolle. Sobald ich ihre Einladung ablehnte, kamen sie mir mit der Bemerkung entgegen, daß ich sicher noch Auto fahren müsse. Dazu lächelten sie, teils mitleidig, teils höhnisch. Um meine Ruhe zu haben, bestellte ich schließlich ein Bier.

Irgendwann kam Bernd mit einem Mann auf mich zu, der viel älter als alle anderen war, so an die siebzig, klein und mit verkniffenem Gesicht.

»Herr Norbereit«, sagte Bernd, »das ist Engelbert Tupps.«

»Unfall gehabt?« fragte Norbereit mit Blick auf die Stelle an meinem Kopf, an der die Haare nur langsam nachwuchsen.

»Engelbert hat eine schwere Operation hinter sich.«

Damit ließ Bernd uns allein, und Norbereit setzte sich mir gegenüber. Er wollte wissen, was ich so mache, ob ich verheiratet sei und Kinder habe. Zuerst hatte ich als Antwort auf der Zunge, daß ihn das ja nichts angehe, aber dann riß ich mich zusammen.

Trotz aller Konzentration bekamen plötzlich die Personen und alle Dinge um mich herum verschwommene Konturen, wie alte Fotografien sie manchmal haben. Klar vor meinen Augen war nur noch Norbereits Gesicht mit den sich überdeutlich bewegenden Lippen.

Engelbert Tupps, hast du dich auch gut präpariert? Dann nenn mir doch mal die wichtigsten Anführer der Französischen Revolution!

»Robespierre, Danton und … und …«

Kichern, Lachen, unterdrücktes Prusten.

Nie würde ich von mir behaupten, ein ausgesprochener

Spaßvogel zu sein, aber ein todernster Typ bin ich auch nicht. Also sah ich mich um, was denn da so lustig sei. Zu meinem Erstaunen merkte ich, daß die Gesichter aller Anwesenden mir zugewandt waren.

»So schlagfertig möchte ich auch mal sein«, sagte einer, »Geschichtslehrer Norbereit fragt Engelbert nach den Namen seiner Kinder, und der gute Engel-Bengelbär nennt die französischen Revoluti...«

Der Rest ging in Lachen unter, nein, nein, ich untertreibe, ein regelrechtes Aufheulen war es.

Nur Lena machte bei dieser Hinrichtung nicht mit. Im Gegenteil, sie warf mir vom anderen Tischende einen aufmunternden Blick zu. Ich versuchte, in das allgemeine Lachen mit einzustimmen, doch es ging völlig schief.

Zum Glück kam dann die Bedienung mit dem Essen und nahm so die Aufmerksamkeit von mir. Früher hätte ich wer weiß was dafür gegeben, um so im Mittelpunkt zu stehen. Nun, ich hatte mich eben verändert.

Die Bedienung stellte das Steak vor mir ab, legte das Besteck dazu und sagte: »Das Fleisch ist zäh, aber das Messer ist scharf.« Ein alter Kneipenscherz, wie mir einfiel.

Das Steak war erstklassig, außen kurz angebraten, innen noch blutig rot. So etwas Leckeres hatte ich lange nicht gegessen. Die Schwestern im Heim halten nicht viel von großen Fleischstücken. Es mache aggressiv, sagen sie. Und wenn es mal Fleisch gibt, dann ist es schon kleingeschnitten. Wahrscheinlich aus praktischen Gründen, bei uns werden am Tisch nur Löffel und Gabeln verteilt.

Dietz Rubicki stand auf, hob sein Glas: »Auf dem Teiche schwimmt 'ne Leiche, ihr Hintern ist bemoost – prost!«

Auch so ein Kneipenspruch. So langsam fielen mir die alten Sachen wieder ein.

Es ging auf neun Uhr zu, als Bernd sich zu mir beugte und an den Aufbruch erinnerte. Er meinte, wir sollten uns ohne großartiges Verabschieden auf den Weg machen. »Sonst stellen die nur dumme Fragen.«

Natürlich war ich damit einverstanden.

Als die Bedienung kam, um den Teller abzuräumen, verließ ich meinen Platz und wandte mich zum Ausgang. Überall standen jetzt Leute in Grüppchen, Männer, die sich gegenseitig auf die Schulter schlugen, Frauen, die untereinander wie junge Mädchen kicherten, und Männer, die mit Frauen so ganz auf die kameradschaftliche Tour anbändelten.

»Wieso sollte meine Alte zu Hause was dagegen haben? Ich kann doch wohl mit 'ner alten Klassenkameradin mal ein bißchen, dingsbums, na also.«

»Hühnergreifer nannten wir ihn, weil er uns doch wie Hühner von der Stange pflückte, wenn wir im Unterricht pennten.« Dietz tippte mich an die Brust. »Hier, der Engelbert, der kann ein Lied davon singen, den Engel-Bengelbär hatte der Norbereit ständig auf dem Kieker. Stimmt's, Engel...? He, alter Junge, komm doch mal her!«

Vielleicht wäre ich ja stehengeblieben. Aber ich mußte jetzt dringend mal austreten. Komisch! Austreten, das sagten wir auch in der Schule: Herr Lehrer, darf ich mal austreten?

Tupps, willst nur Zeit schinden, was? Von wegen austreten, hiergeblieben!

Die Toiletten lagen im Hinterhof der Gaststätte. Zunächst war da ein langer Gang, und anschließend mußte man sich noch an Bierkästen und Zementtüten, an Steinen und allerlei Maurerwerkzeug vorbeizwängen. Sehr umständlich, viele pinkelten deswegen wohl einfach in den Garten.

Ein schummriges Licht brannte. Ich stellte mich an eines der beiden Wandbecken, im anderen schwammen Kippen und Erbrochenes. Die gekälkte Wand war voller Kritzeleien, eine in meiner Augenhöhe lautete: *ENGELBERT FICKT LENCHEN*

Ohne daß ich es wollte, fuhr meine Hand in die Jackentasche, wahrscheinlich auf der Suche nach einem Kugelschreiber; vielleicht, um das häßliche Wort auszustreichen und statt dessen das Wörtchen ›liebt‹ einzufügen. Vielleicht — ich kann ja nur mutmaßen. Denn es kam nicht dazu. An Stelle eines Schreibgeräts berührte meine Hand die kühle, scharfe Klinge des Steakmessers. Weiß der Himmel, wie das in meine Jackentasche hineingekommen war!

Ist ja auch egal. Jedenfalls machte ich mich sofort daran, die Kritzelei abzuschaben.

»Sind doch immer dieselben«, sagte eine Stimme hinter mir. »Narrenhände beschmieren Tisch und Wände. Engelbert Tupps, werden Sie denn nie erwachsen?«

Ich brauchte mich gar nicht umzudrehen. Schon beim ersten Ton hatte ich Norbereits Stimme erkannt. Eine Weile schaute er mir von der Seite zu, dann rückte er weiter zu dem Wandbecken nebenan. Als er die Essensreste dort sah, wandte er sich ab und trat in eine der Toilettenkabinen. Die Tür ließ er beim Urinieren offen.

Narrenhände, was meinte er damit? Etwa, daß ich nicht richtig gescheit sei? Ich glaube, ich hätte allen Grund gehabt, mich aufzuregen, tat es aber nicht. Vielmehr erinnerte ich mich an die Anweisung des Arztes, gewisse Dinge nicht so wichtig zu nehmen. Diesen Rat habe ich immer beherzigt. Selbst damals, als sich meine Frau auf so schäbige Weise von mir abwandte. Hatte sie doch die Unverfrorenheit gehabt, mir, ihrem seit zwanzig Jahren angetrauten Ehemann, jene Blessuren anzuhängen, die sie sich durch Unachtsamkeit in der Küche selbst beigebracht hatte.

Wie damals ihre Anschuldigungen, so prallten jetzt Norbereits Worte an mir ab. Er sprach, immer noch bei offener Klotür, so halb über seine Schulter: »Tupps, wieder mal schlecht präpariert?«

Er redete noch was von Charakterschwäche und davon, daß er schon vor dreißig Jahren nicht viel von mir gehalten hätte. Ich sollte mir mal eine Scheibe von meinem Freund Bernd abschneiden, der heute eine eigene Firma habe. Und so weiter, die alte Leier.

Um Norbereit in seinem Redeschwall zu unterbrechen, gab ich ihm, wie wir das immer unter uns Jungs in der Schultoilette gemacht hatten, einen kleinen Stoß, wirklich nicht feste. Dennoch knickte er in den Kniekehlen ein und sackte seltsam langsam mit den Schienbeinen gegen die Porzellanschüssel.

Er schnaubte nicht schlecht. Ich hörte ihm aber nicht weiter zu. Für mich war die Angelegenheit erledigt. Ich zog nur noch die Tür der Toilettenkabine zu, damit man sein Geseiber nicht bis in den Schankraum hören konnte, und ging dann durch den Garten direkt zum Parkplatz, wo Bernd und Lena bereits auf mich warteten.

Die Fahrt verlief ziemlich schweigsam. Diesmal saß ich allein auf dem Rücksitz. Das war mir recht. Ich wollte meine Ruhe haben.

Vor dem Heim stiegen die beiden mit mir aus. Sie brachten mich zum Eingang, betätigten die Klingel und meldeten bei der Nachtschwester meine Rückkehr an. Mußte ja alles seine Ordnung haben. Lena drückte mir zum Abschied einen Kuß auf die Wange, Bernd boxte mich so betont kumpelig in die Seite, und schon waren sie weg. Wahrscheinlich wollten sie die Zeit anderweitig nutzen. Denn daß die beiden was miteinander hatten, war mir natürlich längst aufgefallen.

Ich bin dann in meinen Raum gegangen und habe mich gleich, ohne mich vorher auszuziehen, aufs Bett gelegt.

So liege ich noch immer hier. Die Unruhe, von der ich anfangs gesprochen habe, will einfach nicht weichen. An dem kleinen Schluck Bier, den ich getrunken habe, kann es doch nicht liegen. Eher schon an den vielen Eindrücken von da draußen; auch geht mir diese dumme Wandkritzelei nicht aus dem Kopf.

ENGELBERT LIEBT LENCHEN

Was denken sich eigentlich die Männer, die solche Dummheiten fabrizieren? Und obendrein an einer Klowand! Narrenhände!

Ich starre gegen die Deckenleuchte, die ich nachts gern brennen lasse, und überlege, wer da alles auf dem Klassentreffen war. Bernd und Lena natürlich, dann Dietz Rubicki, Wolle, Schulli und Pancho Potratz, ferner Renate, Ingrid und Marita, der alte Lehrer Norbereit ... ich kriege nicht alle zusammen, und doch weiß ich urplötzlich und mit aller Klarheit: Einer wird beim nächsten Klassentreffen fehlen, und zwar für immer.

Mit diesem Gedanken drehe ich mich auf die Seite.

Aber da ist etwas, was mich stört.

Unwillkürlich zuckt meine Hand zur Jackentasche, sie fährt hinein und kommt mit einem Messer heraus – und die Klinge ist voll mit dunkelrotem Blut.

Über die AutorInnen

A.B.S., Pseudonym für **Astrid Schumacher**, geb. 1948, Studium der Biologie, Psychologie, Promotion, Ex-Professorin an der Uni Hamburg, jetzt Lehrerin, lebt in Hamburg seit 24 Jahren zusammen mit **Bernt Schumacher**, geb. 1947, Studium der Wirtschaftswissenschaften und Pädagogik, Lehrer.

Das Ergebnis zusammen: 2 Töchter, zuerst Anna Kristina, 1968; zuletzt Julia, 1981; 6 Romane, zuerst *Ole, Dole, Doff*, 1985; zuletzt *Kalaschnikow*, 1994; 1 Story-Band *Kurz und Schmerzlich* sowie mehrere Erzählungen und Kurzgeschichten in Zeitschriften, Zeitungen und Anthologien.

A.B.S. mit Frank Göhre: *Tiefe Spuren*, Kriminalerzählungen.

Helga Anderle, waschechtes Weana Kind, aufgewachsen in Wien und Valencia (Spanien). Träumte in kindlichem Größenwahn von einer Karriere als Pianistin, Malerin oder Schriftstellerin. Verbrachte, das Gute in der Ferne suchend, einige Lehr- und Wanderjahre in Spanien, der Schweiz und Frankreich. Eignete sich dabei neben einem reichen Erfahrungs- auch einen gewissen Sprachschatz an und arbeitete danach bei internationalen Organisationen in Genf und Wien. 1972 in München zum ersten Mal Redaktionsluft geschnuppert, seither abwechselnd als Lohnschreiberin und Freie beim Gewerbe geblieben. Angesteckt von einem krimischreibenden Ehemann selbst der Mordlust verfallen.

Veröffentlichungen: *Da werden Weiber zu Hyänen* – Anthologie mit Kurzgeschichten von Krimiautorinnen aus aller Welt, 1991, Wiener Frauenverlag. Tschechische Ausgabe bei Allan in Prag, 1991. Zahlreiche Erzählungen und Kurzkrimis in Literaturzeitschriften, Magazinen und Anthologien im In- und Ausland (BRD, CSFR, Bulgarien, Polen, Mexiko). Mitglied der IG

Autoren; seit 1991 European Coordinator der US-Sisters in Crime; Vizepräsidentin der AIEP (Internationale Organisation der Kriminalschriftsteller).

Leo P. Ard besitzt einen Paß auf den Namen **Jürgen Pomorin** und ist angeblich 1953 geboren. Er kann sich nicht entscheiden, ob er lieber in Bochum, Hamburg, Berlin oder Son Carrio/Mallorca lebt. Wenn er nicht zwischen diesen Orten hin- und herpendelt, schreibt er Drehbücher und Kriminalromane. Zusammen mit Reinhard Junge schrieb er *Bonner Roulette, Das Ekel von Datteln, Das Ekel schlägt zurück, Die Waffen des Ekels, Meine Niere, deine Niere,* zusammen mit Michael Illner *Gemischtes Doppel* und *Flotter Dreier.* Seine satirische Ader tobte er in *Die Miteßzentrale* aus (alles bei GRAFIT erschienen).

Jürgen Ehlers wurde 1948 in Hamburg geboren, arbeitet dort hauptberuflich bei der Umweltbehörde und ist für die Geologische Kartierung zuständig. Er ist bisher publizistisch vor allem durch Fachaufsätze und Bücher zu Themen der Eiszeitforschung in Erscheinung getreten. 1992 erschien sein erster Kurzkrimi »Flucht«. Weitere sollen folgen.

Jan Flieger, Jahrgang 1941, lebt in Leipzig und ist Pressesprecher des dortigen Fernmeldeamtes.

Flieger veröffentlichte bisher drei Krinalromane: *Tatort Teufelsauge* (1988); *Ein tödliches Ultimatum* (1989); *Der Sog* (120.000 Exemplare); *Die Hölle hat keine Hintertür* (Kriminalerzz., 1987); *Alles umsonst* (Fernsehkrimi beim DFF, 1988); außerdem Short-Stories in verschiedenen Krimi-Anthologien, z. B. *Rhabarber mag ich am liebsten* in: *Good bye, Brunhilde* (GRAFIT, 1992), *Glockengeläut* in: *Der Mörder ist immer der Gärtner* (GRAFIT, 1993), *Stille, unheilige Nacht* in: Der Mörder packt die Rute aus (GRAFIT, 1993) und *Todesfahrt* in: Heyne Krimi Jahresband 1992; Kurzgeschichten in Anthologien in Frankreich, Schweden, Norwegen und Dänemark.

Reinhard Junge wurde 1946 in Dortmund geboren, lebt in Bochum und arbeitet als Deutsch- und Lateinlehrer in Wattenscheid. Sein Erstlingskrimi *Klassenfahrt* (1985) wurde ins Russische übersetzt und in einer Bühnenfassung 1991 als Rock-Krimi uraufgeführt (Musik: »Synchron«, Hagen).

Zusammen mit Leo P. Ard schrieb der Autor die Kriminalromane *Bonner Roulette* (1986), *Das Ekel von Datteln* (1988), *Das Ekel schlägt zurück* (1990), *Die Waffen des Ekels* (1991) und *Meine Niere, deine Niere* (1992).

Zum Sammelband *Die Meute von Hörde* (1989) steuerte Junge die Story *Planstelle frei* und zu *Good bye, Brunhilde* (1992) die Titelgeschichte bei.

Alle Titel bei GRAFIT.

H. P. Karr & Walter Wehner, geboren 1955 in Saalfeld (Karr) und 1949 in Werdohl (Wehner), wuchsen beide im Ruhrgebiet auf. Während Walter Wehner in Essen in Kunstgeschichte promovierte, studierte H. P. Karr in Bochum Publizistik und arbeitete als Reporter, Redakteur, Übersetzer und Krimi-Autor. Unterdessen hatte es Wehner zu einer Tätigkeit in der Erwachsenenbildung gebracht und daneben mehrere Gedichtbände und Sachbücher veröffentlicht. Seit 1988 schreiben Karr & Wehner gelegentlich als Autorenteam Großstadtstories und Hörspiele. Weitere Geschichten von ihnen sind z. B. erschienen in *Der Mörder ist immer der Gärtner*, *Der Mörder bläst die Kerzen aus*, *Der Mörder zieht die Turnschuh an* und *Der Mörder packt die Rute aus* (alle GRAFIT).

Michael Koglin wurde 1955 im Schleswig-Holsteinischen Büdelsdorf geboren. Er lebt und arbeitet als freier Journalist und Autor in Hamburg.

In seinem literarischen Gemischtwarenladen entstanden Drehbücher, Kindertheaterstücke, Kriminalstories und drei Bände mit Museumsreportagen.

Auf die Schulter geklopft wurde ihm mit dem Hamburger Kurzgeschichtenpreis 1989, dem Literaturförderpreis der Hansestadt Hamburg 1990, als Preisträger des Kunstpreises des Landkreises Ludwigshafen 1992 und des Drehbuchwettbewerbes der Hamburger Kulturbehörde 1992.

-ky ist das Pseudonym von Dr. **Horst Bosetzky**, der am 1.2.1938 in Berlin geboren wurde. Als Professor für Soziologie in Berlin sind von ihm diverse wissenschaftliche Veröffentlichungen (u. a. *Mensch und Organisation*, zus. mit P. Heinrich) erschienen.

Seit 1971 veröffentlichte er zahlreiche (zum Teil verfilmte) Kriminalromane (u. a. *Einer von uns beiden; Stör die feinen Leute nicht; Kein Reihenhaus für Robin Hood; Feuer für den Großen Drachen; Von oben herab*), Jugendromane (u. a. *Heißt du wirklich Hasan Schmidt?*), Bürokratie-Satiren (u. a. *Ich glaub', mich tritt ein Schimmel!*), Fernsehspiele (u. a. für die Serien *Detektivbüro Roth, Ein Fall für zwei* und *SOKO 5113*), Hörspiele und Kurzgeschichten.

1980 erhielt er den Preis für den besten deutschsprachigen Kriminalroman, 1988 den *Prix Mystère de la Critique* für den besten ausländischen Kriminalroman in französischer Sprache, 1992 den *Ehrenglauser* für sein Gesamtwerk und seine Verdienste um den deutschsprachigen Kriminalroman.

Karen Meyer, geboren im Jahr des Kennedy-Mordes in Neuss am Rhein. Nach der Schule Flucht vor der rheinischen Mischung aus Frohsinn, Klüngel und Katholizismus gen Süden zum Studium nach Tübingen. Journalistische Fingerübungen. Zweite Flucht, diesmal vor Kehrwochenmentalität, pittoresken Idyllen und einstürzenden Theoriegebäuden nach Berlin. Arbeit als Ausstellungsmacherin, Autorin und Redakteurin im Bereich Sach- und Fachbuch. Wachsende kriminelle Neigungen. Dritte Flucht gerade vollzogen. Ziel: Lübeck.

Sally Plonskys Leben ist Schreiben, und Schreiben heißt für sie leben. Schreibend verändert sie für ihre Leser und für sich selbst die Realität. Manchmal gibt sie in Privatsendern irgendwelche klugen Worte von sich, hin und wieder bringt der WDR kleine Satiren. Hörspiele und Theaterstücke hat sie ebenfalls schon publiziert, und seit neuestem versucht sie sich im Drehbuchschreiben.

Nebenher bemüht sie sich, zumeist unwilligen Kindern ehrgeiziger Eltern die deutsche Sprache näher zu bringen, weil letztere gleich in Panik verfallen, wenn erstere zwei Jahre für jede Klasse benötigen.

Ihre Geschichte *Am Bahndamm spielen ist gefährlich* wurde 1993 mit dem Walter Serner-Preis ausgezeichnet.

Anton Stephan Reyntjes, Jahrgang 1944, lernte Buchhändler, studierte Germanistik, Pädagogik, Theologie. Heute lebt und arbeitet er als Lehrer im Ruhrgebiet, schreibt und veröffentlicht gelegentlich Lyrik und Prosa (kurze Erzählungen in Kalendern und Anthologien und Germanistisch-Fachliches in Zeitschriften).

Andreas Schlüter kam in Hamburg 1958 ganz knapp nach dem Rock 'n Roll zur Welt und wird wie dieser nicht richtig älter; machte eine anständige kaufmännische Lehre in einem Versandhaus, das er gar nicht gut fand. Zog folglich aus, die Welt zu verändern. Natürlich vergeblich. Hat sie also lieber wieder interpretiert: in vielen kleinen Beiträgen für Zeitungen und Zeitschriften und fürs Fernsehen. Das macht er heute noch in Hamburg und der angeblichen Hauptstadt, unter dem schützenden Dach des merkwürdigerweise immer noch nicht berühmten Jorunalistenbüros SIGNUM. Seine erste Kriminalgeschichte *Nur eine Kleinigkeit* erschien in dem Sammelband *Der Mörder packt die Rute aus* (GRAFIT, 1993).

Niklaus Schmid, 1942 in Duisburg geboren. Mit achtzehn mal beim Zirkus reingerochen, mit dreißig aus seinem Job als technisch-kaufmännischer Leiter in einer Wohnwagenfirma ausgestiegen und vier Jahre durch Indien, Afrika und Südamerika gereist; auf den Seychellen mit dem Schreiben angefangen.

Auf den Balearen einige Jahre als Journalist für lokale Zeitungen gearbeitet, danach hauptsächlich Kurzgeschichten, Reiseberichte und Hörspiele geschrieben.

Schmid, Autor der Reisebücher *Balearen* und *Formentera* sowie eines Jugendbuchs, des Krimis *Die Wettreise* und der Krimistories *Italienische Maßarbeit* (in: *Geburtstags-Krimis*), *Notsignale* (in: *Sport-Krimis*) und *Ein Weihnachtsmann auf Abwegen* (in: *Weihnachts-Krimis*), lebt seit 1978 auf Formentera und ebenso gern – aber zeitlich etwas weniger – in Duisburg.

Arthur Gordon Wolf, Jahrgang 1962, Träumer, Realist, Skeptiker, Idealist, »ernährt« sich von Büchern, Filmen, Bildern, schreibt Rezensionen, aber auch Short-Stories und Novellen, ist dabei immer auf der Suche nach Bizarrem, Unheimlichem, Erschreckendem, wechselt ständig zwischen den Genres SF, Fantasy, Crime und Horror, hadert mit dem Problem, daß viele seiner »Kurz«-Geschichten (für Anthologien) zu lang werden, arbeitet an einem ersten Roman und verdient seine Brötchen – nein, nicht mit Schreiben, eher mit Schreien – als Lehrer.

Diverse Veröffentlichungen in SF-, Krimi-, Fantasy-Anthologien, zuletzt *Rote Weihnacht* in: *Der Mörder packt die Rute aus* (GRAFIT, 1993); Kurzhörspiel beim SDR.

Klaus-Peter Wolf, geboren 1954 in Gelsenkirchen, lebt jetzt als freier Schriftsteller im Westerwald. Seine Thriller sind hart in der Wirklichkeit recherchiert. Um den Roman *Dosenbier und Frikadellen* zu schreiben, lebte er zwei Jahre mit einer kriminellen Jugendbande zusammen. Bevor er *Die Abschiebung* schrieb, arbeitete er in einer Gruppe zur Unterstützung kurdischer Flüchtlinge. Dieser Roman wurde verfilmt und machte den Autor bekannt. Sein Roman *Traumfrau* wurde ein Bestseller. Bei den Recherchen für dieses Buch arbeitete Klaus-Peter Wolf verdeckt als Mädchen- und Frauenhändler in der Bundesrepublik.

Sein Roman *Kapuzenmann* ist aus der Perspektive eines Kinderschänders geschrieben.

Weiterhin verfaßt der Autor Kinder- und Jugendbücher wie zum Beispiel die Serie *Die drei tollen Nullen*.

Bei GRAFIT ist K.-P. Wolf bereits mit den Krimistories *Der Racheengel* (in: *Die Meute von Hörde,* 1989) und *Unter Menschen* (in: *Good bye, Brunhilde,* 1992) vertreten.

Gabriele Wolff, 1955 in Düsseldorf geboren, wanderte 1975 zwecks Jurastudiums nach Köln aus und arbeitet seit 1985 als Staatsanwältin in Duisburg. Beruflich aus diesem Landstrich nicht herausgekommen, bleibt sie auch schriftstellerisch im Rheinland und der bundesrepublikanischen Wirklichkeit verhaftet. Lebt mit Mann und Kater in Köln-Deutz, sammelt täglich neue Geschichten, die das Leben schreibt, und liefert den Beweis, daß das Beamtendasein nicht unbedingt etwas mit Ärmelschonern und Büroschlaf zu tun hat.

Veröffentlichungen: *Kölscher Kaviar* (Kriminalroman, 1990), *Himmel und Erde* (Kriminalroman, 1991), *Lover* (Kriminalgeschichten, 1992), *Armer Ritter* (Kriminalroman, 1993)

Hans Scherfig

Der versäumte Frühling

Kriminalroman
Aus dem Dänischen von Ruth Stöbling
196 Seiten, kt., DM 12,80
ISBN 3-89425-443-2

19 ehrenwerte Herren treffen sich 25 Jahre nach dem Abitur, um wehmütig und in Dankbarkeit ihres Lateinlehrers zu gedenken, der an einem vergifteten Malzbonbon starb. Der Mörder sitzt in der Runde.

»Der 2. Roman des Dänen Scherfig zeichnet sich ebenfalls durch eine sehr knappe Sprache und die eindrucksvolle Schilderung der bedrückenden Atmosphäre bürgerlicher Wohlanständigkeit aus ... Nicht das Verbrechen oder dessen Aufklärung steht dabei im Vordergrund, sondern die Täter-Opfer-Beziehung ... Nicht nur als Krimi, sondern auch als Roman lesenswert. - Breit empfohlen.« (ekz-Informationsdienst)

»Die populäre, geschliffene Art der Darstellung sollte Scherfig auch hier ein Publikum sichern.« (Ausblick. Zeitschrift für deutsch-skandinavische Beziehungen)

grafit

Reinhard Junge

Klassenfahrt

8. Auflage, 180 Seiten, DM 12,80
ISBN 3-89425-331-2

»Kein Krimi der Supertypen. Der Leser trifft vielmehr auch auf Erfahrungen seines eigenen Bereiches. Vor dem Hintergrund der rechtsradikalen Terrorszene spielt sich das Drama um den Türkenjungen Ylmaz ab, der auf einem Ausflug mit seiner Klasse plötzlich verschwindet … Mit seiner Kritik an gesellschaftlichen Bedingungen hält der Autor nicht zurück … Daß dabei eine gut lesbare Story zustande kommt, liegt gewiß an der Detailtreue Junges. Die 'Klassenfahrt' wird zu einer Reise durchs Revier: Bochum, Dortmund und Hattingen … sind Schauplätze. Junge erweist sich da als Kenner.« (WAZ)
»Spannend und aktionsreich« (Aachener Nachrichten)

Planstelle frei
in:
Die Meute von Hörde
Kriminalgeschichten
187 Seiten, DM 14,80
ISBN 3-89425-003-8

grafit

Mordsgeschichten zu jedem Anlaß

Der Mörder ist immer der Gärtner
Gemüse-Krimis
ISBN 3-89425-080-1 DM 15,80
Mit Geschichten von A.B.S., Anderle, Ard, Balke, Bauer, Büchner, Diesmann, Eik, Flieger, Illner, Karr/Wehner, Kneifl,-ky, Möckel, Pointner, Weickart, Wolff, Zinth

Der Mörder bläst die Kerzen aus
Geburtstags-Krimis
ISBN 3-89425-081-X DM 15,80
Mit Geschichten von A.B.S., Anderle, Ard, Balke, Beetz, Böhm, Büchner, Diesmann, Eik, Ginsberg, Illner, Karr/Wehner, Kneifl, Küsel, -ky, Pointner, Prochazka, Prokop, Schmid, Wolff, Zinth

Der Mörder zieht die Turnschuh an
Sport-Krimis
ISBN 3-89425-082-8 DM 15,80
Mit Geschichten von A.B.S., Ard, Bauer, Beetz, Benning, Diesmann, Ginsberg, Illner, Karr/Wehner, Kutak, -ky, Meyer, Neumann, Pfeiffer, Rabisch, Ross, Schmid, Wolff

Der Mörder packt die Rute aus
Weihnachts-Krimis
ISBN 3-89425-084-4 DM 15,80
Mit Geschichten von Ard, Diesmann, Eik, Erichsen, Flieger, Ingwersen, Karr/Wehner, Kneifl, Kristan, Lens, Stiefelbusch, Weickart u.a.

grafit